차길진의

영혼을 다스리는 49가지 이야기

명지사

머리말

영혼을 부르는 사람.

영혼을 달래는 사람.

많은 이들은 나를 이렇게 부른다.

10여년간 내가 많은 영혼들을 부르고 달래어 천도시켜 주었기 때문이다. 즉 나는 그동안 구명시식(救命試式)의 집행자이자 관찰자였다.

나는 수많은 영혼들을 만나고 보아왔다.

개인 한 사람으로서는 도저히 겪을 수 없는 가지가지 사연들 속에서 때론 처절하게, 때론 같이 울어가며 영혼들을 어루만지며, 나는 내가 왜 영혼을 부르게 되었을까를 생각해 본다.

아버지.

나는 그동안 구명시식의 집행자이자 관찰자였다. 내가 구명시식의 당사자로서 존재하였던 때는 나의 아버님의 구명시식 때였다. 그러므로 이 구명시식의 시원(始原)은 나의 아버님이다. 즉 구명시식이란 의식을 처음 시작한 것은 아버님 때문이다.

일찍이 빨치산 토벌대장으로 이름을 날리던 아버님 차일혁(車一
赫) 총경. 비록 죽이지 않으면 내가 죽는 빨치산 전투에서 아버님은
원하든 원하지 않든 많은 죽임과 죽음의 현장에 있었다.

그리고 많은 수의 빨치산들을 전향시켜 살려주었지만, 살려준 빨
치산보다 두 이념의 전장 속에서 죽어간 빨치산들의 숫자가 훨씬 많
았음은 어찌할 수 없는 일이었다.

아버님을 위해 천도식을 거행하면서 아버님은 늘 편하지 못한 모
습으로 나타나셨다.

아버님의 영혼 주위에는 수많은 다른 영혼들이 달라 붙어서 움직
이지를 못하고 계셨다. 그들은 바로 아버님의 총알에 의해 사라진 빨
치산 영혼들이었다.

아버님은 죽어서도 그들과 함께 있었다.

그리하여 아버님을 위해 천도제를 올려드리면서도 나는 빨치산 각
각의 영혼들을 위해 극락왕생을 빌어 주었다. 그들은 그때마다 생전
의 모습으로 나타나 그들의 갖가지 사연들을 들려주었다. 그리고 나
는 그들과 대화하기 시작하였다.

이렇게 나만의 독특한 방식으로 천도제를 올리게 되었고 나는 이
의식을 구명시식이라 이름짓게 되었다.

나는 이제까지 '구명시식'의 집행자였고 또한 관찰자였다.

이번에 내는 이 책에는 이 구명시식과 직접 또는 간접적으로 관련
이 있는 글들로, 바로 이 구명시식과 인연이 된 이들이 선뜻 내어준
원고들로 이루어진 소중한 책이다.

이 책에는 많은 이들의 사연이 들어 있다.

눈물과 한숨이 있고, 때로는 질곡의 심연 속에서 나와 환희의 승리를 쟁취한 가슴 따뜻한 이야기도 있다.

이 모든 소중한 사연 하나하나를 그분들은 작은 인연이라는 이유 하나만으로 선뜻 나에게 주셨다.

이 책을 낼 수 있게 귀한 원고 보내준 이들에게 깊은 감사를 드린다. 그리고 명지사 사장님 이하 책을 만드는 데 수고해 주신 모든 분들께도 감사드린다.

이 조그만 책이 이 땅의 방황하는 영혼들에게 좋은 안식처와 길잡이가 되길 기원해 본다.

1998. 여름.

후 암 정 사

차 길 진

영혼을 다스리는 **49**가지 이야기

차례

제5부 불가사의한 환타스틱 페스티벌
기적인가, 불가사의인가!

영혼을 다스리는 49가지 이야기

영혼을 다스리는 49가지 이야기

제 1부

영혼의 치료사를 만나다

영혼 EVENT의 종합 기획자
차길진 신드롬

류근일 (언론인)

나는 천주교 신자로서 영적인 세계에 대한 믿음과 '죽음이 끝이 아니다'라는 신념을 잊어본 적이 없다. 그러나 1976년에 읽은 한 권의 책을 통해 나는 그러한 믿음이 자연과학에 의해서도 증명될 수 있으리란 희망을 갖게 되었다.

그 책은 레이먼드 무디라는 미국의 의학자가 쓴 것으로 '사후의 삶'이란 보고서였다. 그 책에서는 수많은 사람들이 죽었다가 다시 소생한 자신의 체험을 증언하고 있었다. 이 사례들은 지금까지 종교와 신앙을 통해서만 접할 수 있었던 피안의 정신세계를 이제부터는 자연과학적 탐구에 의해서도 조금씩이나마 들여다볼 수 있으리란 가능성을 연 것이었다.

그후로도 나는 헬렌 웜버그라는 심리학자가 최면술을 써서 많은 사람들의 전생을 회고하게 하는 실험도 읽을 수 있었고, 최근에는 정신과 의사 브라이언 와이스가 쓴 비슷한 종류의 책도 접하게 되었다.

이성이나 과학은 물론 끝까지 결론을 유보하는 자세를 요구하기 때문에 나는 그러한 사례들을 담담하게 바라만 보고 있을 뿐이며, 나로서는 그러한 현상을 이렇다 저렇다 유권적으로 판단할 아무런 능력도 없다. 그리고 그러한 사례가 없다고 해서 나의 종교적인 믿음이 흔들리는 것도 아니다. 그러나 그러한 '교회 밖'에서 내가 목격한 것들은 나의 '교회 안'에서의 믿음을 더욱 풍요롭게 해주는 것이었지 그것과 충돌하는 것으로 느껴지지는 않았다.

오히려 그런 사례들은 정신세계와 현세의 불가분한 연결고리에 대한 나의 기존의 신앙을 북돋아주었고, 천주교에서 가르치는 최고신과 연옥과 죽은 이들과의 나의 관계를 보다 명료하게 드러내는 데 기여하는 것이었다. 이 점은 '차길진 현상'에 대한 나의 그간의 관찰에도 그대로 적용될 수 있다. 그는 신흥종교의 교주도, 샤먼도, 이른바 심령과학자나 신비주의자도 아니다. 그는 어떤 원인으로든 '보이지 않는 존재'와 커뮤니케이션을 하는 특별하고도 탁월한 능력을 타고 난 한 사람의 문필가일 뿐이다. 그에게서 과연 어떤 현상을 목격할 수 있는지는 독자들 스스로가 이 책을 통해 보면 되는 것이고, 판단은 각자의 몫이다. 이 경우에도 나는 관찰하는 사람으로 머무를 뿐 판단할 능력은 없다. 그것은 나의 지금까지의 지식과 상상력과 두뇌력, 인식 능력을 뛰어넘는 불가지(不可知)의 현상이기 때문이다. 다만 그런 '차길진 현상'에 대한 관찰을 통해 나는 몇 가지 잠정적인 사항을 정리해 낼 수 있었다.

우선 말할 수 있는 것은 우리 인간은 보다 겸손해져야 하겠다는 점이다. 우리가 지금까지 알고 있는 것에 대해 너무 최종적인 확신을 갖지 말고 끝까지 마음의 문을 열어놓고 새로운 현상들이 목격될 때마다 민감한 탐구욕을 가지고 바라보려는 '빈 마음'이 필요하다. 차길진 씨의 '구명시식' 역시 기존의 지식이나 종교의 잣대로 단칼에 재단하기보다는 새로운 탐구의 화두로서 있는 그대로 우리의 끝없는 인식작업의 창고에 입력해 놓으면 될 것이다.

둘째로, 21세기에 가서는 각자의 소속 종파가 무엇이든 인류는 범종교적인 지혜의 축적을 조금씩 나누어 갖는 지평이 열리지 않을까 하는 것이다. 내 종교에만 구원이 있고 남의 종교는 마귀라고 하는 식의 편협한 배타주의는 기실 참다운 종교적 심성이 아닐 것이다. 차길진 씨가 '나는 직업적인 종교인이 아니다'라고 말하는 것은 바로 그런 취지를 담은 것이라 할 수 있다.

'차길진 현상'의 메시지는 어떻게 보면 간단명료하다. 우리 개개인의 삶은 수많은 시대로 이어지는 긴 연속극 속에서 얽혀진 복잡한 관계들과 사연들의 귀결이라는 것, 그래서 그 '복잡한 사연들'을 알아내고 풀어야 한다는 것, 그리고 그것을 알아내고 푸는 영적 이벤트로서의 '구명시식'을 통해 우리는 이 세상에서 가장 중요한 일이 어떻게 잘 죽느냐, 어떻게 마침표를 잘 찍느냐 하는 문제임을 깨닫게 된다는 것이다. 그래서 '구명시식'은 죽은 이들을 위한 것이기에 앞서 살아 있는 사람 자신을 위한 것이라는 메시지다.

잘 죽기 위해선 잘 살아야 한다. 잘 살기 위해선 모든 만남의 관계를 잘 관리해야 한다. 이것이 '차길진 현상'의 핵심적인 포인트라 할 수 있다. '구명시식'은 결국 산 사람들의 성공적인 회향(廻鄕)과 '뿌리 찾기'를 돕는 이벤트다. 이 명료한 사리를 우리는 조금은 알면서도 무심히 지나친다.

그러나 내가 함부로 살면 반드시 당대에나 후대에 그 결과가 미친다는 사실을 안다면 정말 자다가도 벌떡 일어날 일이다. '나'의 영혼을 위하여 우리는 그래서 하늘을 두려워하며 조금씩 더 맑게 닦음으로써 저 높은 곳을 향해 한 단계 한 단계 올라가야 할 것이다. 살아 있는 동안이야말로 죽음에 대비하고 죽음을 공부하며 어떻게 잘 죽을 것인가를 배울 수 있는 유일한 기회라는 점을 알아야 한다는 결론이다.

하지만 우리는 그렇다고 해서 우리의 인간적인 실체를 더러운 무엇으로 비하할 필요는 없다. 인간본성에 가장 충실한 것이 가장 종교적일 수 있다. 그래서 그런지 차길진 씨는 '종교로부터의 해방'이란 말을 곧잘 쓴다. 종교는 좋은 것이나 그것이 굴레와 억압이 되어서는 안 되리라는 뜻이다. 나는 앞으로도 '교회 밖'에서의 이 같은 관찰이 '교회 안'에서의 나의 믿음에 더욱 도움이 되게끔 '차길진 현상'을 포함한 여러 가지 '전에는 볼 수 없었던' 현상들을 계속 주시하려 한다. 그러면서 차길진 씨에 대해 몇 가지 당부의 말을 덧붙이려 한다.

무엇보다도 자신의 자질과 자원을 아끼고 감추라는 것이다. 너무 많이 드러내서 너무 많이 소모하는 것은 바람직하지 않다. 그러기 위해선 차길진 씨도 현실사회의 프로페셔널 역학자로서 스스로를 자리매김하는 것이 필요하다.

또 하나는 그를 찾는 많은 사람들이 그를 마치 직업적 종교인이나 직업적 신비가처럼 보지 않도록 차길진 씨 스스로가 끊임없이 타일러 줄 필요가 있다는 점이다. 대중은 항상 그런 사람을 요구하고 만들어내려 한다. 그러나 이것은 곧잘 한 인간을 우습게 만들어 버리기도 한다. 대중이 그러한 기대를 보일 때 차길진 씨는 지체없이 그 자리를 떠나는 것이 필요하다.

천주교의 성인들 — 예컨대 아씨씨의 성 프란체스코 역시 신비한 영능력을 소지했었다. 그러나 그는 한 번도 그것으로 인해 특별하게 차별화되거나 특수화된 바 없다. 그저 한 사람의 겸허한 구도자였을 뿐이다. 성모의 발현을 목격한 파티마의 소녀들도 분명히 영능력을 일정 기간 부여받았다고 할 수 있다. 그러나 그들 역시 파티마의 소녀 이상이 되지는 않았다.

우리는 자연과학과 정신세계가 절묘하게 접속되기 시작하는 놀라운 탐험의 시대의 문턱에 서 있는지도 모른다. 중요한 것은 '저돌적인 맹신'도 아니고 '교만한 회의주의'도 아닌 차분한, 그리고 열린 마음의 자세라 여겨진다. 차길진 씨의 '탐험'에 많은 깨우침이 있기를 바란다.

살풀이와 구명시식과의 만남

이선옥 (뉴욕대 교수, 선무가)

28년만의 한국 생활…….

나는 사물놀이의 일인자인 김덕수 씨의 한울림 재단의 초청으로 갑작스레 귀국하여 딸과 함께 서울에 살림을 차리게 되었다.

우선 이곳에서의 생활을 뜻있게 보내기 위해 동숭 아트센터에서 선무(禪舞) 워크샵(Workshop)을 가지는 등 선무를 널리 알리는 일부터 시작하게 되었다.

그러나 미국에서의 안정되고 조용한 생활과는 달리, 서울은 하루가 다르게 변하였고, 물가마저 비싸 생활은 순탄치 못했다.

나는 1978년부터 미국 뉴욕대학교(NYU)에서 무용과 부교수(Adjunct Assistant Professor)로 선무기법, 안무법, 무용의상 디자인, 공연법 등을 강의하고 있었다.

그리고 1993년부터 현재까지 아시아 현대무용제 감독으로 다니케이 극장, 라마마 극장에서의 공연을 주관해 왔으며, 유명한 록펠러

재단 중의 하나인 아시아 소사이어티에서 '상주 예술가'를 1973년
부터 1993년까지 역임하였고, 1991년부터 1993년까지 아시아 소
사이어티 공연예술과의 부원장겸 코디네이터(Coordinator)로서 아
시아, 미국 내 상주 예술인 70여 명을 이끌고 미국 전역에 걸친 공연
과 초청공연을 주관해 오기도 했다.

　1985년부터는 뉴저지에서 '선예사'란 선방을 운영하며 선무를 하
는 제자 및 선무가 무용단(Zen Dance Company)을 이끌고 10여
차례 미국과 유럽, 아시아 등지에서 안무와 공연을 해 왔다.,

　이러한 나의 창작활동과 선 사상을 바탕으로 한 선무가로서의 미
국에서의 생활은 지극히 평탄한 편이었고 비교적 성공적이었다고 느
낀다.

　이제는 나의 선무 전 작품이 미국 유일의 링컨 센터 무용도서관(국
립)에 영구히 소장되었으며(1995년), 내년에는(6월 25~27일) 선
무 창작과정에 대한 세미나가 있을 예정이기도 하다.

　이런 내가 어떻게 하여, 그리고 왜 한국에 오게 되었을까.

　가만히 생각해 보면 그냥 인연이라고 하기에는 풀리지 않는 대목
이 너무도 많다.

　인간은 고향을 떠나봐야 고향의 참된 의미를 생각하게 되고, 그때
비로소 고향의 존재를 인식한다고 한다.

　평탄하고 조용한 미국에서의 삶은 내게 언제부터인가 귀의본능이
랄까, 그 어떤 막연한 향수병을 안겨다 주었고, 늘 봄과 가을이면 한
국의 산천(山川)과 산사(山寺), 그리고 개울물 소리를 그리워하기
시작한 것이다.

　그러던 중 한국 사물놀이의 일인자 김덕수 씨의 한울림 재단 초청으로 7개월간 한국에 나올 수 있는 좋은 기회가 생기게 되어 강의를 하고 싶은 학기임에도 불구하고 급하게 귀국하게 된 것이었다.

　그러다가 우연히 미국에서 영적인 세계에 대해 많은 자문과 대화를 나눈 적이 있던 차 법사님과 통화를 하게 되었다.

　법사님께서는 서울에 잠시 머무는 동안 구명시식에 동참해 보라고 권하셨고, 이것이 계기가 되어 영가를 위해 선무를 추게 되었다.

　나는 일생을 살풀이와 선무를 위해 살아온 사람이다. 그래서 영의 세계, 신의 세계, 부처의 세계, 불보살의 세계에 항상 무언지 모를 감사와 가치를 느끼고 있는 터였다. 그래서 차 법사님의 영매능력과 '구명시식'이라는 현대식 천도방법에 많은 동감을 하게 되어 그것에 동참하는 기회를 여러번 가질 수 있었다.

　그런데 천도제를 여러번 동참하면서 영가들도 춤을 좋아하며, 특히 어떤 영가는 내가 추는 선무를 너무도 좋아한다는 사실을 알게 되었다.

　어떤 여자분이 어머니를 위해 구명시식을 올리는 자리였다.

　그녀의 어머니는 살아생전에 병을 고치는 무녀(巫女) 겸 의사였는데, 너무도 헌신적으로 사람들을 위해 기도와 치료로써 병을 고쳐주다 보니 그만 그녀 자신이 덜컥 병에 들어, 폐병으로 돌아가시게 된 것이었다.

　그런데 어머니가 돌아가시기 전날, 그 여자분은 8선녀가 하늘에서 내려와 어머니를 모셔가는 꿈을 꾸었다. 그 꿈을 꾼 다음날 어머니는 돌아가시게 되었다.

그후 여자분은 집안 일이 너무도 안 풀리고 걱정거리가 많아, 어머니께 도움을 청하는 구명시식을 하게 되었다고 말했다.

그날 나는 선무, 특히 수인법을 이용한 '아마타구타인'을 하며 정성껏 춤을 추어 드렸다. 그러자 어머님 영가는 법사님을 통하여 내게 이렇게 말해 주었다.

"당신은 지금 한국에 와서 고생이 많고 알아주는 이도 없어 속상해하고 있습니다. 그래서 미국으로 돌아가 버릴 생각만 하고 있는데, 조금만 참으면 귀인(貴人)이 나타나 좋은 일이 있을 것입니다."

나는 분명 그 당시 내 딸과 더불어 빨리 미국에 가기 위해 모든 것을 포기하고 철수하려 생각하고 있었다. 그래서 무심히 그 말을 들으면서 미소를 머금고 있었다.

그로부터 얼마 후 정말 좋은 소식이 있었다. KBS-2TV의 아침 생활건강 프로에서 선무를 소개하겠다는 것이었다. 그런데 처음에 2번 예정이었던 것이 반응이 좋아 3주간 계속하게 되었다.

또한 한국에 온 후 파트 타임으로 국제회의를 코디네이트한 곳에서 오프닝 디너 파티에 선무를 선보이게 되었다. 이 국제회의는 아시아 태평양 지역의 문화기관, 기업인 및 예술단체 관계자들이 모이는 회의였다.

이 회의에 참석했던, 아시아에서 유명한 히긴슨이라는 초청 연설자가 나의 선무공연을 보고 너무 감동받았다고 말하는 것이었다. 그리고 선무를 태국과 말레이지아에 소개하겠다고 나의 테이프와 자료 일체를 가져갔다.

곧이어 모대학에서 강의를 맡아 달라는 이야기도 오고 가게 되었다.

  많은 사람들은 이생이 다인 줄 알고 산다. 그러나 나는 차 법사님의 구명시식을 통하여 지금은 어제의 연속이며 내일의 중계자임을 또 한번 느낄 수 있었다. 또한 참으로 진실되게 그리고 착하게 자신을 닦아나가야 한다는 것도 느꼈다.
  그 뿐만 아니라 선무를 한다는 것은 단순한 무용으로서의 희로애락의 표현뿐 아니라, 죽은 영가까지도 감동을 받을 수 있게 하는 도구임을 알게 되었다는 점에서 불자(佛者)로서 다시 한번 부처님께 감사를 드린다.

  차 법사님의 초현대적, 심리적인 영가천도 치료방법을 통하여 나 자신이 추구하는 구도의 길, 춤추는 선(禪), 선무 역시 삼세(三世)를 꿰뚫는 수행이며 자신의 영혼과 죽은 영가들의 합창임을 알게 되었다.
  그리하여 '자타일시 성불도'라는 뜻을 마음 깊이 되새기며 선무가 단순한 오락물로서의 놀이가 아닌 진정한 살풀이요, 범패작업을 현대화한 수행의 구도방법임을 인식하게 해준 차 법사님에게 많은 영가와 가족의 평안과 행복을 찾아주시는 끝없는 보살행의 뜨거운 마음의 감사를 드린다.
  한생을 함께 걷고 같이 가는 노반으로서 성불하길 합장 기원드린다.

험한 세상 다리가 되어
(Bridge over troubled water)

신호균 (MBC PD)

생사(생가) 길은 예 있음에 머뭇거리고
나는 간다는 말도
못다 이르고 어찌 갑니까.
어느 가을 이른 바람에
이에 저에 떨어질 잎처럼
한 가지에 나고
가는 곳 모르온져
아, 마타찰에 만날 나
도(道) 닦아 기다리겠노라.

　신라시대의 승려 월명사(月明師)가 자신의 누이의 죽음을 애도하여 지은 향가 「제망매가」 전문이다. 죽음으로 인한 이별의 슬픔과 사후의 미지 세계에 대한 막연한 두려움을 소재로 한 이 시는 죽음에 대한 사람들의 보편적 정서를 비교적 정확하게 표현해 주고 있다.

생자필멸(生者必滅).

사람은 누구나 죽는다. 하지만 그 누구도 이 죽음은 맞고 싶어하지 않는다. 오로지 괴로워하고 슬퍼한다. 죽음은 사람들에게 고통으로만 여겨질 뿐이다. 물론 월명사는 종교에 귀의한 사람답게, 죽음 뒤에라도 다시 만남이 있을 것을 확신하고 그때까지 열심히 정진해야 한다며 제법 의연하려 하지만, 역시 그 죽음으로 야기된 충격은 어찌하지 못하고 있다.

죽음의 고통과 두려움 — 어떻게 해결할 수 있는 방법은 없을까? 숙명적으로 맞아야 할 죽음 자체야 어찌하지 못하더라도 최소한 죽음이 그 결과로 갖고 오는 고통을 어떻게 극복할 수 있는 방법은 없을까?

이것은 나를 비롯한 모든 사람들의 희구 사항일 게다. 사람들은 죽음 자체는 물론이려니와 그 이후의 결과에 의해 많은 고통을 겪는다. 그것은 위의 향가에 나타난 이별의 슬픔과 사후 세계에 대한 불안만은 아니다.

대부분의 죽음에는 아쉬움과 한(恨)이 남게 마련이어서 뒤에 남은 산 사람은 산 사람대로, 죽은 영혼은 또 그 영혼대로 원(怨)이나 탐착(貪着)에 붙들려 괴로움을 겪는다.

영혼, 사람 모두 서로가 가야 할 본래의 길을 가지 못한 채 허우적거릴 뿐 아니라 존재하는 차원이 다른 관계로 서로 하고 싶은 얘기가 있어도 그저 방법 없이 안타까워만 하기도 한다. 그 결과 어떤 악영향을 일으키기도 하여 더욱 큰 고통을 쌓아가기도 한다.

우리는 사실 죽음 뒤에 일어나는 이러한 여러 가지 고통의 현상들, 즉 산 사람들이 겪는 단순 심리적 고통을 포함하여 영혼과 관련되어 일어나는 갖가지 문제들과 직 · 간접적으로 부딪히며 살아가고 있다.

그러면 어떻게 이러한 문제들에 대한 마땅한 해법은 없을까?

그에 대한 대답은 '있을 수도 있다' 이다. 마음을 열고 살펴보면, 그 해답에 대한 접근은 어느 정도 가능해질 수도 있다.

즉 죽은 뒤 영혼이 실재한다면 확인, 그리고 그 경계가 다른 양쪽 세계, 다시 말하면 죽은 뒤 영혼의 세계와 현생의 세계 사이를 연결시켜 주는 수단이나 매개체만 주어진다면 비록 근본적이지는 못할지라도 상당 부분 문제점의 해결은 가능해질 수도 있다는 것이다.

그러나 이 해결책에는 우리들의 열린 마음, 즉 영혼의 존재에 대한 인정이 전제되어야 할 것이다.

수많은 사람들의 가슴을 울렸던 영화 「사랑과 영혼」에서 서로 안타까워만 하는 사별(死別)한 두 연인 사이를 연결시켜 위기 해결에 결정적 역할을 한 흑인 영매자 '오다매' 나, 영화 「엑소시스트」의 신부처럼 영혼과 사람 사이의 건너뛸 수 없는 강을 연결시켜 다리를 놓아 줄 수 있는 매개자만 있다면 우리가 갖고 있는 죽음의 고민은 어느 정도 해결가능할 수 있다는 얘기다.

아마도 월명사를 비롯한 많은 사람들이 이 매개를 통하여 죽음의 고통으로부터 해방을 맛볼 수 있을 것이란 얘기다.

사실 세상은 그리 매정한 것은 아니어서 우리는 흔치는 않지만 위의 영화에서처럼 영계와 현생의 세계를 연결시켜 주는 매개자, 즉 영매자를 우리 주변에 존재케 한다. 그럼으로써 중생들의 고통을 조금은 경감시켜 주고 있는 것이다.

우리 사람들을 죽음으로 인한 여러 가지 고통으로부터 해방시켜 주는 영매자들, 이들의 능력과 행위가 그러하다면 이들은 참으로 지상 최고의 상(賞)을 받아도 능히 마땅할 것이다. 어떤 인연인지 나는 그런 능력자 중의 한 명과 만나게 되어 가깝게 지내고 있다.

그가 바로 차길진 법사이다.

몇 년 전 드라마 사고가 났다. 촬영 도중 어느 연기자가 사망한 것이었다.

그전에 차 법사의 만류가 있었으나 그러한 영혼의 세계를 알고만 있었을 뿐 깊이 신뢰하지 않았던 그때는 또 그런 대로 촬영을 강행할 수밖에 없는 여건이었다.

빠듯한 방송 일정, 야외촬영, 외부 연기자 등등…….

그때 구명시식을 보면서 나는 많은 것을 깨달을 수 있었다.

죽음에 대한, 그리고 죽음으로 인하여 생기는 온갖 고통으로부터 사람과 영혼을 해방시켜 주고 그렇게 함으로써 그 얽힌 매듭을 풀어 나가려는 차 법사의 눈물겨운 장엄한 의식 앞에 나는 숙연해지고 말았다.

영혼의 세계에 대해 지식으로만 알고 있던 나에게, 그는 영혼으로부터 얻은 지혜로운 삶을 살고 있음을…….

그후 나는 새로운 작품에 임할 때마다 차 법사의 법당을 찾곤 한다.

어떤 때는 구명시식의 의식이 진행되고 있을 때도 있고, 어떤 때는 비어 있을 때도 있다. 그러나 나의 마음을 담은 기도와 새 작품에 대한 각오를 부처님 앞에 고할 때마다 나는 새로 태어나는 기분이다.

언젠가 차 법사가 나에게 이야기하였다.

"당신, 앞으로 해방 50주년에 관한 작품을 맡을 것이야. 그래서 중

국뿐 아니라 동남아 여러 나라를 돌아다니게 되겠어."

처음 그 말을 들었을 때 반신반의하였으나 그것은 사실로 나타났다. 〈전쟁과 사랑〉이라는 MBC 창사 50주년 작품을 내가 맡은 것이었다. 그리고 얼마 후 이 작품으로 제1회 아시아 TV 작품상을 수상한 것이었다.

그와의 인연을 생각할 때 나는 그에게서 견우와 직녀를 만나게 해주려고 자신의 몸을 희생해 가면서 다리를 놓아주는 까치의 모습이 떠오른다.

이 험한 세상의 다리가 되어 차 법사는 오늘도 자신의 몸을 희생해 가며 구명시식이라는 의식을 진행하고 있는 것이다.

우리는 전생에서부터 만났습니다

박찬수 (조각가, 여주 목아불교박물관장)

내가 차 법사를 처음 알게 된 것은 모여성지에 함께 소개되면서부터였다. 그러나 전부터 익히 알고 있는 듯한 인상을 받았었다.

이후 차 법사는 뉴욕의 법당에 모실 지장보살님과 호신불감 등을 나로부터 모셔갔다. 이러한 불연(佛緣)은 서로 간(看)이 되어 있었다는 것을 이로부터 확인할 수 있었다. 즉 그와의 만남은 필연이요, 이미 전생에서 긴밀한 사이였다는 것이다.

차 법사가 우리 박물관에 와서 영가 천도 의식을 여러 번 주도했을 때, '여느 스님들처럼 요식적 행위에 불과하겠지' 하고 나는 생각했었다.

그러나 그의 영가 천도는 분명 여느 스님들의 그것과는 많이 달랐다. 그것은 바로 실감나는 연기와 그냥 하는 연기와는 사뭇 다르게 느껴지는 현장감이었다. 장소를 가리지 않고 영가를 부르는 그의 도력이 실감난다는 것이다.

이러한 피상적인 사실 말고도 그의 영가 천도는 분명 사람들을 끌어모으기에 충분한 몇 가지 요소가 있었다.

첫째는 믿을 만한 도력의 소유자라는 것이다.

그 도력은 어렸을 때 아프게 경험한 부친의 죽음을 맞으면서 생긴 힘이다. 그 힘은 자타가 인정하는 경우다. 따라서 불자나 반인들까지도 그의 영가 천도를 검증하기까지 하였다.

둘째는 영가와 직접 대화도 하지만 때로는 산 자들의 그릇된 경험이나 언행을 지적해 영가와의 상관관계를 명백히 밝혀준다. 따라서 지금까지의 산 자의 그릇된 사고와 언행이 있었다면 스스로 반성토록 하고 앞으로 올곧게 살아갈 수 있도록 하는 마음가짐을 다져준다.

마지막으로 차 법사는 가정과 사회의 대소사를 예측하고 예비한다는 점이다. 따라서 관련자들은 그의 정세 분석과도 같은 예리한 관측을 들으려 한다.

어느 시대든 어느 곳에서든 공동체의 운명을 예측하고 상담해 주는 예언자들이 있었다. 그것은 곧 공동체가 지향해야 할 목표가 되기도 했으며 지침이 되기도 했다. 이것은 전근대적이다.

그러나 그는 과학적 분석들을 곁들인다.

목아불교박물관에서는 여러번에 걸쳐 그의 천도 의식이 있었다.

한번은 박물관 지하 명부전 부근에서 춤을 추고 있던 '모자수자(母子壽者)'가 차 법사 앞에 나타난 것이다. 잘못하다간 차 법사가 당할지도 모른다는 생각이 번뜩 스쳤다. 나와 보살 역시도 이들 영가 때문에 소스라친 적이 한두번이 아니었기 때문이다.

이때 그는 외마디 호령을 내려쳤다. 그것은 영가를 제압하려는 그의 독특한 방식이었다. 그러나 맺힌 한을 풀 길 없는 영가들을 그저 호락호락 다룰 수는 없었다.

"박 거사님, 보셨지요?"

확연히 보였다. '밀양 박씨'라고 대답하는 소리까지 들렸다.

이때 그의 힘이 미약했더라면 당했을지도 몰랐다. 때마침 영가들은 자신들의 한을 조각가인 나에게 조각으로 풀어달라는 것이었다.

차 법사는 호통 대신 나에게 간곡히 부탁했다. 물론 이들 영가의 원을 풀어주는 날이면 박물관에 사부대중들이 다 모이고, 이들 사부대중들은 충분한 복덕을 입게 될 것이라는 이야기도 곁들였다. 나는 쾌히 승낙했다.

이렇듯 그의 장점이자 누구도 흉내낼 수 없는 영가 천도 의식은 가히 상상도 할 수 없는 것이었다. 따라서 천도 의식이 끝나면 누구든 두려움과 신에 대한 외경심을 갖게 된다. 바로 이런 힘은 법륜 그 자체였다.

수십일 기도 끝에 '모자수자상'을 조각할 수 있었다. 그로부터 차 법사의 말 그대로 많은 사람들이 박물관을 찾았고, 지하 명부전에 모셔놓은 수자상 앞에 기도하는 이들이 무척 많아졌다. 그러더니 몸 안에 물이 찬 환자들이 끊임없이 다녀갔다. 기도 끝에 씻은 듯 병이 없어졌다는 소문이 나돌았기 때문이다.

차 법사의 힘은 바로 이런 힘이었다.

그의 강한 힘과 더불어 부드러움은 상반된 듯하지만 그렇지 않다. 그것은 곧 앞의 세 가지 중요한 요소를 갖추게 되는 근본이기 때문이다.

누군가 이렇게 물었다.

"그는 지금 무엇을 준비하고 있습니까?"

나의 대답이 어쩌면 차 법사의 대답을 대신할는지도 모른다.

생산과 소비의 끝없는 경쟁 속에 개개인의 공동체적 삶의 바탕은 이미 허물어져가고 있다. 모두가 열심히 살아가는데도 불안해 하고 고독해 하는 건 바로 전망 없는 사회 분위기가 확대 재생산되고 있기 때문이다.

따라서 비슷한 세계관과 인생관을 지닌 사람들, 또는 불연에 의해 연이 닿는 사람들의 만남을 추구한다. 예컨대 생산과 소비를 지향해 나가면서 삶의 진정한 의미만을 추구하게 되는 '동호인' 모임을 추구해 나가고 있는 것이다. 그래서 동질성을 서로 확인한다면 무한한 힘을 펼쳐나갈 수 있기 때문이다.

누구든 참여할 수 있고 그리고 부담 없이 삶의 진정한 의미를 공감하고, 그래서 함께 어우러질 수 있는 모임은 우리 전통의 공동체 의식에서 나온다.

끼리끼리는 경쟁심을 일으키지 않는다.

바로 내가 추구해 나가고자 하는,

"누구든 와서 보고 즐기시오. 그래서 동질성을 회복할 수만 있다면……."

이라는 문화 운동과 일맥 상통하는 것이다.

진정 그와 나는 어쩌면 이미 전생, 아니 전전생부터 함께 일해 온 질긴 연이 있었나 보다.

내가 죽은 장소를 알려주마

백태하 (전 동신화학 사장, 전 중앙정보부 제6국장)

1994년 7월 7일 차길진 법사를 뵈었을 때의 일이다.

나는 앞으로 다가올 남북정상회담의 기대를 말씀드렸다. 그런데 법사님은 머리를 좌우로 흔들며 나지막한 목소리로,

"기대하지 마세요. 남북 양김의 회담은 안 이루어집니다. 절대로 못 만나요."

라고 예언을 하였다.

그리고 다음날 김일성이 사망했으니, 이것이 예언이 아니고 무엇이겠는가.

차길진 법사는 영력(靈力)을 지닌 영매자(靈媒者)이다.

인간이 생존할 때는 육체와 영혼으로 구성되다가 죽으면 육(肉)은 썩어 없어져도 영혼은 영계(靈界)로 가서 영생(永生)한다는 것을 믿는다 해도 영매자가 없다면 입증이 되지 않는다.

그가 쓰는 책들은 영계의 실존을 구체적으로 실증하며, 인간이 영

계로 가기 전에 선을 행하여 영계에서는 고급령(高級靈)이 되어 극락세계에서 영생하는 길을 얻도록 인도하려는 뜻으로 펴낸 책이라고 확신한다.

"영계가 있다. 나는 다녀왔다. 영계는 무한대의 낙원(樂園)이고 강렬하지만 부드러운 빛이 충만하다."

등의 말을 하는 사람이 있다.

그들은 가사(假死)의 상태에서 영계를 경험한 것이다. 그러나 그렇게 해서 영계를 경험할 수 있는 기회는 누구에게나 있는 것이 아니다. 영계를 잠깐 다녀오겠다고 떠났다가 못 돌아오면 죽는 것인데 다녀올 방법도 없으며, 그러한 희망자도 있을 법하지 않다.

인간은 영계를 왕래하지 못하지만 영계에 존재하는 영혼을 우리 곁으로 불러오게 할 수 있으니 영혼과 영혼의 세계는 입증되는 것이다.

차 법사는 종교 지도자이기도 하고, 책을 펴내는 문인이기도 하고, 방송사에서 마이크를 잡는 언론인이기도 하고, 유능한 경영인이기도 하다. 그가 하는 말은 넓으면서도 깊이가 있다. 그는 지식인이고 학자이기도 하다.

차 법사는 애국자를 선조로 모시고 애국의 피를 이어받은 애국자이기도 하다. 그러기에 그의 생활은 지극히 검소하다. 그의 법당, 거실, 서재 등 그의 생활 주변에서 사치, 호화란 티끌만한 것도 찾을 수가 없다.

그리고 그는 모든 사람을 사랑한다. 그를 찾는 사람 가운데는 기독교인도 있고, 천주교인도 있고, 불교인도 있다.

우리도 그러하다. 우리 내외는 차 법사로 인해서 영계에 계신 장인을 만나게 되었다.

우리는 옛날부터 '죽은 사람의 소원도 풀어주는데, 산 사람의 소원을 못 들어주겠는가' 라는 말을 자주 써왔다. 이 말은 친근한 사이에서 친구로부터 어떤 부탁을 받고 친구의 청을 수락할 때 하는 덕담인데, 우리의 인정이 꽤 후함을 나타내는 말이기도 하다.

그러나 나는 위의 말처럼 돌아간 사람, 즉 영혼의 소원을 풀어주는 일을 본 적이 없었고, 나도 영혼의 소원을 해결한 적이 없으면서도 나 자신 여러 차례 그렇게 말하곤 한 기억이 있다.

그런데 나는 최근에 와서야 돌아가신 분의 소원을 풀어주는 기회를 갖게 되어 다시 한번 삶의 보람과 자식된 도리를 하게 되었다.

1950년 6·25 동란의 와중에서 김일성 도당의 잔인한 처형으로 돌아가신 장인과 처가의 여러 영혼을 불러 천도를 집전해 주신 분을 모시게 되어 장인이 돌아가신 지 44년 만에 영혼의 소원을 풀고 효(孝)도 이룩한 것이다.

지금 우리나라에서는 남북 이산가족 상봉을 위하여 정부와 민간이 무한한 노력을 기울이고 있으나 실현되지 못하고 있다.

그런데 여기 차길진 법사는 영력으로 망인을 불러 억울하게 돌아가신 영혼이 저승에서 극락세계로 천도케 하고, 또한 가족과의 상봉을 마련하고 영계의 생활도 알리는 영매자(靈媒者)이다.

차길진 법사가 집전한 장인의 천도제를 계기로 저승의 장인과 이승의 딸이, 남북 이산가족 상봉의 소원이 달성되었다 해도 과장은 아닐 것이다.

장인은 우리로 인해서 반동분자로 몰려 억울한 죽음을 당했지만,

딸은 제사를 모시지 않는다 하여 우리 내외는 아무런 일도 하지 못하고 지냈다. 실로 불효막심이지만 별도리가 없었다.

과학이 최고로 발달한 이곳 미국에서 .인간은 육체와 영으로 구성되고 사람은 죽어 육체는 썩어 없어져도 영은 영계에서 영생(永生)하는 내세(來世)가 있음을 구체적으로 알게 되고 또 확신하게 되었다. 죽은 자의 영과 산 자가 대면할 수 있는 영매(靈媒)를 베푸는 이를 만나게 되어 참혹하게 돌아가신 장인을 영계에서 극락세계로 모시는 천도제를 지내다니, 실로 놀랍고 고마운 일이 아닐 수 없다.

그날의 구명시식 상황을 간략하게 소개하고자 한다.

우리 장인의 영가(靈駕)를 위한 절차가 이루어졌을 때 같이 오신 영혼이 많으니 32벌의 수저를 더 준비하라는 말씀이 떨어졌다.

그 이유는 이러하다.

장인은 황해도 신천에 살면서 꽤 큰 규모의 개인 기업을 경영하신 기업인이었으나 노동당에 비협조적이었을 뿐 아니라, 사위도 월남한 반동 가족이었기 때문에 국군이 북진하던 시기에 다른 여러 사람들과 같이 수감되었다가 학살당하셨다.

그런데 미국에 사는 딸의 구명시식에 그 친구분들과 같이 오셔서 친구분들의 수저도 준비해 달라고 하시지 않는가. 장인의 영혼이 분명 영계에서 영생하시며, 영계에서도 우정(友情)은 유지되고 그 우정은 영원한 것이 입증되는 순간이 아닌가.

영혼은 장인이 죽임을 당한 장소를 밝히셨다.

"내가 죽은 장소를 알려주마."

하시면서 황해도의 명산인 구월산(九月山)과 신천읍의 중간쯤에 있는 석당리라는 동리의 냇가 다리 밑에서 삽과 곡괭이로 모두가 매 맞아 죽어 온몸이 찢기고 터져서 육신의 고통이 심하다고 하셨다. 그리고 공산당의 잔인한 학살 현장을 설명하셨다.

그런데 이 석당리라는 곳은 실존하는 작은 고을인데, 차길진 법사가 어찌 알겠는가. 영혼이 오신 것이 틀림없는 일이다.

계속해서,

"내 어머니와 두 남동생들도 지금 나와 같이 있다. 우리집은 절손이 되었구나. 어쨌든 네가 구명시식을 해주어 정말 고맙구나."

"이 선생, 노래를 불러주게나."

하는 아버님 친지들의 목소리도 있었다. 그분들은 딸의 이름도, 직업도 기억하고 계셨다.

이상이 장인의 구명시식이었고, 이 구명시식을 통해 많은 분들이 극락세계로 인도되었다.

장인의 구명시식 현장을 목격한 나는 또 한번 구명시식을 하지 않고는 배길 수 없는 충동에 사로잡혔다. 내 부모님과 생사를 알 수 없는 형님의 구명시식을 올리고 싶었던 것이다.

나는 20대 초반에 부모님과 이별하여 효도의 기회가 없었을 뿐만 아니라, 월남과 6 · 25 전쟁으로 남북 이산가족이 되어 버리고 말았다. 나의 반동으로 공산당의 학대를 받으며 세상을 하직하신 부모님을 떠올리자, 늦게나마 구명시식으로 천도하는 것이 내가 할 수 있는 유일한 효심이라고 생각되어 법사에게 구명시식을 부탁했다.

그런데 괴이한 일이 일어났다. 우리 두 차례 구명시식 때마다 생각지도 않던 불청객 영혼이 끼여드는 것이었다. 그 영가는 김형욱이었는데 원혼(冤魂)이 되어 극락왕생하지 못하고 정처없이 떠돌다가 내가 하는 구명시식에 불청객으로 찾아온 것이다.

구명시식이 끝날 무렵 차 법사가 내게 물었다.

"좀더 가까이 오세요. 김형욱 영가가 왔는데 만나시겠습니까."

"아니오, 만날 필요 없습니다."

나는 바로 대답했다. 두 번이나 나를 찾은 것은 내게 자기의 처지를 알리고 싶었기 때문이겠지만 내가 그 일에 관여할 이유는 없었다. 어쩌다 제명대로 살지 못하고 죽어 원혼이 되었는지 알 길이 없고 측은한 마음도 들었지만 그를 동정할 처지는 아니었다. 그는 죽어서까지 나를 괴롭히려 한 것일까?

아무튼 차길진 법사의 영력으로 '사람은 죽어도 영혼은 영생하며, 이승에서 선을 쌓은 고급령(高級靈)은 극락왕생하고 돌보지 않는 원혼은 극락세계로 가지 못하고 떠돈다.'는 영혼의 세계를 알게 되었다.

나는 감히 차길진 법사의 영력에 관하여 거론할 능력도 자격도 없다. 다만 나의 체험을 통하여 얻어진 믿음을 기술할 뿐이다.

내가 체험했다는 것은 오직 한 가지, 영혼은 존재하며 장인의 영혼은 우리가 궁금해하던 사건을 극명하게 밝혔으니 이를 입증하는 것이 아닌가. 동시에 영혼과의 대화는 오직 영매자만이 하는 것인데 내가 알기로는 우리나라에서는 차길진 법사 한 사람뿐이라는 것이다.

차길진 법사를 알게 된 것은 최근의 일이다.

1994년 5월 어느 날, 나는 차 법사를 방문했는데 머리도 만지지 않고 옷도 촌로(村老)의 꼴을 하고 갔으며, 차 법사와의 대화에서도 세상사에 대한 것은 무지한 척하고 나의 전력도 숨겼으나, 차 법사는 웃기만 하고 있었다. 초면에도 불구하고 나를 꿰뚫어본 것이다.

나는 직업적으로 위장도 잘하고 그럴 듯한 속임수도 능하다.

이날 차 법사에게 쓸모 있는 말 한마디도 하지 않았는데, 그분은 나를 버리지 않고 대화의 상대로 정하셨다고 본다.

끝으로 몇 마디 부탁의 말씀을 드린다. 자기가 효심을 지녔다면 영계에서 영생하는 영혼을 만나보라. 사람은 어차피 이승에서 삶을 위하여 본의 아니게 원(怨)과 죄(罪)를 짓고 살다 가는데, 영계에서 억울하게 사시는 분이 없는지, 구명시식으로 극락세계로 천도하시도록 함이 자손의 도리가 아니겠는가.

나는 차길진 법사의 집전으로 장인의 천도를 했고, 차 법사의 가르침으로 이승에서 얼마 남지 않은 여생을 선을 행하면서 살기로 노력하기로 했다.

나도 젊었을 때는 군인으로서 6 · 25 전쟁에 참전하여 한국 육군 중에서도 아마도 열 손가락 안에 드는 대량 살상의 살인업을 했다. 전시에 나는 포병이었으니 말이다. 비록 나라의 명을 받아, 또 나라를 지키기 위해서 한 일이지만 가슴이 아프다.

차 법사는 지리산에서 죽어간 빨치산의 원혼도 천도하였으니 그의 사람 사랑하는 마음을 알고도 남음이 있다.

남다른 영력을 지닌 차길진 법사의 종교적 지도와 영력과 영매로서의 역할은 이 세상을 살아가는 많은 중생에게 깨우침이 되리라고 기도해 본다.

영혼의 치료사를 만나다

전홍준 (조선대학교 의과대학 교수)

지난해 가을 나의 진찰실에는 심한 복통과 흉통을 호소하는 40대 남자가 찾아왔다. 그는 부인의 부축을 받고 있었는데 환자의 얼굴은 장기간 병에 시달린 흔적이 뚜렷했다.

당시 그는 인근의 대학병원에 입원 예약이 되어 있는 상태였는데 한 친지의 소개로 왔다는 것이다. 환자는 나에게 별로 기대를 가지고 있지 않은 것 같았고 부인에 의해 억지로 끌려온 눈치였다.

이 환자에게서 지난 15년은 병원과 함께 한 생활로 병원이란 지긋지긋한 곳이었다. 15년 전 뇌출혈로 서울의 유명 대학병원에 입원한 것을 시작으로, 그 뒤 또 한 차례 뇌졸증으로 입원한 적이 있었고, 이어서 심근경색증으로 수십회 응급실에 실려가야만 했다. 그의 문제는 심한 변비, 심근경색, 고혈압, 중풍속발증 등이었다.

본인의 말로는 국내에 심혈관계통의 유명한 의사, 한의사는 거의 다 만나보았고, 심지어 좋다는 민간요법까지 안 해본 것이 없다는 것이다. 한번은 어느 교회에서 운영하는 요양원에 입원하여 단식을 하다가 언어장애가 생겨 중단한 적도 있었다.

이런 판에 시골의 나 같은 풋내기 의사와 마주보고 있으니 양에 찰 리가 없다. 나는 끈질긴 난치병의 배후에는 그에 상응하는 심리적인 문제가 있다고 믿고 있다.

그에게서도 중요한 단서가 나왔다.

그가 처음 뇌출혈로 입원하기 약 1년 전이었다. 지금의 부인과 결혼할 날을 받아놓고 있었는데, 한때 좋아 지내다가 다른 남자에게 시집갔던 옛 여자가 갑자기 나타났다. 자기 남편과 도저히 맘에 안 맞아 못 살겠고 그래도 당신이 제일 좋다는 것이다. 혼인날을 앞둔 채로 불륜의 관계가 시작되었고 이 관계는 결혼식을 치른 후에도 계속되었다.

어느 날 서울의 한 여관에서 같이 지내다가 남자가 발작을 일으키고 혼수에 빠졌다. 인근 대학병원 중환자실에 입원시켰으나 여자의 눈에 환자는 곧 사망할 것처럼 보였다.

뇌출혈이었다.

남자 가족에게 연락할 수밖에 없었다. 조용히 살고 있는 나를 이 남자가 자주 불러내서 만나다가 이 지경이 되었다고 설명하고 그 뒤 여자는 자취를 감추어 버렸다. 온 집안이 발칵 뒤집혔다. 신혼 초기에 이런 일이 벌어졌으니 처가 쪽의 항의가 이만저만이 아니었다. 환자의 부친은 평소에 중병을 가지고 있었는데 이 사건 후 얼마 안 되어 사망하고 말았다. 몇 개월 후 그는 가까스로 회복되었다. 그러나 자신에게 책임을 전가하고 달아난 그 여자에 대한 배신감과 증오감, 세상을 뜬 아버지에 대한 죄책감에 견딜 수가 없었다. 특히 처가 쪽에 고개를 들 수가 없었다. 이중삼중으로 괴로워 가슴이 터질 지경이었다.

얼마 후 정말로 가슴이 터질 것 같은 흉통 발작이 일어났다. 심근경색증이 발병한 것이다. 그 뒤 또 한 차례 뇌졸증으로 입원하게 되고 심근경색으로 수없이 병원 신세를 지는 생활이 지속되었다. 항상 어둠 속을 헤매게 되었고 말 그대로 지옥이었다.

이 환자의 신분은 지방 공무원이었는데, 직장에서도 대인 관계가 좋을 리가 없고 항상 따돌림을 당하고 있었다. 자살밖에는 다른 길이 없다고 느끼기도 했다.

나는 어두운 마음이 신체에 병을 만들게 되는 원리와 경험 사례들을 그에게 일러주었다. 이때부터 그는 나의 얼굴을 쳐다보기 시작했고, 대화에 적극적으로 협조하였다.

지금까지 누구하고도 이런 대화를 나눈 적이 없다며 눈물을 흘리기까지 했다. 나는 그에게 예약된 병원의 입원을 잠시 미루고 먼저 어두운 마음 지우기부터 하도록 권유했다.

방을 따로 거처하고 세 명의 괴로운 대상지를 머리에 떠올리며 무조건 용서를 구하고 축복하는 말을 주문 외우듯 계속하도록 한 것이다.

"전적으로 나의 잘못이었습니다."

자신의 귀에 들릴 만큼 계속하다 보면 말의 힘이 크게 작용하여 가슴에 큰 변화를 일으킨다는 원리이다. 이 방법은 가끔 다른 나라의 의사들이나 심리요법가들에 의해 사용된 것으로 슬픔과 증오의 대상을 떠올리며 계속하다 보면 심리에 큰 변화가 오게 되고 따라서 신체에도 즉각 변화가 온다고 한다.

"잘되었습니다. 잠도 안 오고 하니 오늘 밤 날이 샐 때까지 세 분의 얼굴을 번갈아 상상하면서 계속 소리내서 외우십시오. 그리고 내일 아침 다시 오십시오."

이튿날 오전 두 부부가 다시 찾아왔다. 환자의 얼굴이 밝아져 있어서 나도 놀랄 정도였다.

"어떻게 했습니까?"

"시키는 대로 방에 홀로 앉아 그 여자, 아버지, 처의 얼굴을 번갈아 상상하면서 '용서하십시오. 당신을 존경합니다.'를 계속 소리내어 외웠더니 뜨거운 눈물이 많이 쏟아졌어요. 평소 같으면 도저히 잠을 이루지 못했는데 5시간쯤 계속하니까 몸이 축 늘어지고 나도 모르게 쓰러져 깊이 잠들어 버렸습니다."

아침에 일어나니 흉통과 복통이 현저히 좋아졌다. 모처럼 깊은 잠을 잘 수 있었고 쾌변도 보았다.

마음이 한결 가벼워졌다. 이날이 금요일이었는데 나는 일요일까지 이 방법을 밤낮없이 계속하고 다음 월요일에 다시 오도록 하였다.

월요일에 전화가 왔다. 예약병원에 입원할 필요도, 나에게 다시 올 필요도 없게 되었다는 것이다. 매우 편안해졌다는 이야기다.

두 달 후 연하엽서 겸 편지를 보내 왔다. 내가 의사가 된 후 환자로부터 이처럼 절실하게 감사하는 내용이 담긴 편지를 받아보기는 처음이었다. 그로부터 한 달쯤 후 다시 나의 진찰실을 찾아왔다. 그러나 반대였다. 자신은 병원에 갈 필요도 약을 먹을 필요도 없을 만큼 좋아졌는데 우리 병원에 교통사고로 입원 중인 한 환자를 잘 보아 달라고 부탁하기 위해서 왔다는 것이다. 이 사고 환자의 배경도 재미있었다. 사고 환자는 30대 후반의 부인이었는데 평소에 시어머니와 사이가 매우 나쁜 처지였다. 사고 당일 밤 시댁에 제사를 모시러 갔다가 시어머니와 다투게 되었다. 일가친척들이 많아서 며느리는 꾹 참으려 했으나 너무나 화가 나서 견딜 수가 없었다. 제사도 지내지 않은 채 충돌하고 싶은 마음을 누르며 집을 나와 차를 몰고 가다가 다리 난간에 차가 충돌하였다. 중상을 입고 입원하게 되었다.

사고와 당사자의 심리적 배경은 밀접한 관계가 있다고 나는 믿는다. 이때부터 약 3개월 후에 그는 다시 찾아왔다. 나는 혹시 통증이 재발한 것이 아닌가 하고 얼굴을 쳐다보았다. 그러나 그의 얼굴은 환하게 웃고 있었다.

"왜 또 오셨어요?"

"오늘은 선생님께 감사하다는 말씀을 직접 드리지 않고는 참을 수 없어서 직접 왔습니다."

"무엇이 그리도 감사한가요?"

"선생님을 뵌 후 저의 건강만 좋아진 것이 아니라 좋은 일이 계속 일어나고 있습니다."

이 분은 지난 10년 가까이 시골의 한직에서 근무하고 있었다. 그래서 늘 불만이었다. 도청 소재지로 전근하려고 무던히도 애를 썼지만 번번이 실패하였다.

지난 6개월 동안 원망과 죄책감의 대상이었던 세 사람에 대한 감정만 좋아진 것이 아니라 그토록 밉게 보이던 직장 동료들이 다 곱게 보이기 시작한 것이다. 근래에 만나는 직원마다 당신 얼굴이 너무 좋아졌고, 또 많이 변했다고 늘 한다는 것이다. 이쪽 마음이 좋아지니까 상대편이 좋게 보이고 따라서 상대도 나를 좋게 대하는 것이었다.

그러던 중 어느 날 갑자기 그렇게도 갈망하던 도청 소재지로 전근 발령이 났다. 그것도 제일 원하던 부서로 옮기에 된 것이다. 전혀 기대하지도 않은 뜻밖의 놀라운 일이 생긴 것이다.

따라서 시골집을 팔고 이사를 가야 했고 아파트를 팔아야만 했다. 이 아파트는 평소 잘 팔리지 않는 지역에 있었다. 여차로 아파트 주변 전봇대에다 '아파트 급매도' 하고 종이에 써서 몇 장 붙여 놓았는데 며칠 안 되어 사려는 사람이 나타났다. 기대하던 가격보다 더 비싸게 팔리게 되었다. 이것도 상상 밖의 일이다.

또 전학한 딸아이는 그 도시에서 제일 좋다는 학군에 배치되었다. 그뿐 아니라 집을 사기에는 돈이 좀 부족해서 전셋집이나 얻을까 했는데 엉뚱한 일이 벌어졌다.

옛날에 알던 은행 직원을 버스 터미널에서 우연히 만나 그간의 사정을 이야기했다. 그랬더니 자기 은행에서 관리하는 미분양 아파트가 있는데 장기할부로 입주할 수 있으니 그렇게 하라는 것이 아닌가! 그 아파트에 입주하고도 돈이 남게 되었다. 짧은 기간에 정말 놀라운 일이 계속하여 일어난 것이다. 더욱더 주변 사람과 세상 만물이 다 곱고 좋게만 보였다.

여섯 달 전만 해도 지옥 같았던 자신의 처지가 이제 천국으로 바뀐 것이다. 마음 한번 바꾸니까 그렇게 된 것이다.

이 이야기를 소개하는 이유는 이 환자가 나를 만난 후 좋아졌다고 해서 자랑거리로 내세우는 것이 아니고, 어두운 마음을 지우면 건강도 운명도 밝아질 수 있다는 좋은 사례이기 때문이다.

사실은 내가 이 분을 특별히 도와주었다고 할 것도 없다. 다만 이 책 저책 보던 가운데 대체 이런 방법도 있구나 싶어 환자에게 권유해 본 것뿐인데, 환자 분이 잘 믿고 열심히 실천해서 자신의 문제를 스스로 해결하고 있으니 이 환자가 훌륭한 것이다.

누군가를 미워하고 원망하고 주변과 조화롭지 못한 사람이 참으로 행복하고 건강해진 예가 없다고 한다. 모두를 다 곱게 보고 주변과 조화로우면 인생이 밝은 수밖에 없다. 이런 말을 하고 있는 나는 잘 하고 있는가? 지난날 너무 잘못했기 때문에 이것은 우선 나부터 해당되는 말이다.

어떤 사람이 고질적으로 건강이 나쁘거나 고통스런 일을 당하고 있으면, 그 원인을 밖에서 찾거나 남의 탓으로 돌리기 전에 자신이 그 동안 어떻게 마음을 쓰고 살아왔던가를 돌아보아야 한다.

마음은 영화의 필름에 해당하고 자신의 운명은 스크린의 활동 사진과 비유할 수 있다. 밝고 건강한 내용이 담긴 필름을 끼우면 밝은 모습을, 어둡고 괴로운 내용의 필름을 끼우면 고통스런 모습을 보게 된다. 어떤 필름을 돌릴 것인가, 즉 어떻게 마음 먹고 살 것인가는 전적으로 나의 선택에 달려 있다. 남을 원망하고 미워하게 되면 그 대상이 피해를 당하기 전에 내가 먼저 피해를 입는다. 이러한 어두운 마음은 쇠망치로 시신의 머리를 두들기고 있는 것처럼 어리석은 짓이다.

인생의 목표는 어두운 마음 지우기, 즉 마음 다스리기라고 할 수 있다.

그러던 중 나는 차길진 법사에 대해 알게 되었다.

그는 한마디로 영혼의 치료사였다.

나는 언론을 통해서 차길진 법사님에 대해서 조금은 알고 있었다. 그러나 후암정사를 찾아 이 분을 뵙기는 처음이었다. 근래 나의 어머니 건강이 좋지 않아 구명시식을 통해 도움을 받고자 해서였다.

1997년 3월 어느 토요일 저녁, 후암정사에 들어서는 순간 내가 받은 첫인상은 무엇인가 친숙하지 못한 일종의 중압감 같은 것이었다. 그러나 이러한 느낌은 이날 새벽 후암정사를 떠날 때는 완전히 바뀌고 말았다. 정말 편안하고 포근한 고향집 같은 느낌으로.

구명시식은 우리집 말고도 다섯 가정의 가족들이 동참하는 가운데 진행되었다. 이 과정에서 얻은 경이롭고도 감동적인 체험을 여기서 다 열거하기는 어렵다. 유사한 사례들은 차선생의 저서 「영혼의 X파일」에 잘 소개되어 있다. 우리집 차례는 맨 마지막이었는데 우리 순서가 오기 전에 차선생은 가끔 나와 인연 있는 수십명의 영가들이 찾아왔다고 일러주곤 하였다. 나의 눈에는 보이지 않으므로 나는 어떤 분들일까 의아스러울 뿐이었다. 내 차례가 왔다. 차선생의 말씀이 7년 전 고인이 된 친한 친구가 자신들을 의사(義士), 열사(烈士)로 여기고 있는 수십명의 동료들과 함께 왔다는 것이다.

더듬어 생각해 보니 내가 그토록 존경하고 좋아했던 인권변호사 C형이 과거 암울했던 시절 분신, 투신 등으로 희생되었던 사회 운동 출신들과 함께 오신 것이다. 내가 애석하게 여기고 그토록 그리워하던 분을 대면하고 있다니 반갑기도 했으나 한편으로는 뜻밖이었다. 내가 구명시식에 신청한 영가들은 단지 나의 조상 및 형제 다섯 분이었기 때문이다. 이 분들이 나를 좋아해서 문득 오셨다는 것이다. 차선생은 내가 이 분들과 잠시 대화를 나누도록 주선하였다. 감격스러웠다.

"C형, 당신이 떠나시지 않았더라면 오늘 우리 사회에서 얼마나 큰 역할을 하고 계시겠습니까만, 그러나 너무 애석하게만 여기지 마십시오. C형이 가시기 바로 전 태안사에 계실 때 큰스님의 도움으로

삭발하고 승복을 입고 스님들만 머무를 수 있는 선방(禪房)에 계시도록 허용되었지요. 얼마나 큰 복이었습니까? 그때 이미 출가하신 것입니다. 하루 빨리 환생하셔서 무상대도(無上大道)를 성취하시고 평생에 그토록 갈망하던 대중구원을 꼭 이루시기를 간절히 기원합니다.

함께 오신 영가님들이여, 나는 그대들의 희생을 지켜보며 큰 교훈을 얻게 되었으니 감사합니다. 사회개혁과 대중구원이란 우주와 생명의 본체를 올바로 깨닫고 우선 내가 힘을 얻을 때 가능하다는 것입니다. 부디 진리의 법문을 통해 모든 것을 관용으로 받아들이고 큰 깨달음과 편안함을 얻으시기를 축원합니다."

내 눈에는 보이지 않았지만 이 분들이 퍽 기뻐하고 나에게 고마워한다는 것이다. 나는 이 분들이 영적으로 꼭 그렇게 되리라는 믿음이 느껴졌다. C변호사와 동료들을 위해 차선생은 특별히 배려하는 것 같았다. 참진리란 무엇이며 어떻게 스스로를 가꾸어 나가야 할 것인가에 대한 법문과 함께 좋은 노래와 춤으로 위로하고 있었다. 감동적인 시간이 흘렀다.

이날 밤의 구명시식에 대한 소감을 한마디로 표현하라고 한다면 훌륭한 종합예술이라고 말하겠다. 삶과 죽음이 하나의 공간 속에 어우러져 있고 과거, 현재, 미래가 순간 속에 용해되어 있는 예술, 그 주제는 산 자나 죽은 자가 함께 진리와 편안함을 성취하도록 하는 데 있었지만 그 예술적 소재들은 다양하여 염불, 게송, 시, 영혼과의 대화, 고전무용과 현대무용, 고전음악과 현대음악 및 동양음악과 서양음악, 오디오를 통한 명상음악, 종교적 악기, 조각, 영가들을 상징하는 그림 등 온갖 소재들이 망라되어 있으며, 그 무대는 시 · 공을 내

포하고 있으면서도 시·공을 초원해 있는 미묘하고도 장엄한 분위기
였다. 내가 구명시식을 예술이라고 표현하는 것이 후암정사측에 실
례가 될지는 몰라도 내 눈에는 그렇게 비쳐진 것이다. 종래 감상한
어떠한 예술작품을 통해서도 느껴보지 못했던 종합예술이었다. 이
날 밤 나의 체험은 온통 환희로운 감동 그것이라 할 수 있다.

그 동안 어설프기는 해도 내 나름대로는 영적 진화를 목표로 하는
이러저러한 코스를 거쳐왔는데 그 가운데서 더러는 순수의식의 편안
함과 환희심 같은 것을 경험한 바가 있다. 이날 밤의 느낌도 그럴 때
와 일치하였으며 높은 진동수의 큰 에너지 장(場) 속에 임재하는 것
같은 것이었다. 철야를 하였어도 전혀 졸리거나 피곤하지 않고 의식
은 매우 명료하였다.

후암정사를 떠나기가 아쉬웠고 떠날 무렵 다시 보니 차선생 내외
분은 정말로 건강하고 아름다운 예술가들이었다. 늘 그리운 분들이
었다.

나는 그 동안 의사로서 환자를 보면서 질병과 사고(事故)의 원인이
영적인 작용이 분명한 경우를 여러 차례 보아왔다. 여기서는 그러한
사례들을 다 이야기할 수 없고 기회가 오면 책을 통해 소개할 예정이
다. 나는 이런 환자들을 도와줄 능력이 없으므로 이들이 종교의 교직
자들이나 영매를 통해서 도움을 받도록 보내고는 하였다. 몸이 아파
병원에 오는 환자의 반 이상은 진찰 소견으로는 아무런 이상 소견이
발견되지 않는 경우라고 한다. 이런 환자들에 대해 의사들은 대개 진
정제를 투여하거나 "마음을 편히 하시오" 하며 보내고 있지만 이들
은 거의 모두 영적인 작용 탓이라고 나는 보고 있다. 이런 환자들이
만일 고대나 중세 시대에 살고 있다면 아마 샤먼을 통해서 쉽게 나을

수 있을 걸로 생각한다.

이미 몸에 난치병이 생긴 경우의 상당수도 최초의 원인은 영적인 반영일 것으로 여겨진다.

르네상스 시대의 위대한 의학자 파라켈수스는 거의 모든 병은 '엘레멘타리'라고 불리우는 몸 없는 의식에 또는 상념체의 작용에서 비롯된다고 하였는데, 최근 선진 의학계 일각에서는 파라켈수스의 이론에 다시 주목하기 시작하고 있다. 유명한 소립자 물리학자 카프라(F. Copra)는 물질계의 모든 원리는 의식의 탐구를 통해서 알 수 있다고 하면서 과학의 방법론으로 실증적 분석주의만 고집하지 말고 직관의 방법을 응용해야 한다고 주장하고 있다.

카프라는 현대의학이 그 한계를 벗어나 발전하려면 과거의 샤머니즘에 다시 주목할 것을 충고하고 있다.

몸과 물질세계를 떠난 의식세계를 이야기하면서 과학 맹신자들은 이를 비과학이고 신비주의이고 사변적이라고 무시하려 든다. 과학이란 무엇인가? 잘 살펴보면 과학이라는 것도 그 자체가 불변의 진리라기보다는 이것이 이러하므로 저것이 저러하다는 일종의 신념체계일 뿐이다. 세계의 모든 사람과 대상을 과학의 잣대로만 재고 이 잣대로 잴 수 없는 것은 진실이 아니라고 하는 태도는 10cm 길이의 잣대로 100km 거리를 단박에 잴 수 없거나 1kg짜리 저울로 1,000톤의 무게를 달 수 없으면 그 대상이 없다고 하는 식과 같은 억지인데, 이것이야말로 비과학적인 태도이고 미신인 것이다.

인류가 이루어놓은 과학적 성과란 아직도 낮은 수준이며 제한되어 있음을 위대한 과학자일수록 잘 알고 이를 인정하고 있다.

과학은 물질세계의 진행과정, 즉 어떻게?(How)는 조금 알고 있지만 왜?(Why)는 모르고 있는 것이다. 마치 영화나 연극의 중간 장면 한두 컷은 알고 있으나 전체 줄거리와 주제는 모르고 있는 것과 같다고 할 수 있다.

설사 과학기술과 수단이 아무리 높은 수준으로 발전한다고 하더라도 거기서 얻은 정보는 어차피 과학자의 한정된 감각기관(五官)을 통해서 다시 번역되어 인식해야 하므로 분석적 과학으로는 영원히 우주와 자연의 본질을 바로 알지는 못하게 된다. 카프라의 주장대로 미래의 과학은 직관의 방법을 통해서 의식의 세계를 탐구하는 쪽으로 나가야만 한다. 그렇게 하더라도 역시 학문만을 통해서는 우주와 생명을 통째로 이해하지 못할 것이다.

영적인 세계, 의식의 세계는 탐구자가 탐구대상과 분리됨이 없이 오직 그것이 되어 경험하기를 통해서만 알 수 있을 것이고, 생각으로 헤아리거나 언어로는 표현할 수 없다고 믿는다. 이러한 관점에서 볼 때 이러한 구명시식은 과학과 철학, 심리학의 한계를 뛰어넘은 의식의 탐구이자 생명에 대한 큰 사랑의 표현이라고 할 수 있겠다.

당신은 ET인가

박희선 (한국심령과학협회장, 전 서울대 교수)

나의 자의(自意)건 타의건 한국심령과학협회 회장이라는 직책을 두 번째 맡고 있다(제1차 1985년). 그 때문에 나는 오늘날까지 내 직책상, 또 내 관심상 한국 내는 물론 세계 각국의 많은 영력자들과 대화를 교환할 기회를 종종 가졌다.

예를 들면 크룩크스(1832-1919), 모제스(1839-1892), 바렛드(1815-1929), 코난도(1858-1930), 아사노(1871-1937), 후쿠라이(1869-1952) 등과 문헌을 통해서, 현존하는 세계적인 영능자는 예를 들면 라이오넬 오웰, 마조리 카이드, 엘 마이야, 엘렌 토바츠, 후나코시 및 코이게 여사 등은 개인적 또는 국제회의 석상 등을 통해서 알게 되었다.

영혼이며 유령 등의 심령현상은 사람의 출생이며 사망과 마찬가지로 엄연히 존재하는 자연현상으로서 사람의 두뇌로 안출된 형이상학적 개념이 아니다.

따라서 이것은 자연과학 연구에 적합한 문제이고 개념의 토의를 전문으로 하는 철학자가 취급할 영역이 아니라고 나는 확신한다.

지금부터 약 150년 전인 1848년 미국 뉴욕주의 작은 마을 로체스타에서 일어난 '하이즈빌' 사건, 소위 '로체스터 노킹' 사건을 계기로 하여 미국 심령연구회(ASPR)가 발족되었고, 심령현상이 과학의 대상이 될 수 있다는 사실이 증명되었다. 그 후 저명한 인사 및 영매(靈媒)들의 노력에 의하여 심령현상을 연구 대상으로 하는 새로운 심령연구회가 발족되었다. 이들 협회는 그 후 심령연구협회(ISF)로 통합되고, 그 제1차 회의가 1921년 코펜하겐에서 열린 이래 오늘날까지 꾸준히 계속되었다. 그리고 현재 미국 LA에서만도 약 50여개의 심령과학 교회에서 이 심령현상을 정열적으로 연구하고 있는 실정이다.

1994년 9월 25일부터 10월 2일까지 일주일간 제23차 회의가 영국 화이트섬에서 개최되었고, 필자도 거기에 참가하여 세계 50여개국에서 구름같이 모인 영능자들과 대화를 나눌 수 있는 기회를 가졌다. (우리 협회도 ISF에 1986년 가입하였다.)

이와 같은 회의를 통하여 선진 제국에서는 많은 과학적인 자료가 수집되었고, 마침내 영혼의 존재를 확신하기에 이르렀다.

오늘날까지 영계와 영혼에 대하여 학립된 내용의 골자를 요약하면 다음과 같다.

(1) 인간의 본체는 '영혼' 이고, 이것은 인간이 지상에서 생활하고 있는 동안에는 육체 안에 들어가 있으나, 육체가 사망할 때에는 영혼은 육체에서 이탈하고, 그 후 생전과 같은 개성과 기억을 가지고 영계에서 생존을 계속한다.

(2) 현계(現界)와 영계와는 통신이 가능하다.

(3) 인간의 지상 생활은 그들 조상들의 영혼이나, 또는 다른 영혼의 영계에서의 심경(心境)으로부터 커다란 영향을 받는다.(이하 생략)

우리는 이와 같은 발표를 통하여, 인간은 사후에도 생전과 같은 사상과 기억을 가지고, 지상에 있을 때와 같은 생활을 계속하고 있으며, 상황 여하에 따라서는 지상에 있는 인간에게 직접 간접으로 커다란 영향까지 미칠 수 있다는 사실을 알 수 있다. 그리고 이들 영계에 있는 영혼과 지상에 있는 인간은 영능력자들에 의하여 통신이 가능하다는 사실도 알게 되었다.

이와 같은 사실을 입증하는 가장 신빙성이 있는 실험은 교령회(交靈會)이다. 이것은 죽은 사람의 영혼을 영능자에 의하여 지상에 불러내고 그들과 직접 대화함으로써 영혼과 영계에 대한 제반현상을 연구하는 모임을 말한다.

이와 같은 교령회에서는 아무리 유능한 영능자라고 하여도 영능자가 직접 영혼과 대화하는 경우는 거의 없고, 영매라고 불리우는 또 다른 영능자를 통하여 영혼과 통화하는 것이 보통이다.

심령과학 연구에는 이처럼 반드시 유능한 영매가 필요하다. 현재 세계 각국에는 빠르게 양성된 영능자가 상당수 있어 각종 심령과학 현상 연구에 이바지하고 있다.

그들은 사람이 사망할 때 영혼이 육체로부터 이탈하는 상태를 볼 수 있고(영시―靈視), 또 영혼과 대화도 가능하다(교령―交靈).

이와 같이 하여 영혼의 모습, 얼굴형, 복장, 말소리 등의 특징 등을 생존자에게 알려줌으로써 영혼의 존재를 실증하여 주는 것이다. 이

외에도 소음, 물품이동, 물질화현상(에크토프라즘), 심령사진, 발광
현상, 심령치료 등의 수단에 의하여서도 영계와 영혼의 존재를 과학
적으로 입증하고 있다.

우리나라에는 세계적으로 유능한 엉능자가 많다고 말하고 있다.
흔히 우리가 말하는 무당들도 영능자에 속한다.

그러나 우리나라에는 이들을 체계적으로 훈련시키는 기관은 없다.
영국은 런던시에만도 심령과학대학이 7개소나 있다.

나도 1994년 세계 심령과학총회에 참석차 런던에 갔다가, 이중 3
개 대학을 방문한 바 있다. 여기서는 학생들에게(대개가 영능력을 가
진 사람들) 상당히 고차원적으로 교육을 시키고 있었다. 그 증거로
영국 왕실에 심령술사가 상주하고 있다는 사실은 독자들도 외신보도
에 의하여 잘 알고 있을 줄로 안다.(왕실 심령술사 '베티팔코'가 밝
힌 바에 의하면 왕세자비 '다이애나'도 대단한 영능자로 현대판 '나
이팅게일'이라고 불리고 있다.)

우리 심령과학협회도 앞으로 이와 같은 기관(심령과학전문대학
등)을 설치하여 교육함으로써 세계적인 영능자의 배출을 계획하고
있다.

다음 내가 여기에 소개하는 차길진 법사는 일반적인 영능자하고는
차원이 상당히 다르다. 그는 영계의 고급영들과 직접 본인이 대화가
가능하며, 일반 영능자들처럼 변성의식상태(최면 등)에 들어간 다른
영매를 통하여 교령하는 일이 없다. 또 일반 무속인들(소위 무당)이
그들의 고정된 신을 업고, 그들 신들의 지시에 의하여 미래를 보거나
점괘를 내리는 것 같은 수단도 필요 없다.

차 법사는 구명시식(救命施食)이라는 절차에 의하여 영매를 중개하지 않고 직접 원하는 영혼을 불러내어 그 영혼과 생시에 대화하듯 정확하게 의사 전달을 주고 받을 수 있는, 실로 세계 유일한 영능자라는 것을 나는 직접 체험하였다.

지난 2월 16일 밤 9시부터 우리들은 한국심령과학협회 주체로, 6·25 사변 때 '일본교포학생의용군' 중 전사한 262명의 영혼에 대하여 극락왕생을 천도하는 구명시식을 차 법사 주재하에 실시한 바 있다. 그때 다행히 필자의 가족에 대해서도 병행하여 구명시식을 실행했다.

그 구명시식을 통하여 확인된 여러 가지 현상을 다음에 요약하여 설명한다.

첫째 가장 놀랐던 일은 그 많은 영혼들 중 자기 계급이 틀린 영혼 또는 자기 이름이 잘못 적힌 영혼들이 각각 그것을 정정해 줄 것을 요청하였다(이것은 그 이튿날인 17일 '재일의용군총본부'에 조회한 결과 사실이라는 것이 증명되었다).

그 외에도 각자의 억울한 죽음, 앞으로의 희망 등에 대하여 실로 마치 산 사람을 대하는 것과 같이 대화를 나누고, 일일이 우리 협회에 참석한 회장단 여러분들한데 설명해 주셨다.

그리고 필자의 조상들에 대하여도 부친을 비롯해 어머니, 할머니 등의 영혼들을 불러내어(혹은 같이 오셔서) 마치 누가 사전에 내용을 적어준 것처럼 모든 사실을 정확하게 지적하여 주시고, 그들이 원하는 것에 대한 대책도 지시하여 주셨다.

정말로 감탄할 따름이었다.

나는 이전 일본에서 이와 같은 교령회를 TV 촬영 때 입회한 바 있었으나, 한 차례도 성공한 예가 없었다. 그것은 영혼들이 그와 같은 TV 촬영 하에서는 대화를 거절하기 때문이다.

금번 차 법사도 많은 영혼들의 집단적 압력에 의하여 이제까지 구명시식 중 최대로 어려움을 당하였다고 한다.

그 동안 국내는 물론 일본, 영국 등에서의 교령회를 통하여 나는 관념적으로 영혼과 영계에 대해 어느 정도 그 존재를 인식해 왔다. 그러나 이와 같은 영혼과의 대화를 직접 체험함으로써 영혼과 영계의 실존을 확신하게 되었고, 차 법사의 이와 같은 초인적인 영능력에 대하여 경탄을 금할 수 없었다는 사실을 나 개인은 물론, 심령과학협회 회장의 입장으로도 솔직히 고백하는 바이다.

차 법사는 이제까지의 수많은 구명시식에 의한, 영계와 영혼들과의 대화를 해 왔다.

다음 차 법사가 쓴 글에서 강조하는 지도 정신 중 감명 깊은 몇 귀절을 적는다.

'인간이 살면서 무엇이든지 누구에든지 정성을 들이고, 소원을 풀어주고, 들어주기 위해 노력하면 영혼의 세계에서는 이에 대한 은혜를 갚기 위해 음우(陰佑)로서 도와주고, 그 결과 그 대상자는 복을 받는다.'

'육신의 세계는 순간이고 영혼의 세계는 영원하다. 근간 악한 일을 범하고서 순간 향락한 사람은, 영원한 영적 세계에서 그보다 몇 배, 아니 몇 천, 몇 만배의 고통을 당한다는 것을 이해해야 한다.'

'만약 인간이 영혼의 세계가 존재한다는 것을 확신한다면 그 짧은 인생살이 기간 동안에 악을 범할 수 없을 것이다. 순간적인 향락을

위하여 무한한 삶을 고통으로 지낼 수는 없기 때문이다.'

'인간 모두가 자기의 이익만 추구하는 일이 없이, 오직 봉사로 일관하면서 남을 우해 희생을 마다하지 않을 때, 다시 말해서 자연법칙에 따르면서 살아갈 때 건강과 행복은 물론 영적인 광휘와 심적 충만을 가져오는 최고의 선(善)을 영위할 수가 있다고 본다. 왜냐하면 이러한 경지에 이를 경우는 잠재된 신성(神性)의 일부나마 표현할 수 있기 때문이다.'

나는 인간이 영계로 가기 전에 선을 행하여, 영계에서는 고급 영이 되어 극락세계에서 영생하는 길을 열도록 인도한다.

내가 이제까지 많은 연구보고와 경험에 의하여 정립한, 영혼과 영계에 대해 참고될 만한 내용을 정리해 보겠다.

첫째, 3차원세계의 생존자(인간)의 내적 배후에는 4차원세계(영계)의 생존자(영인―靈人)가 있고, 영인의 외적 발판으로 인간이 있다. 인간은 항상 모든 면에서 영계의 지배를 받는다.

둘째, 인간 각자에게는 그들의 행동을 돕고, 의지를 컨트롤하며, 그들의 손을 사용하여 글을 쓰고, 그들의 목청을 이용하여 말하는 눈에 보이지 않는 실체가 존재한다.

셋째, 사람은 사후에 천국에서 살기를 바란다면, 먼저 세상에 살고 있을 때, 즉 이 세상에서의 인생 그 자체를 천국화하지 않으면 안 된다. 다시 말하면 지상에서 육체를 갖고 있을 때 천국에 살지 않고, 그 외적 신체(육체)를 벗어버렸을 때 천국에 승천한다는 것은 불가능한 일이다.

차 법사는 한국조계종 포교사로 영능자로서의 우수한 조건을 완비한 보기 드문 사람이다. 우리나라 영능자들의 대부분이 정규 교육을 받지 못한 저지식층인데 반하여, 차 법사는 현대교육의 최고학부를 나왔고, 많은 작품을 내었고, 입상까지 한 문학인이기도 하다. 또 현재 그는 민주평화통일자문회의 상임위원이기도 하다.

그는 이제까지의 그가 경험하였거나 구명시식을 통하여 습득한 지식을 엮어 많은 저서를 출간하였으며, 그중《한 마리 까치가 되어》《애정산맥 上·下》《영혼의 목소리 上·下》《죽었다 살아난 사람들》《영혼은 비자가 없다》등의 명저를 냈으며, 그 가운데 일부는 현재까지도 스테디 셀러계열에 들고 있다.

또 최근의 영혼과 영계 시리즈《영혼의 X파일(Ⅰ, Ⅱ권 출간)》도 베스트셀러라고 한다.

그는 이외에도 많은 글을 통해 영계와 영혼의 세계에 대하여 많은 교훈과 지식을 우리들에게 주고 있다.

그의 구명시식 행사는 독특한 것으로, 그것은 영계에서 고민하거나 또는 후손들에게 빙의하여 괴롭히는 영들을 호출하여 생존하는 가족들과 대화를 시키고, 그들을 선도하여 극락에 인도함으로써 소위 난치병을 치료하여 주고, 또 곤경에 빠진 사업 등을 정상화하도록 도와주고 있다.

내가 현재까지 접촉한 많은 영능자 중에 우리나라에서 국제적으로 내놓을 만한 사람은 현재로서는 차 법사가 유일하지 않을까 생각한다.

현재 우리 심령과학협회로서는 이와 같은 유능한 영능자의 양성과

발굴에 대하여 많은 노력을 경주하고 있다. 그것은 매2년마다 개최되는 국제심령과학협회 총회에(다음은 1999년―미국) 우리도 간판 스타를 참가시켜 이 방면에서도 대한민국 국위를 선양하려고 기대하기 때문이다(한국심령과학협회는 1986년 국제심령과학협회에 가입, 현재에 이른다).

물론 풍속, 습관 및 사고방식이 세계 각국마다 틀리는 것처럼, 영혼에 대한 관념도 각각 다르다. 영혼의 부정을 문화적이라고 생각하고, 무속을 미신이라고 일방적으로 규정하고 있는 우리나라의 현실정은 하루 속히 전환시킬 필요가 있다.

차 법사는 이와 같은 견지에서 볼 때 우리나라 심령과학 발전을 위한 실로 귀중한 존재라고 믿어 마지않는 바이다.

우리들은 차 법사와 같은, 세계에 둘도 없는 초능력자를 우리들에게 보내 준 (내 개인 견해로는 차 법사는 ET, 즉 외계인이라고 생각한다. 전문 연구가들의 발표에 의하면 현재 지구상에는 몇 명의 ET가 현존하며 우리들의 생활을 돕고 있다고 한다) 우주계(한울)에 감사드린다.

그리고 이와 같은 귀중한 존재를, 우리들은 다만 한 나라 한 국민의 영혼 구제에만 국한할 것이 아니라, 더욱 세계 각국에 확산하여야 한다. 그리하여 머지 않은 장래에 다가올지도 모르는 지구의 파멸과 인류의 멸망을 저지하여 호전시키는 우주적 차원까지 유도할 것을 기대하고 또 희망하는 바이다. 우리들이 심령과학 발전을 도모하는 궁극적 목표도 여기에 있는 것이다.

제 2 부

법사님, 살려주십시오!

난파하려던 한 가정을 살려 주셨으니……

정용준 (전 털보네 그룹 부사장)

인생을 살아가는 데는 길흉화복이 따르기 마련이며 어쩌면 길과 흉, 화와 복이 동시에 같이 존재하는지도 모른다. 그리고 인연이란 참 묘한 것 같다.

1972년 봄, 그러니까 26년 전 청주로 발령받았을 때의 일이다. 나는 인연, 지연, 학연이 전혀 없는 생소한 객지에서 타향살이 하숙생 신세가 되었다.

그 당시 청주 고속 버스 터미널 주변에 있는 '털보식당'에 몇 번 들르게 되었는데 하루는 그 식당 주인인 M씨가 나를 불러 세웠다. 그래서 하는 말이 하루에 수많은 손님이 오가지만 당신이 마음에 와 닿는다며 통성명을 나누고 가족과도 인사를 나누게 되었다.

그런 일이 있고 얼마 후였다. M씨가 경부 고속도로 망향과 옥산 휴게소를 낙찰보게 된 것이었다. 그래서 나와 전생에 무슨 인연이 있었던지 경영에 동참하자는 제의가 있어 M씨 두 형제와 회사를 창업하게 된 것이다.

그후 승승장구로 성장하면서 몇 개의 자회사를 거느린 털보네 그룹 부사장의 책임을 맡게 되었다.

그러나 94년 3월 15일 불행의 날을 맞게 되었다. 모기업과 자회사가 연쇄 부도를 당하게 되었고, 20여년 동안 청춘을 불사르면서 쌓아올린 모든 것들이 하루아침에 물거품이 되었고 산산조각이 나고 말았다.

집은 경매로 넘어가고 가진 것이라고는 아무것도 없는 참담한 현실 속에서 절망과 실의에서 방황하는 신세가 되고 만 것이었다. 노모와 만혼으로 얻은 어린 남매와 처에 대한 죄책감과 당장 겪어야 할 물질적인 궁핍이 나를 힘들게 하였다.

절박한 현실에 대한 아무런 대책 없이 고통의 나날을 보내게 되었고 말 그대로 호구지책이 막연했다.

부모에게 불효하고 어린자식에게 아비로서 아무 흔적도 남기지 못하는 주제가 되었고, 지겹게 고생만 시켰던 처에게 남편으로서의 도리를 못한 나로서는 회환의 아픔을 견뎌야 했다. 그러나 길흉화복이란 누구에게나 있는 것이 아니겠는가.

'모든 것이 나의 업연이라면 어떠한 불행도 내 것인 것을, 누구를 원망하고 탓하랴. 오고 감은 항상 있는 법이고 인생살이란 오묘한 것이구나.'

하면서도 갈피를 잡지 못하던 차에 조그마한 서점에 들러 우연히 영계에 관한 서적을 뒤적거리게 되었다. 그러다가 한화 그룹의 김 부장이 차길진 법사에 대한 영계 체험담을 쓴 글을 보게 되었다. 평소 잘 알고 지내던 김 부장을 통해 차 법사님의 연락처를 알게 되었는데 순간적으로 만나 보고 싶은 충동을 느꼈다.

나도 모르게 마음속으로 상상을 지어보면서 96년 2월 어느 날 오전 일찍 법사님이 계신 후암정사에 발을 들여놓게 된 것이다.

그곳에 청아하고 인자하신 노보살님이 계시기에 인사를 올리고, 차 법사님을 뵈옵고 싶다니, 오후에 나오신다기에 미련을 떨고 몇 시간을 기다리기로 했다.

그러던 중 노보살님과 이런저런 얘기를 하게 되었는데 나는

'이 또한 인연이구나.'

하는 생각이 들었다.

이런 생각을 하게 된 이유는 다름이 아니라 차길진 법사님의 부친께서 경찰총경 출신이며, 공비토벌과 불안했던 그 당시 치안행정 등 나라를 위해 지대한 공훈을 세웠던 훌륭한 분임을 얘기 들으면서 나의 아버님이 떠올랐기 때문이다.

아버님 역시 혼란했던 그 당시 빨치산으로 유명했던 태백산, 소백산 등지에서 혁혁한 공훈을 세움으로써 반공투사 공적비가 고향 경북 봉화에 건립되기도 한 분이었다.

아버님께서는 일평생 인술을 베푸시고 불우자를 보살피셨다.

젊은 시절 한때 입산 수도에 정진하시면서 차원높은 도의 경지에 이르셨던 분으로서, 차 법사님 부자와의 유사한 행적에 또 한 번 전생의 인연법을 생각하게 되었다.

기묘한 생각에 사로잡히면서 차길진 법사님에 대한 기사와 영험담을 실은 『한 마리 까치되어』라는 책을 탐독하면서, 영계의 신비스러움과 차 법사님의 초능력적인 영력과 영혼의 본체에 대한 이해와 의아함이 뒤범벅으로 교차되면서 나도 모르게 매료됨을 느꼈다.

초조하게 기다리는 동안 여러 신도들과 각계 각층의 저명한 분들

이 오셔서, 차길진 법사님의 구명시식에서 실제로 겪었던 체험담으로 화제의 꽃을 피우느라 시간가는 줄도 모르고 있었다.

이윽고 차 법사님이 들어오셨다.
평범하고 소탈해 보이는 중후한 보통분으로서 오신 손님들께 다정하게 손을 잡아 주시면서 반갑게 맞이하셨다. 다들 각양각색의 사연들이 있어서인지 구원의 손길을 간절히 기다리는 모습이었다.
그중 한 사람인 나는 96년 4월 27일이면 경매당한 집을 비워주고 이사를 해야 되는데도 수중엔 단돈 백만원도 없는, 믿기 어려울 정도로 각박한 현실이었고, 80노모와 대학 시험을 치러야 할 아들이 있었다. 그야말로 암울하고 막연한 처지였다.
4월 27일이라야 불과 2개월 남짓인데 속수무책으로 하루하루를 보내는 게 모습이 초라하기만 했다.
차 법사님께 매달려 헤어날 수 있는 길을 찾겠다는 일념으로 사정을 말씀드렸다. 그러자 차 법사님께서 하시는 말씀이 털보네 식품을 알고 계신다며 고생이 많았을 거라는 말씀과, 2개월 반쯤 후에 누구의 도움이든 길이 있으니 염려 말고 기다리면 해결될 것이라는 짧은 말씀을 듣고 나는 반신반의의 얼떨떨한 마음으로 물러나면서 허황한 실망감마저 들었다.
집에 돌아오니 식구들이 나의 눈치만 보고 있는 모습을 볼 때 뭐라고 마음의 안정을 주는 얘기를 해야 할지 망설이지 않을 수가 없었다. 그러다 불안하게 물어오는 처에게 차 법사님의 말씀을 전했더니
"그렇게만 되면 더 바랄 게 없겠어요."
하면서도 역시 의아하게 생각하는 것 같았다.

　그런데 그후부터 사형선고일과 같이 생각되던 그 날들이 하루 하루 다가오고 있었지만, 이상하게도 온 식구가 불안한 마음이 서서히 사라지고 모든 일이 차 법사님의 말씀처럼 잘되겠지 하는 믿음으로 바뀌는 것이 아닌가! 그리고 마음도 안정이 되어 가는 것이었다.

　그러면서 배짱과 용기가 생겼고 몇 번의 피치못할 사정이 있었으나, 예고나 한 듯 자리를 모면하게 되었다.

　처와 나는 왜 우리가 별 걱정이 되지 않는지 서로가 반문까지 하였고 남들이 의심할 정도로 마음의 여유를 가지고 태평하게 지내기로 하였으니 이것은 원력에 의한 조화가 아닐까!

　이사갈 전셋집을 구하러 복덕방을 다니는데 4월 26일까지 비워 줄 집을 임박해서 찾으니 형편에 맞는 집이 여의치 않았다. 마침 한 집이 있었으나 전세금이 부족한 실정이고 해서 다시 돌아왔다.

　다른 복덕방에 문의했더니 한 집이 있다기에 따라가보니 먼저 갔던 그 집이 아닌가! 이것도 인연인가 보다 하여 여의치 못하면 계약금에 대한 손해를 감수할 각오로 무작정 계약을 하기로 했다.

　4월 27일이면 집을 비워주고 이사를 가야 하는데 드디어 오늘 4월 26일 아침이 왔다.

　식구들은 초조한 마음으로 내 눈치만 보고 있었다.

　더욱이 팔십 노모의 걱정 어린 모습에 메어지는 마음을 가누지 못한 채, 아무런 생각 없는 혼나간 사람처럼 말 한마디 못하고 약속장소로 향하는 내 마음은 만감이 교차하고 있었다.

　그 무엇으로 형언할 수 있으랴!

　멍하니 약속한 장소에 앉아 만나야 할 사람을 기다리는데 나타나지 않았다.

'모든 것이 허사로구나.'

하는 허탈감에 안절부절하고 있는데 그 사람이 나타났다. 불가능했던 일이 잘 해결되었다면서 오늘 오후 3시경 7천 7백만원의 금액을 찾을 수 있으니, 마음놓고 걱정하는 가족에게 급히 전화를 하라는 말을 하는 것이 아닌가!

순간 가슴이 메어왔다.

어머님과 처, 그리고 전화를 하던 나는 눈물을 삼키면서 전화를 놓았다.

'이제 살았구나!'

하는 생각이 들었다.

순간 난 차길진 법사님의 말씀이 떠올랐다.

'차 법사님의 영력의 가피를 입었구나!'

하는 믿음에서 마음속으로 차 법사님께 파멸의 한 가정을 살려주셔서 진심으로 감사하다는 말을 몇 번이고 되내이면서 나는 복덕방으로 급히 달려 갔다. 그러나 잔금 중 300만원이 부족한 것이었다.

그런데 마침 옆에서 걱정을 해주었던 스님 한분이 그 사정을 보고 자기 주머니에서 선뜻 돈을 내어주면서 협조해 주겠다고 하는 것이 아닌가!

주인집에서는 백오십만원을 탕감해주고, 낙찰자는 이사비용 일체를, 복덕방에서는 복비를 감해주면서 형편이 될 때 정리해 달라니 이 모든 사연들이 차 법사님의 원력이 아니고 무엇이겠는가!

참으로 신기함을 느꼈다.

그렇게 한편의 드라마 같은 여정의 막이 내려졌다. 이튿날 4월 27

일 아침에 이삿짐을 꾸리고 오후에 지금 살고 있는 강동구 길2동 133번지 프라자 빌라 4층으로 이사하게 되었다. 그리고 비록 전셋집이지만 행복한 보금자리에서 80노모를 모시고 온식구가 화목하게 살고 있다.

너무나 기적 같은 차길진 법사님의 영능력을 체험하면서 영혼세계를 직접 실증하게 된 것이다.

작년 5월 구명시식을 하면서 나는 또 한 번 놀랐다.

차 법사님은 외국에서 온 죽은 영령이 있다는 말씀을 하시는 것이었다. 나는 그것을 이해하지 못하고 어리둥절하고 있었다. 그러던 차에 문득 생각나는 일이 있었다.

우리 회사가 러시아에 사업을 진출시키면서 러시아어 통역사의 아들을 국내 회사에 고용하게 되었다. 그런데 그가 그만 교통사고로 목숨을 잃은 것이었다. 그래서 그날 구천에 떠도는 영혼을 왕생 극락토록 천도해 주었다.

그리고 한편 사업을 하는 내 동생이 피치 못할 어려움에 이르러 차 법사님께 애로를 실토하던 중 내일이면 자금이 해결될 것이라고 말씀하셨다.

그때의 상황으로 볼 때 도저히 해결될 수 없는 일이었다.

그런데 이게 어찌 된 일인가? 상상외로 자금이 유입되게 되었고 위기를 넘길 수 있었다.

그 후에 또 한 번 다급한 일로 법사님을 뵈었을 때도 역시 해결될 것이라는 믿기 어려운 말씀을 하셨지만, 어려움을 모면하게 되었고 지금은 동생이 하던 공사가 잘 마무리되어 가고 있다.

또 법사님께서 앞으로의 일에 대해 확신있는 말씀을 하신 지 얼마 되지 않아, 새로운 공사가 발주되게 되었으니 이 어찌 기쁜일이 아니 겠는가!

차길진 법사님의 초능력적인 영능력을 무엇으로 어떻게 표현해야 할지…….

차길진 법사님으로부터 영혼의 존재를 더 깊이 인식하게 되면서 비로소 오관육근에 매달리는 생활의 허무함과 덧없음을 알 수 있을 것 같다. 영혼은 육안으로 볼 수 없고 손으로 만져 볼 수는 없는 것이 지만 육체가 죽으면 차원을 달리 한 천상계 세계에서 생활하는 생명 이 아닐까.

구명시식과 <용(龍)의 눈물>

안형식 (탤런트)

결론부터 말하자면 나는 내가 차 법사님을 만나게 된 것을 행운이라고 하기보다 나의 운명을 바꾸게 된 숙명적인 큰 은인을 만났다고 생각한다.

나는 차 법사님을 만난 이후 종종 이런 생각을 하게 되었다.

이 세상은 얼마나 살기 힘들고 괴로운가!

한 인간이 이 세상을 살아가면서 얼마나 많은 어려움을 겪게 되고 그 어려움을 극복해나가기 위해 얼마나 많은 노력을 해야 하는가.

허나 노력한다고 해서 이런 모든 것이 해결될 수 없었지만, 차 법사님을 만남으로서 해결되다니 나 자신도 참으로 이해할 수 없는 불가사의한 일이라고 생각한다. 그렇다면 이 세상 모든 사람이 그 분을 만난다면은 그 고통과 괴로움에서 벗어날 수 있지 않을까?

그것은 '인연'이라는 한 단어로서 충분히 설명될 수 있으리라.

나는 어떤 묘한 인연이랄까, 신의 섭리라고 할까. 아무튼 나는 기이한 인연으로 차 법사님을 만났다. 그리고 그분으로 인해 내 모든 어려운 일들과 괴로움이 반감되었고 소원도 성취돼 가고 내 인생의 전환기를 맞이하게 되었다.

　연예인 생활한 지 20여년이 넘는 나는, 법사님을 만날 즈음 매우 어려운 시기였다. 가끔 TV에 얼굴은 비추지만, 그 수입은 얼마 되지 않았다. 그리 변변한 역할이 주어지지 않은 채였다.

　나는 스포츠 신문을 정기구독하고 있었다.

　어느 날 차 법사님의 신통력에 대한 기사가 신문에 게재된 것을 보고 관심을 갖게 되었다. 그런데 나의 처가쪽에 불행한 사건이 생겼다. 둘째 처형의 큰 아들이 나이 스물, 대학 일학년 재학중, 뚝섬 근처 한강변에 놀러갔다가 물에 빠져 죽은 사건이 생겼다.

　솔직히 말해 나는 천성이 게으르고 생각만 하지 실천을 잘 못하는 성격이었다. 그래서 내가 직접 차 법사님을 찾아뵐 생각은 못하고, 큰 불행이 닥친 처형과 동서형님한테 이러이러한 능력을 가진 사람이 있다고 차 법사님에 관한 얘기를 해주었다.

　그들은 내 이야기를 듣더니 차 법사님을 찾아갔다. 자식 잃은 큰 아픔을 조금이라도 덜기 위해 어렵게 법사님을 뵙게 된 것이었다. 차 법사님과의 면담 후 오랜 시간이 지난 후 구명시식을 하게 되었다. 나는 호기심 반 기대 반의 심정으로 그 구명시식에 참관하게 되었다.

　구명시식 초반에는 이것이 쇼가 아닌가 하는 의구심도 들었다. 영혼을 모시고 조상을 모시는 자리에 춤과 노래라니…….

　하지만 나야 그저 참관인이고 관찰자의 입장이었으니 밑져야 본전이라는 심정으로 구명시식 과정을 지켜보았다.

어느 정도 시간이 지났다. 그랬는데 나한테 귀신이 접했는지 아니면 그 분위기에 이끌려 자기 최면에 걸렸는지는 모르겠지만 내 몸에 소름이 끼치고 오싹해지는 것이 아닌가!

그것은 글이나 말로 표현할 수 없는 기분이었다. 그러면서 살아온 지난 날들이 후회가 되며 반성하는 마음이 생기는 것이었다.

내가 그 동안 살아온 삶은 너무나 모순되었고 이기적이었으며, 너무나 많은 잘못을 저질렀고 얼마나 많은 사람의 가슴을 아프게 했던가 하는 참회하는 마음이 생겼다.

나는 그래도 '인과응보'라는 단어를 믿고 사는, 조금은 양심이 있는 인간이라고 생각해 왔었는데 그것은 착각이었다.

구명시식 과정을 지켜보면서 새로운 세계를 보는 것 같았다. 그리고 그날 인간이 마음을 비운다는 것이 어떤 것인가를 느꼈다.

그 동안 살면서 지은 나의 죄를 반성하고 구원을 받고 싶었다. 그래서 처형의 구명시식이 끝난 후 나도 구명시식을 하고 싶다고 법사님께 청을 드렸다. 그랬더니 법사님은 허락을 해 주셨다.

그후 약 두어달 후 나는 구명시식을 하였다. 그랬더니 모든 것이 내가 원하는 대로 이루어지는 것이 아닌가!

내가 생각하기로는 지금 우리가 살고 있는 이 사회는 불신시대인 것 같다. 이런 불신 시대에 사는 사람의 입장에서는 시절이 하수상하니 혹세무민하는 자가 나타날 수도 있다고 생각할 수 있으리라.

설혹 차 법사님의 구명시식을 믿지 못해도 얼마나 좋은가.

성인군자처럼은 못되겠지만, 자기의 마음이 깨끗해진다는 것을 느끼는 사람은 정말 복받은 사람이다.

오랫동안 목욕을 못하다가 깨끗이 목욕을 한다는 것은 얼마나 기분 좋은 일인가!

목욕이라는 것은 단지 자신의 몸을 깨끗하게 하는 것이다. 그러나 자기의 영혼을 정화한다는 것은 느껴보지 않은 사람은 모를 것이다.

구명시식은 마음의 목욕이라고 할 수 있을 것이다.

나는 원만한 성격의 소유자가 아니다. 그래서 친구가 적고 오히려 적이 많은 편이다.

나는 나와 친한 사람들에게(그들도 느끼지만) 나의 변화에 대해서 얘기하면서 그들도 구명시식을 하라고 권하였다. 그러나 그들도 구명시식이 좋다고 인정은 하지만, 본인들은 할 생각을 하지 않고 있다. 그러니 편히 살고 못사는 것도 다 인연일 수 밖에…….

우주라는 것을 생각해 본다.

우리 인생은 끝이라는 것이 있지만 우주는 끝이 없을 것이다. 저 하늘을 보면 그 끝이 어딘가를 생각하게 된다. 우주를 생각해 보면서 우주에다 우리 인간을 비교해 본다면 우리 인간은 하나의 먼지나 개미만도 못한 미물일 것이다.

말로 표현할 수도 상상도 할 수 없는 무한한 우주 속에 존재하는 우리 인간들은 기적이나 불가사의한 일들이 얼마든지 일어날 수 있다는 것을 믿어야 할 것이다.

그렇기 때문에 나는 차 법사님의 말씀을 믿어야 한다는 것을 깨달았다. 법사님은 자기를 믿으라고 하지 않으며 다만 인간 본연의 자세를 똑바로 하고 자기 자신의 뿌리인 조상을 잘 섬기라고 한다.

옳은 말씀이다.

우리는 이 힘든 세상을 살면서 약한 인간이기에 기독교, 불교 등 여러 종교를 믿고 의지하면서 자기를 창조해준 조상은 왜 믿지 않는가. 법사님의 말씀대로 조상을 모시고 조상을 섬기는 것이야말로 가장 현명한 방법이라는 생각을 하게 되었다.

실례를 들자면 나같은 경우(모든 사람이 다 마찬가지겠지만) 절박한 소원이 있었다.

첫째는 현재 살고 있는 집이 너무 낡은 집이기에 좋은 집을 짓고 싶었고, 두번째는 내 직업인 탤런트로서 성공하고 싶은 것이었다.

구명시식을 하겠다고 차 법사님과 약속을 한 이후 좋은 일이 연거푸 일어났다. 약 3,4일만에 〈용의 눈물〉이라는 대하사극에 중요한 공신인 '성석린' 역에 캐스팅되었고, 불가능하다고 생각했던 우리집 신축을 돈 한푼 없이 하게 된 것이었다. 현실적으로 과학적으로 생각하는 사람이라면 이런 일들을 어떻게 믿겠는가.

설사 우연이라고 생각하자. 그러나 그 불가능한 우리집 신축을 성사시킬 수 있었다는 사실은, 내 조상의 보살핌과 법사님의 능력이 내 마음속에 자신감과 신념을 불어넣었기에 성사되었다고 생각한다.

우리 집은 계단 위에 있기에 다섯 집 모두 함께 공사를 하지 않으면 신축을 할 수 없는 조건이었다. 그런데 내가 자신감과 정성을 가지고 그 사람들을 설득시킨 바, 계단 위에 있는 다섯집 모두가 합의하여 우리 모두 신축할 수 있게 된 것이었다.

우리의 얄팍한 머리로서 이것인가 저것인가 생각하지 말고 무조건 믿는 것이 좋을 것이다.

내 성격 자체가 한 번 믿으면 끝까지 상대를 믿는다. 그러다가 손해 본 일도 많았겠지만 궁극적으로는 모든 것이 나 자신에게 좋은 결과가 되었다. 이제는 세상 살아가는데 자신감이 생겼다.

어떤 걸림돌이 있어도 노력하고 그래도 안되면 법사님을 통해 조상님을 만나 어려움을 호소하면 해결될 수 있으리라.

자신의 오만함, 얕은 꾀 그런 것 모두 버리고 깨끗한 마음으로써 차 법사님을 통하여 조상님을 뵈온다면, 자신에게 닥친 어떤 어려운 일일지라도 헤쳐 나갈 수 있는 지혜와 힘을 얻을 수 있을 것이다. 차 길진 법사님에게 정말 감사드린다.

* 덧붙임말: 나는 97년 2월에 구명시식을 하였다. 구명시식하기 한 달 전 나는 대하사극 〈용의 눈물〉에 캐스팅되었다. 그리고 이 글을 쓰는 7월, 약 5개월 만에 내가 원하던 우리집 신축을 할 수 있는 법적 공증까지 한 계약을 하게 되었다.

4대에 걸친 아름다운 인연

원희옥 (원로 가수, 연극인)

1993년 4월이던가.

한통의 전화가 왔다.

"안녕하세요? 저 차길진이라고 합니다."

처음에 나는 그 이름이 누군지 얼른 생각나지 않았다. 이야기를 몇 마디 하고 나니 그가 왜 내게 전화를 했는지 알 수 있었다.

그 즈음 아주 어려운 일이 생겨 아는 분께 하소연을 했던 적이 있었다. 그러자 그분은 나를 위로하기 위해 방법을 찾던 중에 차길진 법사님께 내 이야기를 한 모양이었다.

며칠 후 법사님은 자신의 모친과 함께 우리집을 찾아오셨다.

나는 차길진 법사보다 차 법사 어머니를 보고 깜짝 놀랐다.

우선 내가 처했던 우울하고 힘든 마음은 온데간데없고 옛날 차길진 법사님의 아버님이신 차일혁 총경님의 얼굴이 떠오르고 그분과 만났던 날들이 주마등처럼 머리속을 스치며 지나가는 것이었다.

'그래 맞아. 그 차일혁 총경님에게 아드님이 하나 있다는 얘기를 들은 적이 있었지. 그런데 그 아들이 바로 내 앞에 와 있는 이 사람이란 말인가.'

나는 또 한번 반가움에 어쩔 줄 모르고 그분 어머니와 아들을 번갈아가며 쳐다보았다.

방으로 안내하고 급히 마실 것을 준비하러 (코앞의) 부엌으로 발길을 옮기는 중에도 계속 내 머리 속에는 고인이 되신 차일혁 총경, 차길진 법사, 그분의 어머니가 자꾸 오버랩되었다.

차를 준비하고 마주앉아 조금전에까지 요동쳤던 가슴속이 천천히 가라앉기 시작했다. 그래도 상기된 얼굴빛은 내가 느끼기엔 그대로였을 것이다.

나는 다시 목소리를 가다듬고 이야기하였다.

"진 여사님, 이게 얼마만입니까?"

"그래요, 정말 오랜만입니다."

이 진 여사님은 차길진 법사의 어머니신데, 이분은 내가 기억하기로는 젊어서 한복을 곱게 차려입고 머리엔 쪽을 진 아주 단정하고 우아한 모습이었다.

나는 지난날 그 예쁘고 고왔던 자태를 떠올려보았다. 그러나 세월의 흐름을 어찌하랴.

나는 연신 웃는 얼굴로 말하면서도 '참 곱게도 늙으셨다'는 생각이 드는 것이었다.

나는 잠시 차를 마시며 얼마 전의 나를 돌아보았다.

주식과 회사를 양도하기 위해 동분서주하며 거의 다 인수가 확정

되어 갈 무렵, 잘못 되어 하루아침에 회사가 남의 손에 고스란히 넘어가는, 하늘이 무너져내리는 참담함을 맛보았던 것이다.

누굴 원망할 겨를도 없었다. 마음이 찢긴 채 깊고 어두운 나락으로 빠져들어가 식음을 전폐하다시피 하고 있었던 것이다.

아는 사람들이 위로차 내게 전화도 하고 방문도 했지만, 한동안 어느 것도 나에게 위로가 되지 못하였다.

침울함과 적막함.

밖에 나가는 것이 싫어지고 사람이 보기 싫을 정도였다.

하지만 이렇게 좌절만 하고 있을 수는 없었다. 그래서 기운을 차리고 여기 저기 전화를 걸었고 전화를 받은 사람들은 용기를 내서 나를 돕기로 한 것이다.

그렇게 좌절에서 벗어나 전화를 들고 이쪽저쪽 전화를 하기까지는 4~5개월이 훨씬 지나서였다. 그리고 그 전화중에 하나가 연결되어 바로 오늘 이 자리를 마련한 것이다.

참 기쁘기도 하고 막연한 기대 같은 것이 샘솟듯하였다.

어쩌면 차 법사가 내 어려운 문제를 해결할 수 있지 않을까.

아니야. 이젠 이미 다 지나간 이 어처구니없는 일들이 해결될 순 없을 거야.

그러면서도 한 가닥 해결의 희망을 버릴 순 없었다.

나는 바짝 긴장하여 정신을 가다듬고 벌써 알고 있을 얘기를 다시 한 번 자세히 설명하였다.

물론 나의 요즘 일어났던 모든 일과 심적인 고통까지도 함께…….

그러면서 달덩이 같고 환한, 마치 요즈음 사람이 아닌 불경 속의

부처님을 연상케 하는 차일혁 총경님의 아들인 차길진 법사를 쳐다
보고 있었다.

차 법사님의 입가에 미소가 머금어 있고 진 여사님도 옆에서 넉넉
하고 온화한 웃음을 짓고 있었다.

"예, 한 번 후암정사에 오십시오."

차 법사님의 말이 끝나기도 전에 나는 기쁜 나머지 거의 동시에 고
맙다고 했고 마음속에 희열을 느끼며 어쩔 줄 몰라 했다.

일단 나의 답답한 일을 속시원히 풀어보자는 약속을 하고 잠시후
아주 즐겁게 다시 옛날 이야기가 이어졌다.

차일혁 총경은 너무나 잘 알려진 인물이라 여기서 굳이 그 분의 약
력을 적지는 않겠다. 다만 나의 기억의 편린 속에 남아 있는 차 총경
의 모습을 말하고 싶을 뿐이다.

나는 해방후 1948년도에 유명한 가극단인 '백조가극단'에 입단하
여 아역배우로 활약하였다. 그 당시 나는 고인이 되신 전옥 여사의
수양딸이었다. 전옥 여사는 백조 가극단의 전설과 같은 존재로 당시
'눈물의 여왕'이라 불리웠던 인기 절정의 여배우였다. 그녀의 딸 강
효실 씨 역시 유명배우였으며 영화배우 최민수 씨는 전옥 여사의 외
손자이기도 하다.

나는 전옥 여사를 '어머니'라 불렀다. 이 '백조가극단'을 송두리째
빌려 빨치산 토벌대 부대원을 위로하는 자리를 마련하여 부대원의
사기를 높이는 일을 아무렇지 않게 할 수 있는 분이 바로 이 차길진
법사의 아버님이신 분이었다.

차일혁이라는 이름만 들어도 극단의 모든 분들은 좋아했다. 6 · 25

전쟁 직후 연극인들이 고생이 많다며 많은 음식을 대접받은 일, 단원들을 차에 태워 안전지대까지 손수 진두지휘하여 바래다 주시던 일 등은 지금도 생생히 기억을 하고 있다.

특히 나는 아역배우여서 차일혁 총경의 귀여움을 거의 독차지했다. 그래서 어린 나였지만 그 기억을 아직껏 선명하게 간직할 수 있었다.

그분은 가수 못지않은 노래 솜씨, 잘생긴 반듯한 용모에 훤칠하고 당당한 키와 체격을 가지신 분이었다.

같은 극단의 남자배우들도 그분을 '남자 중의 남자'라고 얘기하는 것을 자주 들을 수 있었다.

이렇게 그분에 대한 찬사는 종이 몇 장에 다 적을 수 없다.

그렇게 이야기를 하면서 시간가는 줄 모르고 계속하다 차 법사와 진 여사님이 일어나시고 나도 따라 일어나 며칠 뒤에 만날 약속을 하고 문밖까지 배웅을 했다.

나는 잠시 동안 두 사람의 따뜻함과 온정이 집안에 가득한 느낌을 받으면서 모처럼 포근한 분위기에 잠시 시간을 잊은 채 그렇게 앉아 있었다.

며칠 뒤 나는 후암정사를 찾아갔다. 나는 차 법사께 나의 꿈 이야기를 하며 나의 앞길을 위한 구명시식에 들어갔다. 내가 이렇게 어렵고 힘든 일을 당했고 지금 여기 앉아 있는 순간에도 어떻게 살아가야 할지가 정말 막막했기 때문이었다. 당장 필요한 최소한의 생활비마저 없는, 그야말로 처절한 내 모습이 어떻게 보면 허량하기까지 해지는 것이었기 때문이다.

차 법사께서 부처님 앞에 앉아 얼마간의 시간이 지나자 나는 그만 '아니 이럴 수가!' 하고 탄식을 할 수밖에 없는 광경이 벌어졌다.

'백조가극단' 시절의 돌아가신 극단의 단원 영가들이 나왔다고 하며 그들의 인상착의를 말씀하시는 것이 아닌가!

나는 그만 까무러칠 뻔하였다. 도저히 믿기 어려운 현실로 다가온 것이다. 차 법사님은 내 기억 속의 가극단 단원들의 모습을 마치 마주보고 있는 것처럼 말하는 것이었다. 이처럼 그때의 상황들과 일들을 말할 땐 몸에 소름이 돋기까지 했다. 극단의 여러 사람들을 이 차 법사는 알 까닭이 없는데 말이다. 그때 차 법사는 어린아이였을 것이고 결코 그들을 만난 적이 없기 때문이었다.

P씨는 키가 크고 머리가 곱슬인데 어떤 옷을 입고, 그때 무슨 얘기를 했으며, K씨는 키가 작고 얼굴이 둥글며 어떤 말을 즐겨하고, B씨는 흰색옷을 잘 입고 코가 높고 입이 크며 그때 기타를 잘 쳤다 등등…….

정말 영화를 보듯 이야기하는 데 어느 누가 놀라지 않으랴!

구명시식을 말로만 들었지 이처럼 적나라하게 목격하고 듣게 될 줄은 정말 몰랐던 것이다.

차 법사께서 말했다.

"원 여사님, 이분들이 이제껏 지나온 가슴 아픈 일은 잊어버리시고 앞으로 진정 원 여사를 괴롭힌 사람들을 용서한다면 지금부터 영들이 원 여사님을 돕겠답니다."

나는 넋이 나간 사람처럼 거의 본능적으로 '네' 하고 대답할 뿐이
었다.

차 법사는 웃으면서

"자, 그럼 대답하셨으니 이젠 잘될 것입니다."

고 하며 입가에 미소를 띄워 나를 안심시켰다. 마치 살아 있는 넉
넉한 후원자라도 소개하시는 듯하였다.

나는 그후 사후세계를 믿게 되었고 영혼들의 행동과 사고를 이해
하게 되었다.

영매자이자 영혼을 달래고 호통치고 즐겁게까지 할 수 있는 차 법
사의 모습은 참으로 신기하다고 할 수밖에 없었다.

구명시식이 끝나고서도 한동안 나는 초점 잃은 눈과 공허하고 뻥
뚫린 가슴속을 들여다보듯, 내가 멀리서 나를 보고 있는 기묘한 분위
기에 빠져 있었다.

그리고 얼마후 「사랑에 속고 돈에 울고」란 연극에 특별 출연을 하
게 되었다. 그리고나서 다시 동숭 아트센타에서 「어머니」라는 연극
에 시어머니역을 맡게 되었다. 그리고 또한 대중가극 〈눈물의 여왕〉
에도 출연하였다. 정말 거짓말 같은 사실이 이렇게 현실이 된 것이
다.

이런 연극들로 인해 연극연출가이신 이윤택씨, 김명곤씨 등을 알
게 되었다. 또한 여러 연극동료들을 만나 내 어릴 적에 그 가극단 시
절의 소중한 경험을 다시 보여줄 기회를 맞은 것은 물론, 많은 사람
들과 좋은 인연들을 만들 수 있게 되었던 것이다.

그 후 차 법사님 덕분에 지난날 아픈 기억을 거의 잊어가면서 검소

하게 생활을 할 수 있는 기회를 갖게 되었다.

지금은 구명시식에 가끔씩 나가 영을 위한 노래를 부르기도 하고 시간을 내어 경로잔치 또는 장병위문 공연, 특별히 교도소 위문 공연 등을 하며 시간을 보내고 있다.

생각해 보면 이렇게 되기까지 영혼의 세계를 알게 하고 진심으로 그들을 위로하고 위안을 갖게 하는 마음을 열어주신 데 대하여 진심으로 감사드리고 있다.

곰곰이 생각해본다. 차 법사님과의 인연은 어찌 보면 아주 작은 인연인 것 같으면서도 매우 큰 인연임을…….

한편 나만의 오롯한 기쁨을 간직하고 싶은 것이 하나 있다. 그것은 바로 4대에 걸친 집안과의 인연이다. 타인으로서 한가족과 4대의 인연을 맺는 것은 또 무슨 조화일까.

나는 요즘 이런 생각에 가끔 혼자 웃곤 한다.

나는 차일혁 총경님을 내가 어려서부터 보았고 그 아들인 차길진 법사를 만났으며, 또 차길진 법사의 아들인 연극인 차현석 씨와 만나 인사도 나누고 잘 아는 사이가 되었다.

그런데 차 법사의 아드님이 얼마 지나지 않아 결혼을 하면 또 차 법사의 손자를 보게 되고 나 또한 그를 만날지 모른다.

이렇게 나는 차 법사께는 남이지만 한집안의 4대를 알게 되는 사람이 될지 모르는 것이다. 아직까지는 차 법사와 3대의 인연으로 지내고 있지만 한집안의 4대와 좋은 인연을 맺을 수 있을지 모른다는 사실에 나는 정말 즐거움을 느낀다. 또한 이러한 미래에 대한 작은 기다림을 소중하고 이쁘게 간직하고 싶다.

나를 아는 수많은 인연들은 이미 고인이 된 분이 더 많다. 내가 벌써 이순(耳順)이 지났기 때문이다. 그렇지만 지금까지처럼 다시 좋은 인연들을 만나 좋은 관계를 이루고 더불어 아름답게 지내며 그렇게 살아가고 싶다.

여보, 살다보니 이런 때도 다 있네요?

이길규 (어업종사자)

나에게 앞으로 다가올 일을 미리 알 수 있다면 얼마나 좋을까.

매일매일을 바쁘게 생활하다 보니 금년에 내 나이가 몇 살인지 모를 때가 간혹 있다.

나는 1953년 9월 30일생이고 대학을 졸업하고 전공분야에서 일을 해 온 지가 20년이 됐다.

내가 하고 있는 일은 500평 규모의 해산어류종묘생산장이다. 즉 양어장에서 키울 고기의 종묘를 생산 공급하는 직업이다.

쉽게 얘기하면 고기의 알을 채란하여 인공적으로 부화시켜 양식업자들이 쉽게 키울 수 있는 크기 7~10cm 사이즈의 치어를 만들어 판매 또는 바다에 방류사업을 하는 곳이다. 기르는 어업의 기초 생산사업이며 생명을 다루는 첨단 생명공학 사업이라 할 수 있다.

한해에 내 손에서 몇 수백만 마리의 생명이 죽기도 하고 살기도 한다. 고기가 죽는다는 것은, 곧 내 사업이 실패한다는 뜻이며, 죽고 나면 다시 고치질 못하는 사업이다.

지금 당장 해야 할 일을 조금이라도 늦추면 모든 치어들이 즉사해 버린다. 그래서 촌각을 다투며 밤잠을 못 이루고 혼신을 다해야 하며, 한마디로 피를 말리며 온갖 애정을 고기에게 쏟아야 한다.

이제는 고기와 대화를 할 수 있는 경지에까지 와 있다고 생각되지만, 이 사업은 매년 불안의 연속이며 매년 일학년생이다.

3년 전 어느 날 우리 직원이 고기수조 바닥을 청소하고 있었는데, 건강한 고기가 갑자기 죽어나오기 시작하였다. 곧이어 약 30만 마리나 되는 치어들이 2~3시간 만에 전멸되어 버렸다.

다른 수조들은 아무 이상이 없었다. 하필이면 직원이 청소하고 있는 그 탱크에만 치어가 죽어나왔다. 우리 직원은 크게 당황을 하며

"사장님 큰일났습니다! 제가 잘못했습니다!"

하고 어쩔 줄 몰라했다. 수온, 용존산소, 어병, 수질 등을 모두 체크해보았으나 아무 이상이 없었다.

나는

"당신 잘못이 아니니, 걱정하지 마시게."

라고 했다. 그러나 그는 막무가내로 용서를 빌며 짐보따리를 들고 양어장을 떠났다. 얘기인즉, 그날 점심 때 몸이 피곤하고 해서 영양 보충시킬 겸 개고기(보신탕)를 먹고 오는 길이라고 했다.

개고기를 먹은 것과 고기가 죽는 것은 아무 연관이 없다고 위로하였지만 수산업을 하는 사람은 미신을 무시해서는 안되며, 나 때문에 사장님의 사업을 망치게 했다며 죄스러워 끝끝내 책임지고 물러가겠다고 했다.

우연한 일 같지만 나도 예전에 개고기와 연관된 일을 몇 번 경험한 적이 있었다.

사업은 날로 기울어져 작년 9월에는 아내와 함께 김밥장사를 해보려고 계획도 세워봤다. 지금 현상태로써는 도저히 이 사업을 다시 시작해 볼 엄두가 생기지 않았다.

매월 돈이자와 전기세만 400만원인데 감당을 못하고 모든 형제 친구들에게 돈을 빌려쓰고 갚지도 못하고 이제는 손을 내밀 자리도 없었다. 주위에 나를 도와주고 있는 모든 분들도 은행에 빚보증을 하고 신용대출로 여태 버티어 왔다.

그러니 약 4억원이란 돈을 김밥 장사로써 당해 연도에 해결될 것 같지도 않았다. 재수가 없으니 별일도 다 생겼다.

작년 5월 15일 양어장에서 정신없이 일을 하고 있는데 갑자기 검찰청에서 전화가 왔다. 조사할 일이 있으니 잠깐 와 달라고 하는 것이었다. 3월에 검찰청에서 불법건축물에 대한 조사를 해 간 적은 있었다. 그러나 죄를 지은 적은 없다.

검찰청에 도착하자 공무원과 뇌물관계의 심문을 했고, 그날 나는 긴급 구속이 되었다. 전화를 도청시켜 표적수사를 3개월간 했다고 했다. 지금 당장 어장내에 있는 고기가 내가 없으면 전멸되기 때문에 양어장에 긴급조치를 취해놓고 오겠다고 했다. 그쪽에선 구속 영장이 떨어졌기 때문에 안된다고 한다.

도주의 우려도 없고 고기가 죽으면 국가적으로도 손해라고 했지만 할 수 없었다. 20일만에 공무원과 혐의사실이 없었으나 결국은 다른 건수로 기소장이 날아왔다. 억울한 일이었다.

55일간 교도소에 있다가 금보석으로 출소하여 벌금형을 선고받았다. 변호사는 끝까지 무죄 주장을 하며 항소를 하자고 했지만 내가 잘못한 것으로 덮어두고 싶었다. 친구들이 벌금형은 죄가 없다는 뜻이라고 위로를 해주었기 때문이다.

교도소에서 돌아와 보니 아내 혼자서 면회 다니랴 고기 관리하랴 충격과 많은 고생을 해왔지만, 결국은 3억원 상당의 고기가 전멸하고 말았다.

'지성이면 감천'이라 했는데 여태까지 이런저런 일로 왜 이렇게도 일이 잘 풀리지 않는지 갑갑하고 막막하기 짝이 없었다.

그러던 어느 날 아주 우연히『한 마리 까치되어』란 책을 읽게 되었고 무언가 막힌 일이 트일 것 같은 기분이 들었다. 출판사에 전화를 하여 후암정사의 전화를 알게 되었고, 급하다고 하여 구명시식도 받게 됐다.

차 법사님은 개고기를 먹어도 되는 사람이 있고 먹어서 안되는 사람이 있다고 여러 사람들에게 두 번씩이나 말씀하였다. 순간, 나를 보고 하시는 말씀 같았다.

구명시식을 하는 날 밤 12시에 생각지도 않았던 학교 선배 한 분이 물귀신이 되어 나를 기다리고 있었다.

친형제와 같이 함께 지냈던 분이었다.

이환규 형님.

내 이름은 이길규로 이름도 성도 비슷했다. 28세에 해양경찰대 경위로 근무하다 아내를 잘못 만나 이혼하고 사표를 던지고, 삼천포에서 작은 어선 항해사로 일을 하다 졸지에 세상을 떠났다.

대학교에 다닐 때부터 성격이 소탈하고 유머와 위트가 넘치며 영어 실력이 대단했다.

삼천포 앞바다에서 보름간 시체를 찾아 헤매신 환규 형님의 어머니, 20세에 청상 과부가 되어 홀로 키운 외동아들에 대한 사랑과 애정이 통곡으로 바뀌었던 그날, 부패된 시체를 어루만지며 내 아들은 죽지 않았다고 울부짖으시며,

"환규야! 환규야!"

하며 몇 년간을 아들을 찾아 다니셨다고 한다.

'집에 있으면 내일이라도 곧 돌아오겠지.'

하며 기다리시다가도 갑갑하면 다시 찾아다니시던 그 어머니의 모습이 지금도 생생하게 떠올라 가슴이 메어왔다.

그 형님이 나의 구명시식을 받고 싶어했다. 차 법사님께서 이 혼령에게 하고 싶은 얘기를 전부 하라고 하시길래 눈앞에 보이지 않는 혼령과의 대화가 이루어졌다.

그리고 3년 전에 돌아가신 아버님과도 대화를 주고받았다. 49제를 정성껏 모셨는데도 많이 불편하신 것 같았다. 아버지는 폐암으로 83세 때 별세하셨다. 나의 처가 꿈에서 아버님께서 불편한 모습으로 나타나신다고 얘기하길래 걱정하고 있었다.

막상 대화를 나누어보니 돌아가실 때 호흡이 곤란하여 가슴이 답답함을 호소하셨는데 지금도 그렇게 말씀을 하신다.

차 법사님은 이것은 혼이 육체를 떠났다는 것을 모르고 살아 계실 때의 육신을 생각하기 때문이란다. 이것을 아버님께 잘 설명하여 알

려드리라고 하셨다.

두 분의 극락왕생을 믿고 나의 앞날을 밝게 해달라고 간곡히 빌고 구명시식을 마치면서 차 법사님이 기분이 좋다고 하시며 일이 잘 될 것이라고 하셨다.

그후 나는 하던 사업에 계속 전념하였다. 차 법사님이 나에게 많은 자신감을 심어 주셨다. 그런데 이상한 일이 생기기 시작했다.

작년에는 넙치(광어) 종묘가 과잉 생산으로 가격이 폭락했다. 금년에도 전국적으로 넙치 종묘 생산이 불량한데다 거래가 없어 가격이 폭락이 되어 있다. 그나마 생산이 조금 되어 있어도 거래가 없었다.

그런데 나는 매년 어병으로 폐사하던 것이 한 마리의 폐사없이 대량생산에 계속적으로 판매가 이어지고 있고, 계약자가 많이 몰려와 행복한 걱정을 하고 있다. 어제 아내가 나에게 이런 말을 했다.

"여보! 살다보니 이런 때도 있네요? 이 사업 시작하고 처음 있는 일이예요."

차 법사님께 감사함을 전하고 싶다. 구명시식을 하던 날,

"귀신은 공짜 밥을 먹지 않습니다. 분명히 잘 될 것이니 걱정 말고 열심히 하세요."

하셨고 지금은 숨이 트이는 것만 같다.

나는 이제 슬기롭게 살아가야겠다.

눈앞에 또렷이 보이는 것만 정확히 판단하고 똑똑하게 살아가는 것보다, 사물의 이치를 빨리 깨닫고 사물을 정확하게 할 방도를 생각

해 내는 슬기로움이 더욱 더 절실하다.

눈앞에 보이지 않는 사후의 세계를 죽어 봐야 안다고 생각하는 똑똑한 사람들의 어리석음을 차 법사님은 매일 모든 사람들에게 깨우쳐 주고 계신다.

제 3 부

영혼이 있다고 믿으십니까?

현고학생 신위(顯考學生神位)

김명만 (한전 서해안 발전소 발전과장)

후암정사 밤 12시.

법당 안의 촛불이 조용히 일렁이고 있다.

오늘 구병시식(구명시식) 행사에는 우리를 포함한 다섯 가족 30여 명이 모두 숙연한 자세로 망자의 영혼을 맞이할 채비를 하고 시간의 흐름을 초조히 지켜보고 있다.

입구의 문이 열리고 촛불을 든 산 자의 영혼 맞이가 시작된다.

법당 한 편에 마련된 빈소에 써 붙인 망자 생시의 신상명세 위로 인도된다.

촛불들이 제자리로 가고 옷깃 스치는 소리가 조용해지자 차 법사의 법문이 시작된다. 중생계와 허공계를 떠도는 영혼들에게 감로와 같은 부처의 법문이 시작된 것이다.

내가 이 자리에 있게 된 인연은 단숨에 읽어 내려간 한 권의 책으로부터 시작된다.

　머리를 망치로 맞은 듯한 멍한 기운은 이제껏 경험하지 못한 미지의 세계로 끌리게 하고 차 법사와의 면담으로 인연이 이어졌다.

　이즈음 본인에게는 커다란 걱정거리가 있었다.

　자식 농사 잘 지으려 지방으로 전출될까봐 간부시험도 보지 않고 곁에서 지켜보았건만, 하나뿐인 아들은 고3이 내일인데 아직도 정신을 못차리고 학교 성적은 같은 학년 전체에서 뒤로 20등이었다.

　일에 묻혀 희생하며 자식 농사나 잘 지으려 했던 것도 실패한 것이었다. 더욱이 처가 쪽 가세도 내리막길로 궁지에 몰려 있었고 나 또한 계속해서 간부로 승진도 못하고 있었다.

　그러나 아들에겐 할 말이 없었다.

　한참 이성에 눈뜰, 예민한 나이인 중2학년때부터 자신의 공부방을 빼앗기고 거실에서 책상도 없이 생활하였다. 그리고 독서실과 도서관을 전전하다가 늦게 집에 들어오면 아무도 관심있게 대해주지도 않았으니…….

　아들이 삐딱한 길로 가고 있음을 우리 부부는 모르고 있었다. 왜냐하면 병든 장모님 때문이었다.

　4년여 동안 병원을 전전긍긍하다가 거동이 불편한 지경에 이르러 딸에게 수발을 의탁하고자 우리 집으로 오시게 된 장모님을 보살펴 드리다 보니, 아들에게는 소홀히 대하였던 것이다.

　아들이 잘못된 길을 가고 있는 것을 알았을 때에는 이미 늦은 상태였다. 때리기도 하고 타일러 보기도 하였지만 돌이키기에는 너무나 힘겨웠다. 그래서 우리는 몹시 지쳐 있었다.

　사람의 병중에서 중풍은 가장 괴로운 번뇌의 덩어리로 사료(思料)

된다. 정신은 말짱한데 언어의 불통과 수족의 마비는 자연적 생리현
상에 대해서조차 어찌할 수 없게 만든다.

그럴 때 당사자의 고통은 오죽하겠는가. 그래도 왼손은 움직여 코
팅비닐 위에 돌아 누운 채 글자로 의사소통을 하고, 간간이 지르는
괴성과 눈빛으로 고통을 감지할 수 있었기에 처는 어머님 간호에만
매달려 있었다.

그리고 나는 현대의학이 포기한 것에 대한 의구심으로 민의학(民
醫學)에 온정신을 쏟고 있었다.

그렇게 2년여 기간의 투병생활이 이어지던 중. 어느 날이었다.

조금만 과식하면 설사를 하시던 어제와는 달리 장모님은 온몸이
불덩이처럼 달아오르더니 황금색 정상배변을 하는 것이 아닌가!

그리고 숫처녀의 달아오른 듯한 붉은 홍조를 띠고 자식과 사위를
찬찬히 살펴보시고는 훌쩍 떠나가시고 말았다.

인생의 덧없음이여!

불과 60여 평생을, 그것도 사위의 집에서 마감하시다니!

오늘 유언 한마디 못하고 떠난 장모의 영혼을 초청하여 구병시식
(구명시식)을 하려함은 산자의 욕심인가.

마지못해 끌려온 큰처남 내외는 반야심경, 지장보살 연호로 법회
가 끝나 갈 즈음부터는 그런 대로 어색한 분위기에 익어가고 있었다.
시작 전 차 법사는 신청순서에 의거하여 우리가 네 번째 차례임을 고
지하였다.

그런데 이게 갑자기 무슨 일인가!

먼저 해달라고 조르는 장모와 차 법사의 다툼이 시작된 것이다. 그

러더니 첫번째, 두번째, 세번째 순서의 가족에게 양해를 구하는 게 아닌가!

이렇게 첫번째로 시작된 우리의 구병시식(구명시식)은 모든 참석자들을 어리둥절하게 하며 진행되었다.

'제단에 놓인 수저가 적다!' 는 투정은 생전의 장모를 그대로 생각케 하였다.

일찍 남편을 여읜 장모는 친구들 여럿이 어울려 다니길 좋아하셨으며, 집안에 부처를 모셔 놓고 조상천도를 해주시며 살았기에 항상 주위에는 어려운 이웃들이 들끓었다.

그러더니 영계에 가셨어도 저러시는구나 하고 우리는 놀랐다.

영혼과의 대화를 우리에게 전달하는 차 법사의 능력에 우리는 다시 한 번 놀라지 않을 수 없었다.

잊고 살았던 장모님 동생의 이름을 정확하게 일러주시며, '꼭 만나서 돈 오천원을 전달하라' 고 하며—이 돈은 복돈으로 빈한한 동생에게 복을 주기 위한 장모(영혼)의 배려였음,—사위는 몇 달 후 승진할 것이며 아직도 어머님을 인정하지 않는 큰아들과 며느리에게 장모는 못마땅하다는 표정이었다.

또한 그들 부부는 집안에 부처를 모셔놓고 불공드리는 일에 대해 못마땅해하였고, 장모님 별세후 큰며느리는 혹여 신이 내릴까봐 서울에 있는 개신교에 집안식구 몰래 다니고 있었으며 제사 모시는 것에 대해서도 못마땅해하였다.

어쨌든 나 또한 차 법사와 입씨름을 하지 않을 수 없었다.

내가 다니는 회사는 연1회 연초에 시험을 보아 해당인원을 뽑는데 올해는 벌써 시험도 끝나고 배치 발령도 난 상태라며 반발을 하였다.

지금이 4월인데 말도 안된다는 소리를 하였으나 차 법사는

"내가 그러는 게 아니고 자네 장모의 말씀인데 웬 말이 많으냐."

는 식이었다.

"그리고 자식 걱정은 말라. 심성이 착하여 크게 빗나가지 않았으며 대학은 꼭 갈 것이다."

는 말씀이었다.

아들이 심성이 착한 것은 이해하겠으나 대학운운은 또 믿어지지 않는 말씀이었다. 그러나 이렇게 잘 대접해주어서 고맙다는 인사를 끝으로 의식은 끝났다.

끝내 당신 아들과 며느리에게는 별 말씀도 없이…….

95년 4월에 있었던 일을 지금(97년 1월) 되새겨 보면 구병시식 (구명시식)은 산 자를 위한 것이라는 사실을 솔직히 인정하지 않을 수 없다.

고등학교 졸업조차 의문시되던 아들은 지방대학에 갈 수 있을 정도의 수능시험 성적을 얻어 인천에 있는 모전문대에 입학하였다.

회사창립 이래 처음 시행되는 특진제도가 그해 6월말에 갑자기 있었다. 그런데 본인이 선발되어 8월에 특진하게 된 것이었다!

우리 부부에게 고마움을 영계에서나마 갚으시려는 장모님의 따뜻한 배려였던 것이다.

어찌 인간 옷을 벗었다하여 안보인다, 없다 할 것인가!

지금 이 순간에도 늙고, 병들고, 힘없다 하여 홀대하지는 않는지, 산자가 음식을 먹기 위한 구실의 제사라고 아예 안 지내거나 정성이 부족하지는 않은지 돌아볼 일이 아니겠는가.

서울 H동에서 어렵게 찾은 이모는 한사코 돈받기를 거절하여 96년 가을에야 복돈을 전달하였으니 아직은 두고 볼 일이나 틀림없이 가난을 면하리라.

영적 성장을 위해 거듭 태어남을 두고 옛성인들과 선지자(先知者)들은 망자를 '현고학생 신위(顯考學生 神位)'라 하지 않았던가.

구병시식 2년 후 2월 18일.

조상천도 의식을 하며 살아가게 되리라던 차 법사의 말씀은 나(자아)를 찾고자 하는 원력 덕분인지, 장모의 영혼은 인천의 모 보살의 법당에 '김씨 대신'이라는 새로운 이름으로 영계와 중생계를 오가며 애경사를 일러주면서 중생을 제도하고 있다.

◉ 구병시식(구명시식): 불가에서 시작된 의식으로 병자를 구한다는 뜻에서 救病施食(구명시식), 영혼도 함께 구제한다는 뜻에서 救溟施食(구명시식)으로 혼용되며 차리는 음식은 불가에서는 식물성으로 하고 무속에서는 동, 식물성으로 한다.

* 까닭없이 아프다, 어지럽고 양어깨가 무겁게 눌리는 듯하며 꿈속의 일이 현실로 나타나며(대개 안좋은 일) 현대과학으로 설명할 수 없는 증상이 나타난다. 약을 복용해도 약효가 없으며 첨단장비로 진단 시 나타나 수술을 해보면 오진일 경우가 많다.

꿈중에는 소(牛)꿈이 많으며 조상이 흰옷을 입고 나타나기도 한다. 영계와 중생계에 의사소통이 안되어 현상으로 현시하는 것으로 차 법사와 같은 탁월한 영능력자로 하여금 메시지를 중개해보면 이유를 알 수 있어 해원(解寃)해 주면 거짓말처럼 해소된다.

　조상은 절대 후손에게 해를 입힐 생각이 없는데 존재를 알리기 위한 수단으로 해원해 주기를 바라며 건드리는 것이 우리 인간에게 큰 재앙으로 변질되게 된다고 본다(이상은 사견(私見)이다).

영혼 한의사의 침술 치료로 살아나다

박국평 (운수업자)

1988년 3월 초순이었다.

"현장에 알립니다. 현장에 알립니다. 삼화건기 전화받으세요. 삼화
건기 전화받으세요."

하는 연락을 받았다. 나는

"바쁜데 무슨 전화야?"

하고 투덜대며 현장 사무실로 향했다.

수화기 저쪽에서 미스 강은 다급한 목소리로,

"박 과장님. 사모님께서 쓰러지셨답니다. 댁으로 전화해보세요."

하는 것이 아닌가!

급히 집으로 전화를 하니 제수씨께서

"형님이 쓰러지셨어요! 친척 차를 타고 서울로 가고 있답니다."

하는 것이었다.

날벼락 같은 일이었다. 다시 전화가 오면 서울대 부속병원 응급실
로 가도록 하라고 일러주고 나도 서울로 향했다.

나는 당시 인천 모 제강회사 증축 공사장에서 협력 업체로 일하고 있었다. 아내는 신장이 좋지 않아 서울대 병원에서 1개월에 1번씩 진찰후, 1개월치 약을 타서 먹고 있었다. 응급실에 도착하니 아내는 혼수상태로 바퀴 달린 침대에 실려 복도에 있고 장모님과 처남 등은 나를 기다리고 있었다.

'웬 환자는 이렇게 많담……'

간호사와 의사 등 흰 까운을 입은 사람을 잡고 응급조치를 부탁하니 묻는 것은 또 왜 그리도 많은지…….

집에서 진찰 카드를 가져오고 병원의 병력 카드를 찾아서, 산소호흡기와 링겔을 꽂고 다음날 아내는 중환자실에 입원하였다.

아내는 혼수상태로 4,5일을 지냈다. 그동안 약물투여와 여러 곳으로 실려다니며 촬영진찰을 하였으나 아내는 깨어나지 않았다.

의사는 환자의 근황에 대해 나에게 물어왔다.

며칠전 어머니와 함께 파주 법원리쪽 모 교회에서 운영하는 기도원에서 3일 동안 금식 기도후 쓰러져 대전 처가댁으로 갔다고 말하였다. 그러자 의사는 신장병 환자는 금식은 절대 금물인데 그것도 몰랐냐고 무지함을 탓하는 것이었다.

여러 교수님들의 회진 진찰 결과 뇌사상태로 판명이 났다. 그리고 집에까지 인공호흡을 시키며 데려다 줄 테니, 가족을 모아 준비를 하라며 퇴원시키자고 한다.

나는 며칠만 기다려 달라고 애원하며 사정을 해보았다. 아내의 죽음은 그 자체로 끝나겠지만, 고1과 중2의 두 녀석에게 이해시킬 수 있는 시간을 주십사하고…….

그리고 며칠이 지났다.

혼수상태인 아내를 중환자실의 커다란 유리창을 통해 바라보며 세상의 모든 신께 두 손 모아 빌었다.

"예수님, 천주님, 석가모니, 알라신이여!

내 아내를 깨어나게 해주세요.

나의 생명의 날을 줄이시고 내 아내를 조금만 더, 아이들 대학교 진학때까지 5년만 더, 아니 1년만 더, 아니면 1개월만이라도 살게 해주세요!"

나는 중장비 운전수로 건설현장을 다니면서 건설공사에 참여하다가, 아이들도 점차 커나가고 또 자립하고 싶은 마음에 83년 2월 사우디 아라비아로 돈을 벌러 나갔었다.

모질게 불어오는 모래바람과 더위에 시달리면서도 돈을 벌어 귀국하면 이 고생이 모두 보상되리란 생각에 일기장 앞머리에

"건강 외엔 아무런 생각도 말자."

고 큼직하게 써 놓고 1달러라도 더 벌려고 야간 작업 등을 열심히 하였다. 현장도 마무리 상태라 18개월 취업후 84년 8월 귀국하였다.

고향 산소와 어른들을 뵙고 며칠이 지난 후 돈이 얼마나 되는지 통장을 점검하니, 아내의 친척인 6촌언니가 빌려갔는데 곧 돌려주겠다고 했다.

'6촌언니는 면목동 2층집에 자가용도 굴리며 당시로는 잘사는데 왜 내 돈을 빌려갔을까.'

나는 의문이 생겼다.

아내는 그 언니가 봉제업을 하는데 공장 증축관계로 돈을 빌려갔

다고 한다. 남편이 귀국하여 중기사업을 할 생각이니 돈을 돌려달라고 하니,

"조금만 기다려봐. 집이라도 네 명의로 해줄게."

하며 우리를 속였다. 집도 공장도 모두 담보로 잡혔고 그 언니 가족은 얼마후 빚장이들에게 쫓겨 거리로 내몰리고 말았다.

"그 돈이 어떤 돈인데……. 내 땀과 눈물이 모여진 돈인데……. 찾아와!"

나는 매일 아내에게 돈을 찾아오라고 소리 지르며 술로 세월을 보냈다.

아내는 혼자 울며 얼마나 속을 태웠을까!

급기야 아내는 몸이 붓고 이상이 생겼다. 그래서 입원 후 진찰 결과 신장이 좋지 않다 하여 매월 1회씩 진찰 후 1개월치 약을 타와서 먹고 있었다. 그러다가 이번에 쓰러진 것이었다.

담당의사가 나를 불러,

"저 환자는 뇌사상태로 죽은 사람이니 퇴원시키세요. 살릴 수 있는 환자도 병실이 없어 응급실에서 죽어나가니, 살릴 수 있는 사람은 살리게 데리고 나가주세요."

라고 말했다. 그러나 나는 '알겠습니다' 하고는 병실에서 피해버렸다.

그때쯤 장모님과 처남댁 등 처가쪽 가족들이 6촌언니가 다니는 법당의 법사님께서 잘 살펴 주시니 법당에 가서 법사님을 만나보라고 하셨다. 나는 별로 내키지 않아 거절하였다.

그러자 장모님께서는

"죽은 사람 소원도 풀어주는데 내 소원 한 번만 들어 주게."

하시며 애원을 하시길래, 생각만 해도 쾌씸한 6촌언니라는 사람과 잠실의 후암정사를 찾게 되었다.

그곳에서 법사님을 뵙고 그 동안의 사정을 차근차근 말씀드리자, 다음날 밤 12시에 구명시식을 올리게 해주셨다.

구명시식이 시작되기 전, 돌아가신 조상님의 성함을 써올리라시기에 조부님의 성함까지 기억을 더듬어 명단을 올렸다.

구명시식이 시작된 지 얼마 후, 갑자기 법사님께서 깜짝 놀랄 말씀을 하시는게 아닌가.

오토바이 사고로 죽은 친구가 자기 이름이 없다고 행패를 부리고 있다며, 그 친구 이름을 적어 내라고 하시는 것이었다.

잊을 수 없는 죽마고우 '안인출'. 이 친구는 경찰관이었다.

내가 76년 쿠웨이트 취업 당시, 오토바이 사고로 병원에서 치료를 받다가 죽었다는 동생 편지를 받고 얼마나 슬퍼했는지……

친구의 이름을 적어 내자 다시 의식이 시작되었는데 또 얼마가 지났을까. 이번에는 약 먹고 자살한 친구가 왔다고 하신다. 나는 다시금 놀라지 않을 수가 없었다.

"이완수, 너도 왔구나."

이 친구는 30여년 전 고등학교 1학년 겨울 정초. 그해 가을에 일찍 결혼을 하고 정초 처가댁에 간 친구가 혼자 집에 돌아와 약을 먹고 자기 방에 죽어 있는 것을 동생이 보고,

"형! 언제 왔어?"

하며 흔들어 깨웠다고 했었지. 나도 잊어버리고 있던 옛날 일인

데…….

그후부터 구명시식은 순조롭게 진행되었다. 의식이 끝날 무렵 법사님께서 동참했던 6촌언니를 보고 노래를 한곡 불러주랍신다.

오토바이 사고의 친구가 이렇게 와서 잘 먹고 가는데 노래가 없어 되겠냐고 한단다.

다음날 법사님께서 병원을 찾아오셨다. 유리창 너머 환자를 바라보다 돌아가시는 법사님을 병원입구까지 배웅해드렸다.

법사님은 내 손에 큼직한 호주머니에서 108염주를 주시면서

"5일쯤 뒤에 깨어날테니, 병원에서 퇴원시키지 마십시오."

라고 당부하셨다.

그후 정말 기적같은 일이 일어났다.

법사님이 말씀하신 5일이 지나 6일째로 접어든 날, 유리창 너머 처남댁의 눈에 아내가 움직였다고 한다.

그러나 담당 간호사는 죽은 사람이 어떻게 움직이냐고 하며 환상이라고 쌀쌀하게 말하고서는 이를 무시했다.

그러나 얼마 뒤 아내의 감긴 눈을 뜨자, 이를 본 처남댁이 '죽지 않고 살아 있어요!' 라고 소리치며 간호사를 부르자, 아내의 눈에 눈물이 주루룩 흘러내리고 있는 것이 아닌가.

간호사와 의사가 달려와 아내의 눈동자가 움직이는 것을 확인하고는 그들의 태도도 180도 달라지게 되었다.

21일 동안의 혼수상태에서 아내는 조금씩 깨어나기 시작했다.

나는 법사님께 다시 한 번 구명시식을 부탁드렸다.

그후 아내는 중환자실에서 입원실로 옮겨졌고 그해 6월달에 집으

로 돌아올 수 있게 되었다.

　머리카락, 손톱, 발톱이 모두 빠진 상태에서 일주일에 2번씩 병원에서 투석치료 받은 결과, 머리카락과 손톱, 발톱도 다시 살아나게 되었다. 그리고 그후 힘들지만 10년째 가족들을 뒷바라지하며 살아가고 있다.

　법사님 말씀이 구명시식 때 조상님들이 영혼의 한의사를 초청하여 아내에게 침술치료를 하였다고 하신다. 아내는 혼수상태로 있을 때 많은 사람들을 만났으며, 여러 환자들과 침대에 누워 투석치료를 받은 것 같다고 했다.

　나는 오늘 아침도 5시 불교 방송 조식예불을 들으며 법사님께서 주신 염주로 합장한다. 그리고 늘 법사님께 감사드리고 아내와 가족의 건강을 기원해본다.

내가 건물 주인이 되다니……

정종혁 (사업)

　내가 차 법사님을 처음 뵙고 인연을 맺게 된 것은 참으로 우연한 기회였다.

　95년 초여름 매주 목요일 저녁, 조계사 경내에 있는 산중다실에서 수행모임을 갖던 중 일행 중 한 분이 차 법사님의 저서인 『한 마리 까치 되어』를 소개하셨다. 그 책을 읽어보고 너무나 경이로워 이 자리에 갖고 오셨다는 것이었다.

　나 역시 마음에 와 닿는 것이 있어 모임이 끝난 후 조계사 경내에 있는 서점에서 책을 구입하여 감명깊게 읽게 되었다.

　그 책을 통해 막연히 생각해왔던 영혼의 세계에 대해 생전 처음 확연하게 이해할 수 있게 되었다. 그동안 많은 심령서적과 정신서적을 탐독했지만 이렇게 영혼의 세계와 인간 세상의 관계를 확실하게 표현한 책은 처음이었던 같다.

　나는 차 법사님을 빨리 만나뵙고 구명시식에 관해 여쭈어 보고자

책을 출간한 출판사에 전화를 걸어 후암정사의 전화번호를 알아낸
뒤 여러 차례 전화를 하였지만, 출판사 직원의 말대로 통화하기는
'하늘의 별따기' 였다

우여곡절 끝에 능인각 보살님과 통화가 되어 그해 여름 상담 약속
을 하고난 뒤, 그날이 오기만을 손꼽아 기다리게 되었다.

왜냐하면 그간 나의 조상님의 세계가 복잡하다는 말을 많이 들어
왔기에 차 법사님을 만나 자세히 알고 싶었던 것이다.

그후 힘들게 차 법사님을 만나 구명시식에 대해 여쭈어 보게 되었
고, 법사님은 구명시식은 누구나 다 하려고 해서 되는 것도 아니고
인연이 닿아야 하는데 다행히 나는 인연이 있는 것 같다 하시며 한달
후에 구명시식을 올리기로 약속을 받게 되었다.

한달 후, 그해 10월 다섯 가족이 모여 법사님의 집전으로 구명시
식을 하던 중 우리 부부 차례가 되었다. 그리고 곧 나는 놀라운 사실
을 알게 되었다.

생전에 아버님은 어머니와 재혼을 하셨다.

나는 아버님의 전처(前妻)셨던 큰어머니께서 그냥 병으로 돌아가
셨는 줄 알았다. 그런데 차 법사님을 통해 큰어머님 영가의 말씀을
들어보니, 돌아가시기 전 큰병환으로 고통스런 나날을 보내고 계셨
음에도 불구하고 아버님께서는 큰어머님을 너무나 소홀하게 대하시
어 마음에 큰 한이 되었다고 하셨다.

그래서 아버님이 재혼해 낳은 자식인 우리 남매들이 밉다고 하시
는 것이었다.

차 법사님의 권유로 우리 부부는 생전의 아버님을 대신해 큰어머

님 영가께 진심으로 빌고 사과하였다.

법사님께서도 정성스럽게 부처님의 해원의 법문을 들려드리고 간곡히 사정을 하자 큰어머님 영가께서도 마음을 돌려 우리들을 용서해 주셨다.

그후 어려운 일에 부딪치면 법사님을 찾아 뵙고 정신적인 도움을 받아오고 있었다.

그러던 중 우리 가게가 세들어 있는 4층 건물이 건물주의 부도로 인해 법원 경매에 부쳐져서 전세도 한푼 못 받게 된 적이 있었다.

이에 차 법사님을 찾아 뵙고 걱정을 하자 빙그레 웃으시면서 다시 한 번 구명시식을 통해 복을 빌어보자는 자신에 찬 말씀에 용기를 얻어 2차 구명시식을 하게 되었다.

그때 법사님은 건물을 꼭 사게 되고 손해를 안 본다고 말씀하시는 것이었다.

얼마후 정말로 거의 빈손으로 시가 7억원하는 건물을 법원 경매를 통해 인수하는 행운을 맞이했던 것이다.

이 외에도 지면이 부족할 정도로 많은 좋은 일이 있어 우리 부부는 법사님의 중생을 위한 보이지 않는 자비의 마음에 깊이 머리 숙여 감사를 드린다.

차 길진 법사님의 첫 구명시식

하 대지해 (주부)

차길진 법사님은 10여년 구명시식을 해오면서 많은 이들을 만났다고 한다. 그들이 지니고 있는 사연도 가지가지, 그 과정에서 많은 원한들을 달래주고 원혼들을 위로해 주셨다.

그런데 법사님의 첫 구명시식은 언제였을까.

누구나 가슴 속에 첫사랑의 기억을 잊지 않고 살아가듯이 늘 가슴에 잊혀지지 않는 일 중의 하나일 것이다. 그런데 놀랍게도 나의 구명시식이 바로 법사님의 첫 구명시식이었다고 한다.

한 신도의 소개로 법사님을 소개받은 것은 10여년 전의 일이었다. 다른 절에 나가고 있는 나에게 그 신도는 후암정사에 와서 법사님을 한 번 만나보라고 권하였다.

며칠후 법사님과의 만남의 자리가 이루어졌다.

나는 그 신도로부터 법사님을 만나려면 108번 절을 해야 한다는 말을 듣고

"법사님, 저는 몸이 몹시 아프기 때문에 절을 할 수가 없어요."

라고 말하였다.

법사님은 내가 불심이 깊고 기도도 열심히 한다는 것을 익히 알고 있었다고 하시며

"보살님, 보살님은 전에부터 지장기도를 많이 하셨고, 절도 많이 하셨지요. 그러니 괜찮아요."

하고 말하였다. 그리고

"보살님, 보살님은 이제 나를 만났으니 돌아가시지는 않을 것입니다. 그리고 후암정사에서 하는 지장재일(매월 음력 18일) 법회 때 꼭 참석해 보세요."

라고 말하였다.

그후 나는 매번 법회에 참석하였다. 어느 법회 때 법사님은 문득 신도들에게 다음과 같이 말하였다.

"어느 한 보살님을 살리기 위해서 구명시식을 해야겠습니다."

그 구명시식은 법사님 생애 처음으로 하는 구명시식이었다. 그야말로 구명시식의 첫 페이지를 장식하는 날이었다.

그렇게 하여 나를 위한 구명시식, 또한 법사님의 첫 구명시식이 시작되었다.

처음 구명시식을 할 때 첫 하루는 기도를 온종일 하였다. 그리고 일주일 동안 매일 제주가 와서 기도를 하고 마지막 회향을 하면서 구명시식이 끝났다. 그 다음 구명시식을 하기 전에는 지장경을 몇십몇 백독씩 읽어야만 하였다.

드디어 구명시식이 시작되었다.

열심히 구명시식에 임하고 있는데 어떤 영가가 법사님을 화나게

하는 것이었다. 그러자 법사님은 영력으로 촛불 여섯 개를 다 꺼트려 버렸다.

이처럼 구명시식은 최고의 영력이 동원되고 존재하는 순간이다. 나쁜 영혼에게는 나쁘게, 선한 마음의 영혼에게는 선하게 작용한다.

그후 나는 머리가 하늘로 뻗치는 어지럼증이 거의 사라졌다. 그런데 내 마음에 한 번 더 구명시식을 했으면 하였다. 그래서

"법사님, 구명시식을 한 번 더 했으면 좋겠어요."

라고 말씀드렸더니 흔쾌히 승낙해 주셨다.

"어쩜 마음이 통했군요. 어려우시더라도 그렇게 하세요."

두 번째 구명시식을 하고 나니 나는 몸도 마음도 더욱더 가벼워지는 것 같았다. 나는

"법사님, 삼세번은 채워야겠어요."

하고 한 번 더 구명시식을 해주십사 간청하였다. 법사님은

"그렇게 하십시오. 보살님이 혼자서 하시기에는 어려우시니 다른 분과 동참하여 하도록 하셔요."

하고 권해 주셨다.

그리하여 나는 그해 세 번의 구명시식을 하게 되었다. 그리고 오늘날까지 건강을 유지하면서 기도 또한 열심히 하고 있다. 또한 일년에 몇 차례씩은 법사님을 꼭 만나뵙는 사이가 되었다.

군인 영가의 하소연

김영숙 (주부)

  몇 년전까지만 해도 나는 '정말 다복하다' 라는 말을 종종 듣곤 하였다. 육사출신에 장군 진입을 바로 눈앞에 둔 든든한 남편과, 서울대학교 법대에 다니는 아들 때문에 나는 친구들의 부러움의 대상이었다. 어디를 가나 나는 당당히 어깨에 힘을 주곤 하였다.

  그런데 얼마전부터 나에게 커다란 근심거리들이 생기기 시작하였다. 육군 참모총장 자리까지 기대가 되던 남편의 장군 진입이 번번이 물거품이 되곤 하는 것이었다. 아무 문제없이 장군이 될 찰나에 꼭 사건이 터지곤 하였다. 부대 내에 안전사고가 발생한다든지, 국가 안보에 위기가 닥칠 그런 사건이 번번이 생기는 것이었다.

  얼마전에는 남편 부대 소속의 한 부하가 탈영하는 사고까지 생겼다. 최고 책임자인 남편은 이번에도 탈영사건 때문에 장군 진입이 좌절되었다.

  여간 안타까운 일이 아닐 수 없었다.

  한편 수재라고 온 집안의 자랑거리였던 아들은 웬일인지 사법고시

때마다 번번이 실패하는 것이었다. 1차까지는 무난히 합격하지만 2차나 3차의 문턱을 넘어서지를 못하였다.

그러기를 몇 번, 아들이 점점 이상해져갔다. 정신분열증세가 심해진 것이었다.

아들은 부모와 주위로부터의 높은 기대감과 자신의 실패(지금까지는 한 번도 없었던)에 대한 두려움과 강박관념과, 평소 심약하고 섬세하던 성격을 이기지 못해 그만 병이 들어 버린 것이었다.

온 가족이 견디기 힘든 시련의 시기였다.

오랫동안 이처럼 집안 문제로 고민하던 나는 우연히 아는 이로부터 법사님에 대한 이야기를 듣게 되었다. 그리고 곧바로 법사님의 책 『영혼의 X-파일』 2권을 읽게 되었고 법사님과의 만남이 이루어졌다.

나와 이야기를 나누면서 법사님은 문득 짚이는 것이 있다고 했다. 그래서 구명시식을 권하였고, 한달 후로 날짜를 잡게 되었다.

구명시식을 한 결과 뜻하지 않은 영가가 나타났다.

웬 군복 차림의 젊은이가 나타난 것이 아닌가.

그 젊은이는 바로 남편 부대 소속의 군인이었다. 그는 군대에서 심한 기합을 받다가 견디지 못해 스스로 자신의 목숨을 끊어 버렸던 것이다.

바로 그 영가가 구명시식하는 자리에 나타나 마구 원망의 하소연을 퍼붓는 것이 아닌가. 그의 영가는 바로 상관이었던 남편의 집안 즉, 우리 집안을 떠돌며, 나쁜 영향을 주고 있던 것이었다.

법사님은 그 젊은이 영가에게 법문을 오래 읽어주었다. 그리고 이제는 아무 미련없이 떠나가라고 이야기해 주었다.

우리 내외는 전혀 생각지도 않았던 영가가 나타났다는 사실을 법사님으로부터 듣고, 특히 남편은 까마득히 잊고 지냈던 몇 년 전의 일이 생각난 듯 몹시 괴로운 얼굴이었다.

법사님은 우리 부부에게 영가를 위해 지금 이 자리뿐 아니라 구명시식이 끝난 후에도 열심히 기도해 줄 것을 부탁하였다.

법사님과 우리 기도를 열심히 듣고 있던 젊은이 영가는 조용히 수그러들며 물러나는 것이었다.

이 구명시식을 보며 우리는 또다시 영혼에 대한 깊은 생각을 하게 되었다. 무언가 일이 잘 안되고 집안에 우환이 겹친다든가 할 때는 곰곰이 자신을 한 번 되짚어보라.

자신은 전혀 생각나지 않고, 전혀 자신의 탓이라고 생각하지 않는 어떤 일조차도 우리는 자신도 모르게 업(業)을 짓고 살아간다. 그러므로 내 주위의 어떤 미물조차도 소중하고 귀하게 생각해야 한다. 하물며 인간에게 있어서 그 생명의 소중함을 깊이 인식해야 한다.

더욱이 나의 생명, 내 존재의 소중함은 그 무슨 말로 설명하랴.

우리의 생(生)과 죽음(死)은 절대로 자신이 선택할 수 없다. 하늘의 뜻에 따라 살다가 가는 것임을 알아야 한다.

특히 남에게 한을 품으며 제 목숨을 끊는 행위는 몇겹의 업을 짓는 것이다. 그 행위는 두고두고 주위를 괴롭힐 뿐 아니라, 몇 대에 걸쳐 한(恨)을 남긴다. 그로 인해서 후손들은 계속 원인 모르는 피해를 입으면서 삶은 피폐해져 간다.

이러한 모든 것이 밝혀진 후 우리 부부의 삶은 완전히 달라졌다. 지극히 겸손해지고, 나로 인해 혹시 누군가 조그만 피해라도 입지 않을까 배려한 마음이 스스로 고개 숙이게 만든 것이었다.

우리는 젊은이 영가를 위해 기도도 열심히 해주었다.

그로부터 1년 후 남편은 당당히 장군으로 진급하였다. 더불어 아들의 정신병도 점점 나아지는 것이 보였다.

우리 부부는 모든 일에 감사할 뿐이다.

아들로 환생한 셋째 딸의 복수

권정숙 (신도)

법사님을 처음 보던 날, 나의 마음은 지옥 그 자체였다.

잠시 망설이던 나는 한숨을 크게 쉬며 법사님께 속이야기를 털어놓기 시작했다.

남편이 술과 여자문제로 속을 썩인지는 꽤 오래되었다.

그런데 괜찮은 여자와 바람을 피는 것도 아닌, 대부분이 화류계의 여자들이었고, 더욱이 상대하는 여자마다 질이 좋지 않아 돈을 뜯긴 적도 여러 번이었다.

남편 복 없는 여자는 자식복도 없다던가.

그렇게 외아들이라고 애지중지하며 키우던 아들녀석 역시 여자문제로 속을 썩이기 시작하였다. 아버지 때문에 마음고생하는 어머니를 보고 자란 아들이, 그 길을 똑같이 가고 있는 것이다.

싫은 모습은 똑같이 닮는다는데, 대물림인 것 같았다.

나는 점점 삶에 대한 가치를 잃어가고 있었다.

　나의 얘기가 끝나자, 법사님은 내가 유난히 아들에 대해 애착심을 가지고 있다고 말씀해 주셨다. 그 이유 역시 구명시식 결과 밝혀지게 되었다.

　구명시식을 해보니 웬 여자아기의 영가가 나타났다. 법사님은 나에게 누구냐고 다그치는 것이었다.

　한참동안 나는 대답을 하지 못하였다. 나는 그 아기를 알고 있었다. 그 아기는 바로 나의 셋째딸이었다.

　위로 두 딸을 낳은 후 나는 다시 세 번째 아기를 임신하게 되었다. 아들이려니 하고 기대하고 있었는데 낳고 보니 또 딸이었다.

　나는 아무도 몰래 아기를 엎어놓았다. 그 아기는 그렇게 태어난 지 며칠만에 생명을 다하고 말았다.

　그후 금방 임신이 되었다. 낳아보니 아들이었다. 주위에서는 축복해 주었지만 나의 마음은 몹시 아팠다.

　그러나 아이 뒤치닥거리로 정신없이 바쁜 와중에 곧 그 사실을 잊어버렸다. 그런데 아들은 커갈수록 집안의 골칫덩어리가 되어갔다. 여자 문제로 부모에게 많은 돈을 요구하며 난동을 부리는 일이 빈번해져 갔다.

　왜 굳이 딸을 죽여서까지 아들을 낳으려 했는지 후회막급이었다.

　그러나 어찌하랴. 이미 엎질러진 물인 것을……

　구명시식 결과 그 아들은 바로 엎어서 죽인 셋째딸이 환생한 것이었다. 그래서 셋째딸은 부모에게 자기를 죽인 복수를 하는 것이었다. 악연의 고리가 이어진 것이었다.

말도 못하는 여자아기의 원망의 표정을 보며 법사님은 우리 부부에게 참회하라고 당부하였다.

남편은 모든 잘못은 자기에게 있다고 하며 참회하였고, 나는 길렀으면 남부럽지 않은 효녀로 자랄 셋째딸을 죽인 인과응보의 벌을 받는다며 비통해하였다.

참회의 기도가 이어지고, 법사님 또한 극락왕생의 기도를 정성껏 올려주었다.

잠시후

밝은 표정으로 아기의 영가가 물러났다고 법사님이 말씀해 주셨다.

그후 우리 집안은 평온을 되찾게 되었다.

오랜만에 찾은 가정의 평안함. 나는 인과응보에 대한 확실한 교훈을 얻게 되었다. 그래서 후암정사에 열심히 기도를 하러 다닌다. 어떤 조그만 일에도 늘 감사하며 기도하는 나의 모습을 보며, 나는 오늘도 구명시식에 대한 의의를 찾게 된다.

"영혼이 있다고 믿으십니까?"

김도일 (LG그룹 과장)

"영혼이 있다고 믿으십니까?"

전생에 대한 책이 베스트셀러가 되고 영혼에 대해 다룬 이야기들이 TV 드라마와 영화에서 장안의 화제가 되었을 무렵, 사람들은 그저 스쳐가는 말로 혹은 진지하게 이런 질문들을 했다.

"영혼은 있다고 믿는 것이 아니라 실재하는 것입니다."

한결같은 나의 대답 다음에는 언제나 다음 질문도 한결같다.

"그럼 전생도 있다고 믿으십니까?

"오늘이 있음에 어제도 있고 내일도 있듯이 전생도 실제지요."

의아하다는 듯이 또는 호기심에 가득 찬 표정으로 때로는 신기한 눈빛에

"그렇습니까?"

하며 돌아선 그 사람들의 앞으로의 삶에 나의 대답은 어떤 영향을 미칠 수 있었을까.

그들 중 대부분은 아마도 나의 대답을 잊어버렸을 것이거나, '아

그렇게 생각하는 사람도 있더라' 하며 살아가고 있을 것이다. 그러나 육체적 존재가 우리의 전부가 아니라는 것을 확실하게 알게 된 사람은 삶의 방향과 방식 모두를 바꾸게 된다.

차길진 법사를 만난 이후의 나는 그런 사람이 되었다.

1992년 나는 L회사의 미국 주재원으로 있었다. 그 당시의 나는

'사는 게 이게 아닌 것 같은데……'

하는 생각으로 가득 차 있었다. 그리고 뭔지는 명확히 모르는 답답함으로 살고 있었다.

육체가 죽음에 이르면 존재도 사라지는 것인가. 그렇다면 선행을 베풀며 도덕을 지키고 사랑하며 살아야 하는 이유는 무엇인가.

그것보다 선행되는 의문은 '우리는 왜 살아야 하는 것일까' 였다.

차 법사를 찾아갔을 때, 그는 무척 반갑게 나를 맞아주었다.

우리는 오랫동안 깊은 대화를 하였다. 그리고 그때까지 내가 독신을 면하지 못하고 있던 까닭도 알 수 있었다.

비록 현생에서는 믿음생활을 하지 않고 있었지만, 나의 전생은 독실한 천주교 신자로 혼자 살다가 순교를 한 것으로 나타났다.

법사님은 나에게 구명시식에 참석하기를 허락하였다.

바로 그날 밤 나는 확연하게 깨달았다.

인간은 영원에서 와서 영원으로 돌아가는 존재이며 우리는 단지 그 노정(路程)에서 잠시의 육체적 체험을 하는 영적인 존재인 것을…….

혹자는 그 육체적 체험을 윤회 내지는 전생이라는 신비적 요소가

가미된 용어를 표현하기도 하지만, 육체의 죽음 이후에도 불멸하는 영혼의 존재, 세세 생생 본래의 나를 망각한 채 매번 다른 옷(육체)을 입고 육신의 삶을 살아야만 하는 이유를…….

그후 나는 차 법사님의 권유대로 뉴저지 후암정사에서 생활하게 되었고, 또 얼마후 나에게 귀국하여 잠실 후암정사에서 생활하라고 하였다.

나는 귀국하여 6개월간 후암정사에서 생활하였다. 물론 그곳에서 여의도까지 출퇴근하기가 힘들었지만 법사님의 말씀에 그대로 따르게 되었다.

그후 그곳에서 현재의 아내를 만나 결혼하게 되었다. 차 법사님의 말씀대로 열 세 살 연하의 나이 어린 신부를 맞이하게 된 것이다. 지금은 한 식구가 불어났다. 차 법사님 말씀대로 두꺼비 같은 건강한 아들도 생긴 것이다.

지금 곰곰이 생각해보면 내가 어떻게 그렇듯 무모하게 차 법사님의 말씀을 그대로 따랐을까 하고 의아해진다.

그러나 나의 절실함을 법사님은 본 것일 것이다.

외국생활에서 느끼는 외로움과 삶에 대한 각박함에 나의 영혼이 매우 움츠러들어 있음을……. 그때 어린아이 같은 순수한 마음으로 순종을 하였기에 오늘의 나의 이 커다란 행복이 존재함을 느낀다. 그래서 더욱 더 차 법사님과의 인연이 그렇게 소중할 수가 없다.

나의 인생의 전환점을 마련해준 커다란 스승이신 것이다.

사실 아직도 차길진 법사님이 어떤 사람이라고 규정할 수는 없을 것 같다.

종교인으로서 저술가로서 영능력자로서 구도자로서의 그는 결코 가늠할 수 없는 대상이기에, 나는 그저 그를 사람들을 한없이 연민의 마음으로 보아주는 세상을 사랑하는 한 인간으로 소개하고 싶다.

죽어서도 갈 길을 가지 못하고 이 세상을 맴도는 가련한 영혼들을 위로하는 표면적인 구명시식의 뒤에는 그는 분명히 살아 있은 사람들의 영혼, 그들의 이번 생애를 위로하고 보살피고 구해주고 있었기 때문이다.

목이 없는 사신이 나타났어요

김명한 (한국화약 영업담당 이사)

마치 무슨 일이 금방 일어나고야 말 것 같은 정적이 감도는 시간이 흐르고 있었다. 서로 알지 못하는 사람들이 몇몇 짝을 지어 무엇인가를 기다리고 있는 듯 초조함이 엿보였다.

징소리가 울렸다. 그 소리는 영혼을 깨우려는 듯 법당안에 가득 울려 퍼졌다. 모두들 자세를 가다듬는다.

'이제 시작이구나.'

하는 약간의 긴장감으로 나는 한 곳으로 정신을 집중하려고 노력하기 시작했다.

성악가가 수많은 군중 앞에서 청중을 압도해가며 노래를 하듯 차 법사의 독경소리는 우렁차기만 했다. 주위 사람들에게는 신경도 쓰지 않고 수많은 영가들에게,

"이 구명시식 자리는 죽은 자나 산 자 모두에게 평등하니 어차피 육계를 떠났으면 모든 집착은 버리시오. 밝은 내세를 위해서라도 현실을 긍정적으로 받아들이고 좋은 인연 만나 새롭게 만들어 가야 하

나니……."

라고 이야기한다.

이것은 내가 우연한 기회에 차 법사의 구명시식을 참석하게 되어 겪었던 일이다.

혹자들은 이를 어떻게 해석할지 모르겠다.

하지만 나의 소견으로는 영능력자만이 엄청난 에너지를 뿜어내면서 할 수 있는 것이라 생각한다.

이승과 저승을 넘나들며 살아 생전에 미처 밝히지 못했던 사실을 알려줌으로써 주위 사람들의 놀라움은 더욱 커진다. 이러한 갖가지 경험담은 그의 여러 권의 영혼에 대한 저서에도 잘 나타나 있다.

'털어서 먼지 안 나는 사람 없다'고 하듯, 각 가정들의 숨겨진 사연들을 직접 밝힐 수 없기에 믿지 않는 분들이 있다면 할 수 없다.

언젠가 구명시식 도중이었다.

차 법사는 구명시식을 하면 할수록 어렵다며,

"누군지 목이 없는데 어떻게 된 것입니까?"

하는 것이 아닌가!

이 말에 깜짝 놀란 제주는 사실 화장을 하긴 했는데 목을 찾지 못해 그냥 나머지만 태워 버렸다고 대답했다. 짧은 한숨을 내쉰 차 법사는 뒤를 비스듬히 돌아보면서,

"앞으로 이런 경우에는 볏짚으로라도 모양을 만들어 함께 태워야 합니다."

라고 주의를 주었다.

과연 그의 눈에 죽은 자의 모습이 보였단 말인가.

이것뿐만이 아니다. 사주만 보아도 죽었는지 살았는지, 심지어는 그 사람이 어떻게 생겼는지까지 알아맞힌다.

그가 구명시식에 임하는 자세는 근엄하기까지 하다. 마치 굳은 석고상처럼 한치의 요동도 없다. 그러나 그의 평상시의 모습만 본 사람은 그의 이미지를 다르게 갖고 있을 것이다.

평범한 이웃집 아저씨 같은 외모에 무엇이 그렇게도 즐거운지 평상시 그의 얼굴에는 소년다운 미소가 서려 있다.

뭔가 특이할 것 없이 말이다.

그에게는 앞으로 이루고 싶은 소망이 있다.

하나는 불교 유적지를 돌면서 못다한 공부를 하며 뜻이 맞는 도반들과 어울려 도에 심취해 보는 것이다. 또 하나는 가장 한국적인 영화—예를 들어 김동리 선생의 『등신불』을 영화화한다든지—를 만들어 세계적인 작품으로 남기고 싶어하는 것이다.

그가 이런 문화적인 방면에 관심이 많은 탓일까? 그의 아들은 지금 연극 무대에서 활약하고 있고 딸은 아역 탤런트 출신이다. 아이들이 연기자이면서 사회인으로 의젓하게 성장하는 것과 그의 소망이 이루어지기를 기대한다.

또한 그는 자기 능력의 한계를 잘 아는 사람 중의 하나라고 생각한다. 언젠가 그에게 이 일을 중단하고 더 깊은 공부를 하지 않겠냐고 조심스럽게 물어보았을 때, 그의 대답은 아주 간단했다.

"이것은 나의 천명입니다."

그는 '모사재인 성사재천(謀事在人 成事在天)'을 얘기하며 특히 맹자의 '막비명야(莫非命也)'를 말한다. 다시 말해 '막지위이위자

천야 막지치이치자 명야(莫之爲而爲者 天也 莫之致而致者 命也; 하려는 것은 아닌데 그렇게 하는 것은 하늘의 뜻이고, 부르지 않았는데 닥쳐오는 것은 운명이다)'를 말함이 아닌가 싶다.

즉, 점술가가 점을 치고 부적을 만들고 굿판을 벌이며 앞날을 예측하는 것과는 다르다. 다만 비바람이 몰아칠 때, 우산을 써보는 것이 좋지 않겠느냐고 충고를 해준다. 견딜 수 있다면 이것도 좋은 인생공부라 하늘이 더 큰 것을 주기 위한 기회가 아니냐며 모든 것은 마음먹기에 달려 있다고 제안을 한다.

그는 입버릇처럼 이렇게 말한다.

"흐르는 물처럼 살고 싶다. 나서지도 않고 또 뽐내지도 않으며 왔다 갔는지 흔적없이 조용히 물꼬를 터가며……."

그는 말없이 그의 길을 가고 있다.

어떤 희생, 고뇌와 안타까움, 혼자만이 갖고 있는 아픔을 그 누구도 알 수 없다. 하지만 그는 조국에 대한 자신의 염원을 이루기 위해 오늘도 쉬지 않고 분주한 나날을 보내고 있다.

세상에 아름다운 사람들이 많이 있다. 아름다움을 굳이 멀리서 찾으려 하지 말라. 우리 앞에서 조용히 흐르는 듯한 그의 웃음이 여기 있기 때문이다.

갑자기 그와 마주 앉아 흉금을 터놓고 다정스럽게 얘기하고 싶은 마음이 나를 그에게로 이끈다.

제 4 부

시체가 뒤바뀌다니!

초능력이란 이런 것이구나!

김동선 (언론인, 전 시사저널 편집국장)

내가 차길진 법사를 처음 만난 것은 90년 3월의 어느 술자리였다. 그날 작가, 재미언론인 등 5,6명이 함께 어울렸던 것으로 기억된다.

이 자리에서 누군가가 나를 차길진 법사에게 소개하였다. 그러자 그는 나에게

"심장 나쁘신 분이 냉탕 온탕을 왜 열심히 하십니까? 이제 하지 마세요."

하며 몇 마디 휙 던졌다.

나는 이 말에 아연했다.

이유인즉, 나는 그 즈음 고질적인 신경통 때문에 일찍 출근하여 회사 부근 목욕탕에서 냉탕, 온탕하는 것을 일과로 삼고 있었기 때문이었다. 또 당시 내 심장은 전문의로부터 조심해야 된다는 충고를 받고 있던 중이었다.

그런데, 처음 만난 사람이 얼굴 한 번 보고 '냉탕, 온탕 열심히 하는 것을 중지하라'고 하니 놀라지 않을 수 없었던 것이다.

나는 속으로

'아, 초능력이라는 게 바로 이런 거로구나.'

하고 감탄했었다.

그날 이후 차길진 법사와 나는 출생지가 같다는 사실(전북 정읍)
때문에 대단히 가까워졌다. 말하자면, 이것은 지연인 셈이었다.

지연이 같다 보니 그의 집안과 우리 집안은 또다른 인연이 있었다
는 사실을 서로 알게 되어 우리는 금방 친숙해진 것이다.

그런데, 우리의 친교는 참으로 짧은 연륜인데 비해 만나면 만날수
록 그의 다양한 모습을 발견하며 나는 나도 모르게 깜짝깜짝 놀라게
된다.

그는 불법을 설파하는 법사이면서 인간과 세계에 대한 무서운 투
시력을 지닌 인물이다. 현대사의 은폐된 사료를 발굴해 내는 사료수
집가이며, 왕성한 저술활동을 계속하는 문필가이기도 하다.

그의 외모에서 풍기는 인간은 다채롭다.

종교가다운 근엄함이 있는가 하면, 웃을 때는 순진무구한 소년같
다. 그럼에도 불구하고 가끔 무섭게 빛나는 눈초리는 그가 예사로운
사람이 아니라는 사실을 어렴풋이 느끼게 한다.

뉴욕을 방문했을 때의 일이다. 나는 뉴저지에 위치한 차길진 법사
의 후암정사에서 잠시 기거했는데, 그때 가까이에서 보니 그의 수면
시간은 하루에 2시간 정도밖에 안되는 것 같았다. 그러면서도 그는
낮에 남보다 더 바쁘게 활동하는 것이다.

종교적인 힘인지, 아니면 천성적으로 그렇게 부지런하게 태어났는
지 좌우지간 그는 초인적인 면모를 지니고 있었다.

나는 차길진 법사의 가계(家系)에 대해서도 깊은 관심을 가지고 있

다. 그의 증조부, 조부, 부친 등은 각각 독특한 삶을 산 우리 근대사의 산표본이었다. 특히 그의 조부와 우리 선대의 가문과는 이상한 인연이 맞닿은 흔적이 발견된다. 그래서 우리가 만나 이야기꽃을 피우면 결국 애기의 줄기는 한 많고 바람 많고 피비린내나는 우리 현대사의 본류에 다다르게 된다.

나는 차길진 법사의 종교 입문은 결코 우연이 아니고 필연이라고 생각한다. 인간 차길진이 이 세상에 태어나면서 필연적으로 선택할 수밖에 없었던 운명적 요소가 그의 가문의 풍운과, 역사에서 발견되는 것이다. 즉 그는 근원적으로 그 자신만을 위해 살 수 없는 숙명을 안고 태어난 셈이다.

차길진 법사는 종교지도자이기보다는 너무나 종교적인 사람이다. 종교는 직업이 아니고 삶, 아니 삶의 과정이기에 더욱 그렇다. 철학과 자연이 접목되는 동호인 모임 형태의 생활불교를 실천하고 있는 것도 그의 독특한 점이다.

차길진 법사의 이러한 종교철학에 대해 관심을 가지면서 자연스레 그가 행하는 구명시식을 알게 되었다. 그러자 나는 돌아가신 나의 어머니 생각이 간절하였다.

나는 어머니를 좀 일찍 여읜 편에 속한다.

그때 내 나이 스물둘, 어머니는 쉰네 살이었다.

어머니는 폐암으로 돌아가셨는데, 얼마나 슬프고 허망했던지 삶의 의욕마저 잃을 정도였다. 엄한 규칙 생활을 하는 군복무중이 아니었다면, 아마 나는 그 슬픔과 허망함을 견디지 못했을지도 모른다.

나는 어머니를 좀 유별나게 사랑했었다. 어렸을 때부터 나는 친척

들로부터,

"저 앤 지 어미밖에 모른다."

는 말을 들었었고, 철이 들어서는 어머니가 싫어한다든지, 어머니에게 고통이 되는 일은 나 스스로 철저하게 피했다.

6·25 전쟁 직후의 가난을 겪어본 사람들은 알겠지만, 지금 가치로는 아무것도 아닌 공납금도 제때에 못 내는 학생들이 많았다.

우리 집은 그 정도로 어렵지는 않았지만, 그렇다고 여유가 있는 편도 아니었다. 그러나 나는 우리 반에서 언제나 공납금을 맨 마지막에 내곤 했다. 그 이유는 단 한 가지, 어렵게 살림을 꾸려가는 어머니께 고통을 좀 덜어드리려는 마음에 공납금 달라는 말을 쉽게 꺼내지 못했기 때문이다.

나는 담임 선생이 노발대발할 때에서야 어머니에게서 공납금을 받아내곤 했다. 그래서 어느 담임 선생이나 나를 매우 싫어했지만 나는 그런 것에 전혀 아랑곳하지 않았다.

어머니가 이승을 하직하신 지도 30여년이 된다.

어머니가 세상을 떠난 직후에는 자나깨나 어머니 생각이었고, 꿈꾸는 일도 많았지만 이젠 꿈꾸는 일도 거의 없을 정도가 되어버렸다. 세월이 약이라더니 세월 덕을 보고 어머니 생각을 안하게 된 셈이다.

그런데 차길진 법사와 교분을 맺은 이후부터 나는 어머니 생각을 하는 버릇이 생겼다. 그것은 차 법사가 행하고 있는 구명시식(救命施食) 때문이었다.

나도 구명시식을 한다면 어머니의 영혼과 만날 수 있겠구나 하는 생각이 불쑥불쑥 떠올랐다. 그 욕구는 강렬했지만 이런저런 이유로 못하다가 지난 가을에서야 구명시식에 참석할 수 있었다.

그날 나는 온종일 어떤 설레임 속에 휩싸였고, 구명시식이 진행되면서부터는 긴장되기도 했다. 어머니의 영혼이 과연 오실 것인가, 그리고 나에게 무슨 말씀을 하실 것인가.

드디어 어머니의 영혼이 차 법사의 입을 통해 나에게 말했다.

"너 어렸을 때 몸이 약했는데 지금은 괜찮으냐?"

나는 건강하니 염려 마시라고 대답했다. 그러자 어머니는,

"누님들을 잘 보살펴라."

고 말씀하시고 나의 곁을 떠나셨다.

그 두 마디뿐이었다.

어떻게 생각하면 어머니의 영혼은 무정하기 짝이 없었지만 뒤집어 생각해 보면 하시고 싶은 말씀만 하신 것 같았다.

생전에 어머니는 늘 내 건강을 염려하셨다. 그래서 나에 대한 당신의 가장 큰 염려를 말씀하신 것이었다. 또한 누님들에 대한 말씀은 다른 형제에 비해, 가장 어렵게 살고 있기 때문인 것 같았다.

큰누이는 몇 년 전 남편과 사별하고 새롭게 살고 있으며, 작은누이는 15년 전 교통사고를 당한 뒤 반신불수로 고통당하고 있다.

어머니의 영혼은 용케도 그 점을 아시고 나에게 당부하신 것이다.

구명시식 중에 나는 영혼의 굴레에 대해서 많은 생각을 했고, 더불어 영혼이 확실하게 존재한다는 사실도 믿게 되었다.

누가 뭐라든 영혼은 존재하는 것이다.

구명시식이 끝나고 차를 몰고 귀가하는 길에 나는 어머니의 극락왕생을 수없이 빌었다.

영혼과 예언 사이

권희용 (공보처 서기관, 전 토요신문 정경부장)

나는 1990년 7월. 처음 차길진 법사를 만났다.

신문사 동료들과 암사동에 있는 해물탕집에서 포식을 하고 자리를 옮긴 곳이 근처 찻집이었다. 그곳에서 '법사(法師)'라는 직업을 가진 차길진 씨를 만난 것이다.

당당한 체구에 사람 좋아 보이게 웃는 모습도 인상적이었으며 무엇보다 '법사'라는 직업이 나의 호기심을 자극했던 것이다. '법사'라는 호칭에 대한 나의 상식 수준은 불제자 가운데 상당한 경륜을 쌓은이를 일컫는 것쯤에 머물러 있을 정도였다.

그렇듯 나는 법사 차길진을 소개받고부터 그에게서 어떤 '예언'을 끌어내고 싶어 은근히 조바심을 냈다.

다른 이들도 법사라는 직업을 가진 사람에게 갖는 '기대'인지는 모르지만, 아무튼 나는 그날 이후 그와의 만남에서 기대와 조바심을 떨쳐버린 적이 없었다.

결론부터 말하자면, 그러나 그는 나의 기대와 조바심을 말끔히 씻어 낼 만큼 속시원한 '예언'을 하지 않고 있다는 것이다.

'만나면 그저 그렇고, 떨어져 있으면 보고싶은 사이'가 된 지금도 나는 기대와 조바심으로 그를 만나고 헤어진다.

그에게는 내가 기대를 가질 만하고 또 조바심하게 하는 그 무엇이 있기 때문에 그리하여 '예언'을 기다린 날들이 그와 나 사이에는 이어지고 있는 것이다.

그에게는 묘하게 사람을 끌어당기는 흡인력이 있다. 그렇다고 사람들의 호감을 사기 위한 독특한 몸짓이나 말짓을 하는 게 아니라 금세 친근감을 갖게 하는 타고난 기술(?)이 그에게는 있다는 것이다.

여럿이 함께 있을 때 그는 좌중을 사로잡는, 아니 사로잡지 않고는 못 배기는 버릇이 있다. 또 좌중은 결국 그의 페이스에 휩쓸리고 마는 것이다.

그렇다고 그에게 논리정연한 말솜씨가 있는 것도 아니다. 또한 뛰어난 지적 체험이 그런 힘으로 작용하는 것도 아니다. 오히려 그는 간혹 자가당착에 빠지는 말솜씨와 확실치 못한 경험의 한계를 드러내면서도 좌중의 고삐를 마음대로 늦췄다 조였다 한다.

그런 정체의 비밀을 나 나름대로 캐보면(정확하게 표현하면 '짐작해 보면'이 맞다) 바로 다음과 같은 결론에 이른다.

우선 그에게는 자신의 상황과 상대방의 상황에서 손쉽게 공통분모를 찾아내는 기술(?)이 있다. '이것'과 '저것'의 처지에서도 공통점을 재빨리 발견해내는 기막힌 순발력을 발휘하는 것이다.

그래서 금세 '우리'가 되고 '하나'로 만들어 내는 것이다.

두 번째로 그는 분명 과거의 사실을 '오늘'로 현재화시키는 기술을 발휘하는 능력의 소유자이다. 그것도 극적 효과를 겸비하고 있어 언제나 그의 대화는 대중성을 갖는 것이다.

그것은 또 비밀을 모든 이들이(상대방) 공유하도록 하여 상황의 주인공으로 끌어들이는 것이다. 그것은 그대로 한편의 신문기사일 수도, 한 권의 다큐멘터리일 수도 있기에 흥미를 잡아끄는 것이기도 하다. 그의 이야기는…….

끝으로 그에게는 예지력이 있다. 내가 그에게 늘 기대하는 어떤 '예언'도 그것에서 비롯된다.

앞서 얘기했듯이 기대와 조바심을 씻어내는 '예언'은 아니지만, 내가 그를 기다리는 까닭이듯이 다른 이들에게도 그는 같은 질량의 '예언'을 공유케 한다. 그래서 역시 같은 정도의 갈증(기대와 조바심)으로 그들을 사로잡는 것이다.

그가 '법사'인 것도 그런 까닭이라고 나는 해석하고 있다. 기대와 조바심의 '예언'이기에 그는 영원한 법사가 된다고 나는 믿는다. 틀림없는 '예언'이라면 그는 이미 존재이유가 없다는 것으로 나는 그를 변호하고 있다.

흔히 그렇듯이 아들에게 있어 '아버지'의 존재의 근거지가 된다고 나는 믿고 있다. 단순한 혈연의 시원(始原)으로 이해하는 것 이상으로 아버지는 늘 존재하는 하나의 형상이라는 식이다.

차길진의 '아버지'는 그 이상의 존재이다. 그 이상이라는 표현보다 '아버지'의 형상이 매우 입체적 존재 내지 초월적 존재로 그에게 존재해 있다. 좀 현대적(?)인 표현을 빌리자면 '비디오 오디오적' 존재인 것이다.

유년시절 비명에 사별(死別)한 아버지를 그는 언제든지 '볼 수도', '들을 수도' 있다. 그의 영적 능력의 출발점을 그는 '아버지와의 만남'에서 찾는다.

그가 불가에 몸을 담게 된 까닭도 아버지로부터 비롯된다.

그는 가계(家系)의 맥락에서 자신의 어쩔 수 없는 운명을 읽어내려 간다. 증조부-조부-부친은 그에게 있어 고스란히 살아 있는 교본(教本)이다.

한때 그는 교본의 틀 속에서 뛰쳐나가기 위해 몸부림을 쳤다고 고백했다. 전국 방방곡곡을 떠돌며 '왜 사는가'를 묻고 또 물었단다. 그러나 결국 그가 머문 곳은 어느 사찰의 암자였으며 그곳에서 그는 '아버지'의 운명과 새삼 접목됐다고 했다.

그의 아버지 차일혁은 유명한 빨치산 토벌대장이었다. 30대 후반에 세상을 뜬 그의 짧은 생은 그대로 불꽃이었다. 맹렬하게 타오르다 일순간 꺼져버리고 만 불꽃과도 같았다.

특히 차길진은 도도하게 흐르는 검푸른 금강에 몸을 던진 부친 차일혁의 죽음을 생생하게 지켜본 '목격자'라는 독특한 경험을 고스란히 간직하고 있다.

나는 그의 목격담을 현장에서 확인한 한 사람이기도 하다.

차길진 법사가 '영혼'을 얘기할 때 그의 조부와 그의 부친은 그를 영혼의 세계로 안내하는 길잡이가 된다. 그래서 그는 퍼올려도 메마르지 아니하는 예언의 샘을 지니고 있는지도 모르겠다.

허무맹랑하지 않는, 끈끈한 친화력을 갖는 그의 '예언'은 그래서 인간적일 뿐 외경스럽거나 생소하지는 않다. 그것이 예언의 가치를 지닌 엄숙함이나 절묘함이 부족할진대 그는 충분히 활기찬 생활인임을 이내 알 수 있다.

우선 그는 엄청난 활동가이다. 하루에 두세 시간만 잠자리에 든다거나 뛰어난 완력의 소유자라는 것을 제외하고라도 수없는 사람들을 만나고 비상한 생각을 해내는 재주꾼임도 그의 특징이다. 한시도 자신을 가만히 머물러 있게 하지 않는다.

기존의 생각과 행동으로 인간의 정상적인 좌표를 그려나가기에는 역부족이다. 그것이 새로운 종교라도 좋고 새로운 이념이라도 좋다. 다만 분명한 것은 '허전한 현대인'의 마음을 채워줄 수 있는 생각의 공통 분모가 무엇인지를 한 줄에 꿸 수 있는 것을 찾아내야 한다는 것이 그의 생각이다.

그가 '그것'을 찾아낼 듯도 싶다. 그의 장기 중에 하나가 사람들의 공통분모를 금세 찾아내는 것이니까…….

그는 정말 바람같은 사나이다. 상대방을 편안하게 해주는 바람이다. 그래서 그의 '예언'은 늘 기대에 차 있다.

그런데 솔직하게 말해 나는 그를 잘 알지 못한다. 그는 내게 있어 그런 사람이다.

벌써 10여 년 가까이 그와 교류하면서, 이제 와서 '잘 알지 못한다'는 것은 분명 무책임하다고 아니할 수 없다. 또 기자라는 직분을 가지고 그를 처음 만난 후, 지금껏 관계를 지속하는 것으로 따진다면 나의 그에 대한 일종의 직무유기일 수도 있다.

그렇더라도 나는 그를 잘 알지 못하는 것만큼은 분명하다.

그러나 그가 나와의 관계에서 자신의 '정체'를 숨긴다거나 교언영색으로 위장을 잘해서 '진실'을 드러내지 않기 때문에 그렇다는 뜻이 아니다.

　결론부터 말하자면 그가 자신의 '진짜 모습'을 내게 보여주지만, 그 모습을 내가 알지 못한다는 사실이다.

　그를 어지간히 안다는 사람들은 그를 일컬어 유능한 영매(靈媒)라고도 하고 또 어떤 이들은 부처님의 진리를 전파하는 법사(法師)라고도 한다.

　어느 것 하나 틀림이 없다. 그는 영매이고 또한 법사다. 좀더 정확하게 말한다면 그는 법사이며 영매다.

　그가 영매와 법사 중 어느 쪽을 먼저 했는지는 모른다.

　나의 경우는 법사 쪽에 비중을 두는 것이 더 나을 것 같아 나름대로 순서를 정했으나, 그 순서 여하에 따라 그의 모습이 달라지는 것은 전혀 아니다.

　아무튼 그런 그의 소임을 잘 알면서도 내가 그를 '잘 알지 못한다'는 것은 그가 '영혼과의 화자(話者)'라는 이유 때문이다.

　그의 대화 상대인 '영혼'에 대해 나는 알지 못한다. 나의 영역이 아니라는 단순한 무관심성 무지에서가 아니라 그 세계에 대한 외경심에서 비롯된다.

　나는 영혼의 존재를 인정한다. 그를 만나기 이전부터 그랬다. 그리고 그가 말하는 영혼과 내가 인정하는 영혼이 동류항으로 분류된다고 믿었다.

　그래서 그를 처음 알게 되었을 때 '상당한' 호기심 때문에 접근이 수월했다. 그 역시 나의 호기심을 넉넉히 충족시켜 주고도 남음이 있었다.

내 호기심의 정체는 이를테면 유년시절 소위 귀신이나 도깨비 이야기에 열중하던 동심(童心)과도 같은 심사와 크게 다르지 않았다.

상당 부분 그도 나의 호기심을 부추겼다. 그는 그런 '이야기'의 보고(寶庫)였다.

자연히 나는 그의 보고를 드나드는 탐방객이 되었고, 그는 언제나 자신의 보고를 개방하는 편이었다.

그는 언제나 생생한 이야깃거리를 준비해 놓고 있었다. 거의 손질을 하지 않아도 그냥 기사가 되는 것들로 말이다.

그러나 그것들은 여느 기사와는 전혀 다른 모양새를 하고 있는 것이다. 영혼의 이야기였던 까닭에서다. 그것도 그 자신이 겪은 육화(肉化)된 '사실'로만 차곡차곡 채워져 있는 것이다.

그는 자신의 체험을 신비화(神秘化)하지 않는 능력을 가지고 있다. 그래서 그가 영혼을 얘기할 때도 의혹이 일지 않는 독특한 재주 같은 것이 몸에 스며 있다는 말이다. 그 점이 다르다.

물론 나도 다른이들처럼 그의 기사이적을 의심해보지 않았던 것은 아니다. 또 그의 보고가 언젠가는 바닥이 나지 않겠느냐는 기대(?)를 안한 것도 아니다. 그러나 나의 기대는 번번이 무너져 내렸다.

그는 늘 보물을 내게 안겨 주었던 것이다. 나는 그래서 그의 실력을 믿는 신자가 되었다. 도깨비, 귀신 이야기에 홀린 아이처럼……

그는 일관된 논리를 가지고 있다. 다만 그것을 장비 헌칼 쓰듯 아무 때나 들이대지 않는다는 점에서 여느 종교인과 차별된다. 이 점 또한 나는 '그의 그다움'으로 해석해마지 않는다.

만약 그가 부처의 진리를 논하고 만나는 사람마다 신도로 끌어들이려고 애를 썼다면, 그는 유능한 전도인이 되었을 것이다.

그러나 '실력있는' 지금의 그는 어쩌면 포기해야 했을지도 모른다. 내가 그와의 교제를 지속하는 이유도 그 범주에 속해 있다고 해도 과언이 아니다.

나는 그에게서 '영혼의 법칙'과 '영혼의 진리'를 배우기 때문이다.

그는 영혼 그 자체를 실감케 하지만, 실제로는 영혼의 메시지를 일깨우게 하는 유능한 전도사 노릇을 참 잘하는 인물이다. 그것도 헤프지 아니하고 속되지 않게 말이다.

그가 드러내는 영혼의 세계에는 권선징악의 법칙과 계보가 뚜렷하다. 그래서 그의 논리를 거부할 이유를 나는 아직 발견하지 못했다.

이 책의 이야기도 다양성 때문에 언뜻 비논리적인 것 같지만, 따지고 보면 엄연한 하나의 세계와 그 속의 법칙이 있음을 발견하게 된다. 그의 모습(생활, 습관, 활동 등을 포함한)도 나의 눈에는 그렇게 비쳐진다.

사실 그는 엄청난 활동가다. 그간 그가 해 온 일들을 어림해보면 행동반경이 그려지는 것이다.

그는 자신의 삶의 궤적이 간단하게 정의될 수 없다는 것을 그 자신이 잘 안다. 그만큼 그는 자신의 역량을 잘 알고 있는 것이다.

영혼과의 화자로서 자신이 해야 할 일이 무엇인가를 안다는 뜻이다. 무엇을 위해 신의 능력을 써야 하는지도 잘 알고 있는 것이다.

그의 관심사는 적어도 어느 특정인에게 있지 아니하다. 그는 우리나라의 통일을 머리속에 그리며 산다는 것을 숨기지 않는 사람이다.

특히 자신의 영적 능력으로 그 부문에 기여할 수 있는 길을 꾸준히 모색하고 있기도 하다.

그의 가계(家系)에는 나라를 생각하고 나라를 위해 헌신해 온 혈통임을 금세 알게 하는 '사건'들로 점철되어 있다.

그는 영원한 평화주의자다.

그래서 그는 남과 북이 견우와 직녀가 되어 만나는 날, 까마귀가 오작교를 만들었듯이 자신이 통일의 밑거름이 되겠다는 각오를 하고 있다.

나는 그의 영성(靈性)과 영적 능력, 그리고 뛰어난 예지력으로 미루어 보아 능히 그런 일을 해낼 수 있음을 의심치 않는다. 또 지금까지 그가 꾸준히 걸어온 길도 역시 그 일을 위한 일련의 작업이었음을 안다. 내가 아는 인간 차길진 법사는 그런 사람이다.

귀신과 어울리는 고스트 버스터

신동립 (일간 스포츠 기자)

한국심령과학협회 박희선 회장은 각국의 영능력자들과 친분이 두 텁다. 그는 차길진 법사를 사람으로 보지 않는다.

"차길진 법사는 ET, 즉 외계인인 듯합니다. 지구상에는 ET 몇 명이 현존하면서 우리들의 생활을 돕고 있습니다."

차 법사는 47년 전주 태생으로 71년 건국대 법대를 중퇴했다. 69년 절에서 행자생활을 하며 전강 스님, 구산 스님의 총애를 받기도 했다.

82년 이후 그는 서울과 유성, 그리고 미국 뉴욕에 후암정사를 세우고 원혼들을 달래는 구명시식을 계속해왔다. 또한 현재 민주평통 자문회의 상임위원직을 맡고 있기도 하다.

그의 영능력을 핏줄에서 찾아야 한다.

증조부 차치구는 우금치 전투에서 포로되어 화형당한 동학 선봉장(접주)이었고, 조부는 일제시대 엄청난 신도를 거느리며 천자(天子)

로 불리던 차경석이다.

차경석은 당시 인구 1,200만 명 중 300만 명 이상을 신도로 거느렸던 보천교의 창시자로, 1922년 조선 총독이 정읍까지 내려와 회유할만큼 영향력이 대단했던 영능력이 탁월한 인물이다.

그리고 부친은 50년대 제18전투경찰 대장으로 빨치산 토벌에 나섰던 차일혁 총경이다.

일제시대 종교운동사를 연구하는 역사학자 안후상 씨는

"차길진 법사는 차 천자의 환생이다."

라고 못박아 이야기한다. 차 천자가 숱한 동학혁명 희생자들을 해원해 주느라 애썼듯, 그의 손자 차 법사 역시 아버님의 업보를 영력으로 떠맡고 있다는 것이다. 차 법사 스스로도

"아버지 때문에 어려서부터 무수한 죽음과 가까이 있었고 영의 세계를 자연히 접하게 됐습니다."

고 인정한다. 안후상 씨는

"차 천자 관련 논문을 작성하다 차 법사를 만났습니다. 그리고 그가 차 천자 생전에 무슨 일이 있었다고 정확하게 밝혀주는 걸 보면서 놀란 적이 한두 번이 아닙니다. 미심쩍어 매일신보, 조광, 새벽, 총독부 공판기록 등을 찾아보면 차 법사의 말과 일치합니다. 외모도 기록상의 차 천자와 거의 같아요. 그래서 '차 천자는 살아 있구나'고 느낄 수밖에요."

라고 털어놓았다.

차 법사는 LA 흑인 폭동을 예견, 현지 한국영사관에 통보했다. 또한 뉴욕에서 마피아와 담판을 벌여 동포들의 피해를 막기도 했다.

한편 우리나라에서 35년간 미국 정보, 군사고문으로 일한 전 주한 미군사령관 제임스 H. 하우스먼을 만나 영력으로 온갖 외교비화를 처음 고백하도록 만든 인물도 차 법사이다. 그에게는 '누가 언제 죽는다, 누가 당선된다' 따위의 예언쯤은 일도 아니다.

차 법사는 1997년 음력 8월 8일(9월 20일) 저녁 6시 팔당대교 밑에서 수중 고혼제를 겸한 공개 구명시식을 주례할 예정이었다. 연극에서 무당역을 맡았다 진짜 무당이 된 김모씨, 영무(靈舞)의 달인 하모씨 그리고 살풀이춤 인간문화재 이모씨 등도 함께 할 자리였다. 그런데 무슨 이유에서일까, 행사는 2개월 뒤로 미뤄지고 말았다.

그 이유는 「영혼의 X-파일」 2권에 생생하게 기록되어 있다.

이승과 저승을 이어주는 보헤미언 축제

전구주 (세계일보 기자)

차길진이란 이름에 대해 처음 들은 것은 '구명시식'이란 말과 함께였다. 법문중에 몇분 지장보살과 관련이 있는 구명시식의 대가가 있다는 말을 흘려 듣고는 있었는데 그 말을 마음속에 새기지는 않았었다. 죽은 이의 혼을 불러와 그들과 대화를 하고 그들의 포한을 들어준다는 말이 그리 무게가 느껴지지 않았기 때문이다.

역술가들에 대한 취재를 집중적으로 하다보면 신이 내린 무속인들도 종종 만난다. 그들에게서 범상치 않은 그들만의 '능력'을 원하든 원하지 않든 여러 번 경험한 적이 있었다. 그래서 그저 구명시식이 소월의 시 「초혼(招魂)」에 나오는 수준이려니 하고 나름대로 해석을 내리고 있었다.

사실 차길진이라는 인물에 대해 흥미를 갖게 된 것은 구명시식보다는 그가 지니고 있는 집안의 배경 때문이었다.

선승 구산 큰스님의 속가제자였으며 그의 아버지가 지리산 빨치산

대장 이현상과 비견되는 차일혁 총경이라는 점이 그의 배경이었다. 이현상이 '적이지만 훌륭했다'라는 말을 용기있게 남길 만큼 배포가 컸던 빨치산 토벌대장 차일혁이라는 인물은 젊은 날의 나를 사로잡았던 인물이었다. 그 차 총경이 바로 차길진 씨의 부친이라는 것이 흥미있었다.

그의 부친뿐만 아니라 조부도 주목할 만한 인물이었다. 박경리의 「토지」에서 언급되고 있는 보천교의 교주 차경석이 그의 조부였다. 흔히 '차 천자'로 불리었다는 신흥종교의 교주가 차일혁, 차길진으로 이어지는 한핏줄이라는 것은 취재대상으로도 관심을 끌 요소였다. 그러던 차에 「애정산맥」이라는 책을 펴낸 뒤에 가진 출판기념회에 참석하면서 그와 대면을 하게 되었다.

약간은 어눌한 듯 보이면서도 눈매가 매서운 그는 연신 웃었다. 겉으로는 부드러운 인상이 더 커보였다. 그를 통해 구명시식의 세계로의 접근을 시작했다.

현장으로 처음 찾은 곳은 여주의 목아박물관이었다. 불교박물관의 지하실에서 있었던 차 법사의 구명시식 장면이 그곳에선 신화처럼 전해졌다. 그때 함께 자리를 했던 사람들을 여럿 만났는데 그들은 하나같이 기이한 현상을 증언했다.

차 법사가 구명시식을 한 목아박물관 지하실은 원래가 큰 웅덩이로 수백 년을 두고 여러 사람들이 물에 빠져죽은 곳이라고 했다. 그곳에 불상을 조각하는 목아 선생이 박물관을 지었기에 물에 빠져죽은 영가들의 원한을 풀어내는 일을 해야 했다.

그 일은 차 법사에게 맡겨졌다. 여주 신륵사를 찾은 관광객들 1백여 명과 박물관 직원들도 구명시식 자리에 초대되었다. 그들은 보이지 않는 실체를 '소리'와 '바람'으로 모두 느꼈다고 했다. 그런 증언을 한 이 중에는 실증사학을 전공한 이도 있었다.

이런 사실을 당시의 구명시식 현장에 있던 사람들을 통해 취재를 하던 중 강한 체험욕이 생긴 것은 직업상 당연한 것이다. 그래서 차 법사의 구명시식 현장에 함께 할 수 있는 기회를 찾다가 한 대상을 만났다. 한국판 〈사랑과 영혼〉의 주인공으로 L이라는 필명을 쓰는 어느 대기업의 상무가 대상이었다.

그 L은 죽은 아내를 너무 사랑해 집안에 아내의 제당을 만들고 매일 영혼과 대화를 나누는 이였다. 재혼도 했지만 그것조차도 죽은 아내의 계시에 의해 이루어졌다고 믿는 이였다. 그러나 L씨는 죽은 아내의 체취만을 느낄 뿐 대화를 나눌 수 없어, 차 법사의 구명시식을 통해 죽은 아내와 대화를 시도하려는 것이었다.

L씨의 죽은 아내를 불러오는 구명시식은 94년 12월에 있었다. 사랑과 영혼의 실체와 구명시식의 현장을 동시에 경험할 수 있는 기회라고 여겨 밤 8시부터 시작되는 차 법사의 법당에 12시가 조금 못되어 도착을 했다. 구명시식은 L씨 한 사람만을 상대로 하는 것은 아니었다. 재일교포도 있었고 한국심령협회의 회원도 있었다. 또 차 법사의 구명시식을 과학적으로 증명해 보려는 전 서울대교수로 한국심령협회 회장과 부회장이 함께 자리를 했다.

과연 소문의 실체가 어디까지인가를 체험해 보려는 의도가 있었기에 함께하는 사람들과는 어느 정도 거리를 두고 구명시식을 보았다.

차 법사의 법당에는 죽은이의 세계를 관장한다는 지장보살이 모셔져 있었으며, 불러낼 영가를 대신하는 종이인형이 걸려 있었다. 언뜻 보기에도 여자와 남자임을 구분할 수 있을 정도로 원색의 색종이를 써서 만든 종이인형이었다. 이 종이인형 밑에는 구명시식으로 불러낼 사람과 관련있는 가족들의 이름도 자세하게 쓰여져 있었다.

법당에는 또 여러 가지 꽃이 꽂혀 있어 은은한 향내와 어울려 묘한 분위기를 만들어내고 있었다. 그런 분위기 속에서 법당에 자리한 이들은 불경을 따라 외우며 마음을 씻어내고 있었다. 계속되는 예불과 지장경 낭송은 한밤으로 갈수록 분위기를 살려주는 듯 느꼈다.

이때 차 법사는 법당의 어두운 한 구석에서 장시간 좌선의 자세로 앉아 무언가를 갈구하는 모습이었다. 그의 표정에서는 이미 보이지 않는 누군가가 법당 주변에 있는 듯 느껴졌다.

구명시식은 L씨로부터 시작되었다. 그는 구명시식을 완전히 믿는 듯 이미 아내에게 보내는 장문의 편지를 준비했다. 차 법사는 징을 한참 동안 두드리며 지장경을 외웠다.

그때였다.

꽃향기와 향불 내음과는 판이한 싱그러운 향내가 호흡으로 빨려들어오는 것이 느껴졌다. 순간, 영가의 살아서의 자취가 향기로운 이는 이승에 올 때 향내로 온다는 말이 생각났다. 그때부터 법당은 야릇한 향내로 휩싸였다.

법당 안에는 이미 꽃향기가 배어 있었지만 영가의 향내는 달랐다. 코끝을 스치는 냄새는 분명히 꽃내와는 구분이 되었다. 이 냄새를 나만이 느끼는 것은 아니었다. 뒤에 구명시식이 끝난 뒤 함께 참관했던 이들에게 그 향기의 진위여부를 물었더니 모두 꽃냄새와는 다른 그 무엇을 느꼈다고 했다.

L씨는 차 법사가 영가를 법당으로 불러왔다고 했을 때 그도 그 영가를 느끼는 듯 여겨졌다. 그는 준비해온 A4용지 5장 분량의 '아내에게 보내는 편지'를 정성스레 읽었다.

그때 차 법사는 영가와 대화를 나누었다. 그리고 편지낭독이 끝나자 L씨와 영가 중간에서 서로를 이어주는 대화자 역할을 했다. 영가와 L씨 중간에 차 법사가 있었지만 산자와 죽은 자 사이의 대화는 한참이나 이어졌다.

그날 밤새도록 이어진 구명시식은 여러 행태를 보여주었다.

L씨 외에도 일본에서 온 세계심령학회 회원, 대구에서 온 60대 노인의 죽은 자식의 영가와의 '상면' 등이 차 법사의 구명시식으로 이어졌다.

이날의 구명시식은 여주의 목아박물관에서처럼 바람, 소리 같은 외형적 징후는 보여주지 않았다. 다만 기묘한 향내만이 느껴졌는데 그것은 구명시식을 요청한 사람들의 영가가 한을 품고 죽은 것이 아니었기 때문이라는 설명이었다.

한 가지 특이한 것은 영가에는 국적이 초월된다는 것이었다. 재일교포 여인과 관련한 구명시식에서는 일본의 영가들이 차 법사의 법당을 찾아와 그와 대화를 나눴다는 것이다.

그날 새벽 4시가 되어 끝난 구명시식을 끝까지 지켜보고 거리로 나오면서 느낀 점은 놀라움보다는 안심이었다. 죽은 혼을 불러낸다는 믿기 어려운 능력을 드물게 체험했다는 현장일체감보다는, 간절히 원하면 불가능하게 느껴졌던 일이 가능으로 변할 수 있다는 확신감과 안심이 그날의 소득이었다.

그 이후 차길진 법사라는 인물을 통해서 느낄 수 있었던 것은 '수퍼맨 증후군' 같은 것은 아니었다. 그는 평상시엔 너무 수줍음 많이 타고 순진한 면모를 보여주기 때문이었다.

구명시식의 그 자리에서 볼 수 있었던 엄숙함, 고뇌, 진지함 같은 것 대신 부드러운 웃음이 얼굴 가득했다. 그것은 '초월'을 넘어선 '포월'로 보였다. 실제로 그는 얼마전 거짓 예언으로 세상을 떠들썩하게 한 무녀의 책이 출간되었을 때 그 좋지 않은 여파를 걱정하던 모습을 보았기 때문이다.

죽은 다음의 세계, 죽은 이의 혼, 모두가 손에 잡히는 증거는 없다. 때문에 그 진위를 말할 자격도 없다. 하지만 차갈진이라는 예언자의 마음은 확실히 잡을 수는 있다.

구명시식이라는 의식을 차 법사는 왜 계속해야만 하는지를.

손해배상 청구하겠소

채정현 (뉴욕 한국방송)

사람의 인연이란 참으로 알다가도 모를 일이다. 내가 차길진 법사를 알게 된 것은 뉴욕 한국일보 편집국장으로 재임하던 6년 전으로 거슬러 올라간다.

독자들의 관심있는 읽을거리로 신문지면을 짜기 위해 여러 방면의 소재를 찾던 중 서점에서 우연히 「빨치산 토벌대장의 수기」를 발견했다.

이 책의 내용은 6·25를 겪은 사람이면 대부분 다 알고 있는 고 차일혁 총경의 지리산 공비토벌작전의 내용을 중심으로 '죽임과 죽음' 사이에서 고민하는 한 인간의 고뇌를 극명하게 묘사한 것이었다. 그 당시의 민족적 비극인 남북간의 갈등을 가장 잘 표현한 책이었다.

나는 독자들에게 전달할 충분한 가치가 있는 책으로 판단하여 이를 신문에 전재하기로 결정하였다. 그러나 그 저자 차길진 씨는 전혀 생소한 사람으로 그의 승낙을 받을 길이 없었다.

하기야 비록 한국에서 한 20년 출판계에 관여한 경험이 있은 내가 고국을 떠난 지 거의 15년이 되었다 해도 수소문한다면 알길이 있었 겠으나 '에라, 그냥 전재한들 무슨 일 있으랴' 하고 신문에 연재를 하 고 만 것이다.

그런데 그 일이 뒤에 화근(?)이랄까, 아니면 그처럼 인간미 넘치는 차길진 법사를 만나게 되는 인연이 될 줄이야! 이제 와서 생각하면 무척 행운(?)이었다고 할 수 있다.

여하튼 그 책의 연재가 거의 끝나갈 무렵이었다. 서울에서 장거리 전화가 걸려온 것이다.

"내가 그 책의 저자인 차길진이라는 사람인데 어찌해서 승낙도 받 지 않고 무단 연재했느냐?"

하고 추궁하였다.

'아뿔싸!'

나는 적당히 얼버무리려 했다.

"그 동안 연락을 취하려 했는데 도저히 알길이 없었습니다. 그리고 물론 승낙도 받지 않고 마음대로 전제한 잘못을 인정합니다. 하지만 저는 단순히 영리를 목적으로 했다기보다는 독자들에게 좋은 글을 전해주기 위한 생각뿐이었습니다. 또 뉴욕에서 가장 큰 신문에 글이 게재된다는 것은 보람있는 일이며, 또한 오히려 영광이 아니겠습니 까?"

구차한 변명을 하였다. 적반하장도 유만부득이랄까.

여하튼 차 법사는 적당히 넘어가 주면서 한번 만나나 보자고 했다. 그래서 내가 초청장을 보낼 테니 기다려 달라고 얼버무렸다.

그런데 이러한 약속을 해놓고 그때 편집국 사무실을 이전하게 되어 바쁜 데다가, 연말 특집을 만드느라 시간이 없어 차일피일 또 2개월이 지나버렸다.

그런 차에 이번에는 느닷없이 팩스가 날아든 것이었다.

'더 이상 참을 수 없어 손해배상 청구를 하겠으니 차후 문제는 변호사와 연락하라' 는 내용이었다.

팩스를 받고 즉시 전화를 걸어 통화를 했다.

한편으로는 걱정도 되면서, 또 한편으로는 내 성격이 워낙 낙천적이어서인지는 몰라도 서로 대화를 나누면 해결되지 않을 일이 어디에 있겠느냐며 자신만만하게

"우선 만나고 봅시다. 만나서 얘기를 해봅시다."

고 한 뒤에 급히 초청장을 만들어 보냈다. 그의 목소리는 단호한 듯하기도 하고 냉정하게 거절(?)하였지만, 나는 목소리만 듣고도 차 법사 못지않게(?) 그 인간됨을 추측할 수가 있었다.

'그 사람 차가운 듯하게 내게 말하지만 서로 말이 통할 수 있는 사람' 이라는 자신감이 있었던 것이다.

그 얼마 후 그는 불쑥 뉴욕으로 날아와 신문사로 들어섰다.

체격도 당당하고, 차가운 듯 보이지만 몇 마디 말을 나누고 보니 그처럼 다정다감한 사람도 보기 드물다는 느낌을 받았다.

그후 차길진 법사는 나와 10년 지기(知己)보다도 더 가깝게 지내고 있다. 그러는 동안 내가 특히 놀란 것은 그의 종사하는 분야의 다양함이다.

문필가로, 기자로, 또 종교인으로 그만큼 바쁜 사람도 보기가 드물다. 그것은 한마디로 그가 그만큼 정열가이면서도 자기의 재능을 십

분 발휘할 만한 노력도 겸비하고 있다는 뜻이다.

그후 그의 수많은 글을 읽으면서 그 어느 분야 하나도 소홀히 넘기지 않고 철저하게 파고들며 끝장을 보는 그 정열에 나는 또 한번 놀랐다. 특히 처음 그를 만나던 자리에서 있었던 작은 에피소드로 해서 나는 그의 면모를 늘 새로운 호기심으로 떠올리는 버릇이 생겼다.

사실 그와의 첫 자리는 나로서는 썩 내키는 자리가 아니었다.

그의 의중을 잘 읽고 문제를 원만하게 해결해야 한다는 부담이 있었기에…….

그런 생각을 가지고 대화를 나누는 도중 그는 불쑥 나의 주머니 속에 있는 돈의 액수를 알아맞혀 보겠다는 것이었다.

그리고 이내 그 액수만큼을 말하는 것이 아닌가!

거의 정학하게 맞춰냈다. 작은 '사건'이었지만 그의 '능력'을 드러낸 큰 사건으로 나는 지금도 생생하게 기억하고 있다.

차 법사는 그 특유의 정열과 부지런함이 혼란한 사회에 커다란 등불이 될 것임을 나는 굳게 확신한다.

시체가 뒤바뀌다니……

송영철 (일요신문 기자)

L씨는 일본 다치카와(立川) 지방에서 한국음식점을 경영하는 억척스러운 중년 여성이다. L씨가 일본에 온 것은 지난 88년, 악몽 같은 죽음의 그림자에서 완전히 벗어나 새 삶을 찾고부터였다.

지금으로부터 9년 전 여름, L씨(당시 서울 등촌동 동신아파트 거주)는 서울 종로구 혜화동 S병원에서 뇌종양으로 길어야 3년이란 시한부 인생을 선고받았었다.

수술을 해도 치료의 가능성이 희박하고 오히려 더 나쁜 결과를 초래할 수도 있다는 의료진의 말에 L씨는 수술을 포기한 채 죽음을 기다리며 실의의 나날을 보냈다.

그러던 중 우연히 친지의 소개로 차 법사를 만나게 된다. 당시 차 법사는 병색이 완연한 L씨를 보자마자

"당신 아버지가 6·25때 비참하게 죽지 않았소? 왜 돈 많고 여유 있는 생활을 하면서 부친의 넋을 한 번도 돌보지 않았소?"

고 꾸짖어 법회에 참가했던 사람들을 놀라게 했다.

처음 보는 사람이 자신의 기억에도 가물가물한 사실을 어떻게 알 수 있었는지 당사자인 L씨로서도 경악을 금치 못할 일이었다.

커다란 혹이 뇌를 눌러서인지 걸음도 제대로 못 걷고 한쪽 눈마저 감겨진 상태였던 L씨였다. 그는 힘겹게 자신의 처지를 차 법사에게 설명했다.

"수술은 포기한 상황이니 어떻게 다른 길이 없겠습니까?"

라는 L씨의 호소에 차 법사는 먼저 한을 품고 돌아가신 부친의 넋을 위로하는 일을 하고 그후 수술을 받을 것을 권했다.

자신의 경각에 달린 생명과 어렴풋이 떠오르는 아버지에 대한 죄스러움에 눈물을 흘리며 L씨는 아버지의 영혼을 위로하는 천도식을 거행했다.

그로부터 며칠 후 L씨는 가망성이 거의 없다던 수술을 자청했다. 수술 전에 '이로 인한 불의의 사태에 대해 책임을 묻지 않겠다' 는 각서를 쓰면서 L씨는 평소 입에 담지도 않았던 '보이지 않는 존재' 에 대한 간구를 수없이 되풀이했다.

예상 외로 여섯 시간이 걸리리라던 수술은 불과 두 시간 남짓만에 끝나버렸다. 수술 결과 머리 속의 종양은 악성이 아닌 단순한 물혹이었다. 이 혹을 제거한 후 다른 후유증이 없는 한 건강에는 이상이 없다는 게 의사의 진단이었다.

수술에 참가했던 의료진도 L씨 자신도, 뜻밖의 결과에 놀라움을 금치 못했다. 진단할 때는 분명 뇌종양이라고 판단되었는데 단순한 물혹이라니 이상한 일도 다 있다는 게 담당 의료진들의 반응이었다.

'뇌종양이 물혹으로 판명된' L씨의 사례는 '과연 영혼이 작용을 하여 소생한 것인가?' 하는 의문을 가져다준다.

의학계의 통계에 따르면 후에 오진으로 판명되는 병들이 상당수 있고, 그로 인해 불치병으로 진단받았다가 기사회생(?)하는 사례도 적지 않다고 한다.

그렇다면 L씨의 사례는 단순한 오진에 의한 것이었을까, 아니면 영혼의 도움에 의한 극적 소생이었을까.

의학자들의 판단으로는 단순한 의료 실수로 비쳐지는 것이 통례이지만, 이 부분에 대해서는 L씨 자신의 후일담이 있어 '의료실수와 영혼의 도움' 중 어느 한쪽이 분명하다는 결론을 얻기가 어렵다.

수술 전 천도식 과정에서 L씨는 차 법사와 영혼 앞에서 '소생한다면 한 가지 감사의 일을 하겠다' 고 약속을 한 적이 있었다 한다. 수술 후 그 일을 까맣게 잊고 있었는데 L씨의 생각에 이에 대한 일종의 징계 표시 같은 일이 발생했다는 것이다.

완쾌 후, L씨는 서울 하월곡동에서 꽤 큰 유흥업소를 운영했었다. 그런데 개점 초에 이곳에서 원인 모를 불이 났던 것. 화재가 발생하자 L씨는 약속에 대한 기억이 새삼 떠올랐고, 차 법사에게 달려가 영혼 앞에서의 약속을 지키지 못했음을 사죄했다고 한다.

그 이후 L씨는 일부분이나마 약속을 지켰고 현재까지 순탄한 생활을 하고 있다고 말하고 있다.

이와 비슷한 기적적 회복에 대한 사례로는 K모씨의 경우를 들을 수 있다.

K씨는 지난 86년 중장비 운전보조원으로 일을 하다가 쇠뭉치에

척추를 다쳐 서울시 구로구 독산동 S병원에 입원을 한 바 있다.

당시 K씨는 '척추탈구 및 양측하지마비'란 병명으로 '영구히 회복이 불가능하다'는 판정을 받았다. 또한 평생 '대소변을 가릴 수 없고 휠체어 신세'를 져야 한다는 의사의 소견이 뒤따랐다.

젊디젊은 K씨의 불행은 가족들과 친지들로 하여금 애를 끓게 하기에 충분했다. 사방팔방으로 회복의 길을 수소문하던 가족들은 차 법사에게 찾아와 정말로 영혼이 현세에 활동한다면 이 사람도 회복시킬 수 있지 않겠느냐며 간절히 매달렸다.

차 법사는 K씨의 가족들에게 먼저 세 번 절을 하라고 요구를 한 뒤, K씨의 혈육과 관계된 영을 불러 천도식을 거행했다. 차 법사가 절을 요구했던 것은 사람인 자신이 받으려는 게 아니라 불러낼 혼령에 대한 예의를 취하라는 의미에서였다.

K씨의 가족과 함께 땀을 흘리며 기도하던 차 법사는 어느 순간, K씨가 회복될 수 있으며 그 시기는 대략 언제쯤이라는 말까지 하는 것이 아닌가!

가족들은 반신반의하며 돌아갔고 친척 중 일부는 어차피 불구가 될 처지이면 큰 병원으로 옮겨 수술을 해보자고 주장하기도 했다. 그러나 의견이 분분한 가운데 법사의 권유로 K씨는 입원했던 병원에서 수술을 받게 되었다.

수술 당시 의사는 먼저 종교를 믿고 그 다음에 나를 믿으라고 말해, 회복 가능성을 점칠 수 없음을 표시했다. 수술 후 며칠이 지나도록 회복의 징후는 보이지 않았다.

그러던 어느 날 법사가 미리 말했던 회복예정일과 하루이틀차로 가족과 의료진이 놀랄 수밖에 없는 일이 발생했다.

영구히 하반신 마비라던 K씨의 발가락이 움직이기 시작했던 것이
다! 정형외과에서는 인체 신경조직은 말단부터 되살아난다고 했는데
바로 그런 조짐이 보이는 것이 아닌가!

가족들은 희망이 보이자 더욱 간절히 기도를 했고, K씨는 차츰 회
복되어 갔다. 얼마 후에는 대소변도 스스로 가릴 수 있게 되었고, 지
팡이를 의지해서 걸을 수 있는 단계까지 이르렀다.

현재 K씨는 결혼까지 생각할 정도로 정상인에 가까운 생활을 하고
있다.

이러한 K씨의 놀라운 회복에 대해 당시 치료를 담당했던 한 의료
진은 아무도 치료의 가능성을 점칠 수 없는 상황에서 급격한 회복을
보이는 사례가 이따금 있으나, 그것이 수술 때문인지 어떤 힘의 작용
때문인지는 단언할 수 없다며 받아들이는 사람이 해석하기 나름이
아니겠느냐는 입장을 보였다.

이에 반해 당사자였던 K씨는 보이지 않는 힘이 작용했다고 굳게
믿고 있는 상태. 발가락이 움직이던 날 K씨는 꿈을 꿨다고 말했다.

"검은 옷을 입은 사람이 다가와 쥐고 있던 지팡이로 저의 급소를
힘껏 내리쳤습니다. 깜짝 놀라 깨보니 가족들이 방금 저의 발가락이
움직였다고 얘기해 주더군요."

K씨의 꿈속에 검은 옷을 입고 나타났던 사람이 현실에서 활동하는
영혼이었는지, 아니면 간절히 바라던 일이 꿈에 보였던 것인지는 달
리 확인할 방법이 없다. 그러나 분명한 사실은 K씨가 반신불수의 상
태에서 아무도 예상치 못했던 회복을 보였다는 것이다.

생과 사의 경계를 넘나드는 사건이 예삿일처럼 일어나는 곳 중의 하나로 종합병원 중환자실을 들 수 있다.

이곳은 온갖 종교를 망라해서 인간이 가장 애절하게 '새생명의 허락'을 기도하는 곳이기도 하다.

불가능하리라 여겨졌던 한 환자의 소생을 보면서 '과연 무엇이 그를 일어나게 했는가'에 대해 생각해 보자.

지난 88년 3월 서울 S대학 병원 중환자실에는 만성신부전증의 악화로 가사상태에 빠진 한 환자가 입원했다. 환자의 이름은 P씨.

P씨는 1년 전부터 신장 질환으로 고생을 해오다 지방에서 요양하던 중 갑자기 혼수상태에 빠져 서울로 급송돼 왔던 것이다.

중환자실에 설치된 산소호흡기에 의한 강제호흡으로 목숨은 유지되고 있었지만, P씨의 상태는 이미 회복 불가능한 지경이었다.

뇌파검사 결과 뇌의 1/3 정도가 활동하지 않는 것으로 나타났고, 회진하는 의사마다 퇴원해서 집에서 임종을 맞게 하라고 권유했다.

고생만 하던 아내의 죽음을 그대로 받아들일 수 없었던 그녀의 남편 B씨는(50)는 의사들에게 간절히 사정을 했다. '며칠만 더 놔둬서 회복의 기미가 없으면 그때 퇴원하겠습니다' 하기를 2주일이나 되풀이했지만 P씨의 혼수상태는 여전히 계속됐다.

이즈음에 외가 쪽으로부터 '영혼을 되살린다'는 '구명시식'을 해보는 것이 어떠냐는 의견이 들어왔다. 지푸라기라도 잡고 싶었던 B씨는 이제 가릴 것이 없다며 기꺼이 구명시식에 참가했다.

의식은 차길진 법사의 주관으로 거행되었다. 과거부터 P씨 부부와 깊은 연관이 있던 사람 중 고인이 된 이들의 영혼에 대한 위로와 호소의 염이 진행되고 있을 때, 의식을 이끌어가던 차 법사가 남편 B씨에게 옛날의 친구들이 찾아왔다고 귀띔을 해줬다.

B씨의 고교시절 자살했던 친구와 경찰생활을 하다가 오토바이 사고로 숨진 친구 A씨(당시 35세)의 혼령이 함께 찾아왔다는 것이 포교사의 얘기였다.

B씨는 두 친구에 대해 얘기한 바도 없었고, 의식명부에 적어놓은 적도 없었는데 어찌된 일인가 하고 이상스럽게 생각했지만, 부인을 살리고 싶었던 일념뿐이어서 의문을 제기하지는 않았다.

의식이 끝나고 차 법사는 5일 후부터 차츰 깨어나게 될 것이라고 말을 했다. 찾아왔던 B씨 친구들의 영(靈)이 도와주겠다고 약속했다는 것이었다. B씨는 영혼이나 초상현상에 대해 믿지는 않았지만 그 순간만큼은 그 얘기에 깊은 믿음을 표시했다.

당시 P씨의 치료에 참가했던 S병원 김모 간호사는 P씨의 회복을 상상도 못했던 일로 떠올리면서 10여년간 지난 지금까지도 풀리지 않는 하나의 의문을 간직하고 있다.

'대체 무엇이 상상을 초월한 결과를 낳게 했는가. 단지 우연이라고 봐야 하는가, 아니면 정말로 치료자와 환자 모두가 현실적으로 이해할 수 없는 그 어떤 존재가 작용했던 것이었는가' 라는…….

지금으로부터 몇 년 전의 봄날이었다. 서울시 동작구 노량진 D병원 영안실에서는 지병으로 앓다 죽은 G씨의 장례식이 있었다. 장례를 치르고 난 후 불교도였던 식구들의 희망에 따라 차 법사의 법당에서 구명시식을 올렸다.

구명시식 도중 의식을 인도하던 차길진 법사는 갑자기

"도저히 못하겠다. 시신이 바뀐 것 같다."

는 충격적인 말을 던지며 식을 중단시켰다.

"시체가 바뀌다니……."

청천벽력 같은 소리에 고인의 형수였던 O씨는 깜짝 놀라 까무러쳤고 일대 소란이 일어났다.

반신반의하던 가족들은 여기저기에 전화를 걸어 사실 여부 확인에 들어갔다. 친지 대부분이 그럴 리가 없는데 괜한 소리를 한다고 오히려 핀잔을 줬지만, 친척 중 유일하게 장례식 때까지 영안실에서 시신을 지켰던 M모씨만은 당황하는 기색이 역력했다.

얼마 후 M씨는 '시신이 바뀌었다'는 말을 꺼냈던 차 법사를 찾아왔다. 전화상으로 그게 무슨 소리냐며 시치미를 떼던 M씨는 영가(영혼)를 불러보니 다른 사람과 바뀌었다고 말하더라는 차 법사의 말을 듣고는 더 이상 고집을 부리지 못하고 사실을 털어놓기 시작했다.

M씨의 말에 따르면 장의사들의 실수로 영안실에 모셨던 시신의 명정(銘旌)이 앞의 사람과 뒤바뀌어 서로 다른 사람의 관을 가지고 장례를 치렀다는 것이다.

관의 모양이 약간 달라 장의사에게 추궁해서 사실을 알았을 때는 이미 G씨의 시신은 앞사람의 명정에 싸인 채 화장된 이후였다고 한다. 당시 상황으로 보아 새삼 문제를 제기할 수도 없는 상태였기 때문에 자신만이 아는 비밀로 간직한 채 넘어가려고 했다는 것이었다.

얘기를 마친 후 M씨는

"나와 장의사만 알던 이 사실을 어떻게 아셨습니까?"

며 강한 의문과 놀라움을 표시했다. 차 법사의 말처럼 혼이 찾아와 애기를 해줬던 것이었을까? M씨로서는 영혼의 존재를 믿을 수도, 안 믿을 수도 없는 기막힌 사건일 수밖에 없었다.

예로부터 우리나라에는 귀신과 영혼에 얽힌 수많은 이야기들이 전해 오고 있다. 역사상의 정설로 기록돼 있지는 않으나 입에서 입으로 현세까지 전해 올 정도로 우리 민족의 근간에는 혼과 영에 대한 기복신앙이 자리잡고 있다.

몇 년 전 폭풍우로 쓰러진 서울 종로구 통의동의 백송이 수백 년간 나라의 위기 때마다 영험을 나타냈다고 전해지는 것도 이같은 신앙의 한 단면을 드러낸 셈이다.

과학과 물질의 만능시대인 요즘에도 영혼과 연루되었다고 일컬어지는 사건은 적지 않으며 때때로 이에 대한 논란이 일기도 한다.

과연 영혼은 존재하는가?

존재한다면 어떻게 현실 속에서 나타나는 것일까?

일반인들의 불신과 회의 속에서도 소위 '신비체험'을 했던 많은 사람들은 영의 존재를 믿으며, 세상사에는 영혼의 입김이 작용하는 일들이 적지 않다고 주장하고 있다.

'뒤바뀐 관'을 찾아냈던 차길진 씨는 영의 존재를 믿는 사람으로 국내에서 영매능력(영혼과 접촉하는 능력)이 있다고 알려진 몇몇 인물 중의 하나이다.

차 법사는 그의 능력이 자신의 의지와는 상관없이 생겨난 것이며, 그가 겪었던 신비한 일들이 '영혼의 작용'이란 관점에서의 접근 없이는 도저히 설명될 수 없다고 말하고 있다.

지내오면서 영혼과의 인연, 영혼에 대한 대우에 따라 사람의 길흉화복이 좌우되는 경우가 많았다는 것이 차 법사의 설명인데 과연 그의 경험을 어떻게 해석해야 할까? 차 법사가 털어놓는 사건들을 통해 그 가운데 숨겨 있다는 영혼의 이야기를 들어보기로 하자.

여성지 현상 응모에 당선돼 문단에 등단한 여류소설가 Y씨의 언니인 Y모씨와 차 법사 부부에 얽힌 얘기는 '영혼과 인연에는 상관 작용이 있음'을 보여주는 하나의 예로 제시된다.

80년초 차씨와 만났던 Y씨는 당시 딸만 셋을 낳은 후, 임신을 하고 있는 상태였다. Y씨의 생각으로는 '아들'임에 틀림없었지만 사주에 '아들과 인연이 먼 자신이 아들을 낳을 경우 집안에 화가 생긴다'는 점괘가 나왔던 것 때문에 차씨를 찾아왔던 것이다.

한 생명의 생사와 관련된 일이라 함구를 했던 차씨는 Y씨의 유도심문에 걸려들어 결국 '아들이 생기면 남편에게 좋지 않은 일이 발생할 것'이란 의미의 말을 내뱉었다고 한다.

차씨는 그 이후 아무 생각없이 부산에 있는 집으로 내려왔는데, 정작 사건(?)이 발생한 것은 그때부터였다.

당시 차씨의 부인은 복강경 수술을 받기 위해 K산부인과에 며칠 전부터 입원해 있었다. 수술이 있던 날 산부인과에서 급박한 목소리로 '위급상황'을 알리는 전화가 걸려 왔다. 부인이 마취에서 깨어나지 않는다는 것이었다.

의사의 권유로 부랴부랴 부인을 종합병원으로 옮겼으나 그곳에서도 속수무책이었다. 이런 상태에서 반나절이 지나갔고, 16시간 후에야 부인은 마취에서 깨어나게 되었다.

보통의 경우 2시간이면 깨어나는 것이 정상이라는 게 담당의사의 말이었다. 순간 이상한 영감이 떠오른 차씨는 상담을 했던 서울 Y씨의 집에 전화를 걸었다.

아니나다를까. Y씨가 그날 병원에 입원했었고, 차씨의 부인이 깨어나던 그 시간에 아이를 낙태했다는 사실이 확인됐다.

그로부터 일주일 후 Y씨의 남편 최모씨는 큰 교통사고를 당했다. 팔다리가 탈골되는 중상이었지만 생명에는 지장이 없었다고 한다.

후에 Y씨가 만약 아들을 낳았다면 남편이 죽었을 것이라고 얘기한 바 있는데 Y씨의 낙태와 차씨 부인의 가사상태, 그리고 Y씨 남편의 교통사고 등 일련의 세 가지 사건은 우연히 일어났던 것이었을까?

아니면 말 그대로 영혼의 작용에 의한 것이었을까? 아무튼 이 사건 후 차씨는 섣불리 생명과 영혼의 인연에 대해 예언하는 것이 얼마나 무서운 일인가를 깨달았다고 말하고 있다.

대전시 선화동 신흥종교 교당이 있는 집터는 70년대 중반에 흉가로 불리던 곳이었다. 이곳에서 차씨는 하나의 영혼과 묘한 인연을 맺게 된다.

그 무렵 차씨는 당시 L교구장과의 친분 관계로 우연히 교당에 유숙한 적이 있었다고 한다.

교당 2층에서 잠을 청하려 했으나, 눈만 감으면 자꾸 가위에 눌리듯 답답해져 잠을 이룰 수 없었던 차씨는 뜬눈으로 밤을 새우면서 무슨 사연이 깃들어 있다는 생각을 지울 수 없었다.

다음날 주위에서 집에 얽힌 사연을 들어보니, 이 집은 70년대 초 검사 출신의 A모씨가 변호사업을 시작하면서 여생을 보내기 위해 지은 집으로 들어와 산 지 한달만에 부인이 주관하던 큰 계모임이 깨져 자살했으며, 얼마 후 남편 A씨도 자살하여 흉가로 취급되어 왔다는 것이다.

이후 모종교에서 교당으로 사들였는데, 이곳에 오는 교구장마다 화를 입어 한 명은 암으로, 또 한 명은 중병으로 이 자리를 떠나야만 했다는 소리도 들려왔다.

차씨는 직감적으로 죽은 A모 검사의 영혼이 텃세를 부리는 것이라고 판단하여 교구장 등 그곳 관계자들에게 영혼을 위로하는 의식을 베풀어주자고 건의했다고 한다.

차씨의 의견에 동의를 표한 그곳 관계자들과 함께 영혼을 극락으로 모시는 '천도식'이 벌어졌고, 그곳 교당은 기적적으로 교세가 확장됐다고 한다. 기하 급수적으로 신도가 모이고 1년여만에 교당을 신축할 정도로 거액의 기금이 모아지기도 했는데, 이를 두고 주변 사람들은 아직까지 '귀신은 공짜 밥 안먹는다'며 영혼의 존재를 얘기하고 있다.

사주, 팔자, 관상에 나타난 운세를 보고 자신의 운명을 점치거나, 화를 피하고 복을 찾으려는 사람들의 대부분은 귀신과 영혼의 작용에 대해 막연한 두려움과 경외심을 갖고 있다.

많은 영혼 관계 연구자들은 영혼과 영가 등으로 불리우는 '또 다른 차원의 존재'가 보이지는 않지만 무한으로 지속되는 하나의 인격이라고 평하고 있다. 개중에는 혼을 보고 혼과 대화를 나누는 능력이 있다고 주장하는 사람들도 있고, 보통 사람도 하나의 체험을 통해 영혼의 존재를 받아들이는 경우가 있다.

이들은 영혼이 이승의 세상사에 연연하여 희로애락을 품으면 현실 세계에 남아 그 작용과 영향력을 발휘한다고 설명한다.

과거 미국의 한 과학자는 영혼의 존재를 규명하기 위하여 사람이 죽는 순간의 체중변화를 연구한 결과를 발표한 적이 있었다.

그의 학설은 사람이 죽는 순간 약 2백20g 내외의 몸무게가 줄어들며 이것은 영혼이 빠져나가기 때문에 발생한다는 것이었다.

학계에서는 그의 주장이 인정되지 않았지만 비과학의 세계를 과학적인 방법으로 풀어보려던 그의 시도는 당시 관련 학계의 주의를 끌기도 했다.

그러나 현대 과학의 수준으로는 영혼의 존재와 그 작용이 거의 밝혀지지 않고 있으며, 대부분의 경우 과학의 한계에서 벗어난 상식 밖의 일로 취급되고 있다. 그럼에도 불구하고 영혼의 세계는 여전히 많은 사람들에 의해 신봉되고 있으며, 계속해서 많은 사람들을 끌어들이고 있는 것이다.

영원한 보헤미언

김승호 (월간 신동아 기자)

몇 년 전 폭발적으로 인기를 누렸던 이태 씨의 빨치산 수기 『남부군』을 비롯해 이병주씨의 대하소설 『지리산』과 『실록 정순덕』, 토벌대의 입장에서 쓰여진 김두운 씨의 『지리산 호랑이』 등 이런저런 빨치산 수기류 대부분이 한 자료 소장자의 도움을 받은 것으로 밝혀져 화제가 되고 있었다.

다름 아닌 6·25 당시 서남지구 전투경찰사령부 제2연대장으로 봉직하면서 '빨치산 토벌대장'으로 이름을 떨친 차일혁 총경의 아들 차길진 씨가 그 주인공.

이 글들의 자료원(資料原)은 아버지 차 총경이 토벌대로 활약하던 당시 하루도 빼놓지 않고 쓴 「진중기록(陣中記錄)」과 「작전일지」, 서간, 그리고 당시 빨치산 토벌에 대한 경찰 극비문서 등이다.

몇 년 전 차씨는 〈다리〉지 복간호에 「진중기록」의 일부를 발표해 관심을 모은 한편, 89년 '월간중앙' 논픽션 공모에 『빨치산 토벌대장 차일혁』이라는 작품을 투고, 우수작으로 당선돼 화제가 되기도 했다.

빨치산 사령관 이현상과 외팔이 빨치산 이상윤을 사살, 이름을 떨친 토벌대장 차일혁 씨의 아들이라는 사실이, 그가 불교의 포교사라는 사실과 음영을 이루면서 그의 인생 역정도 꽤나 흥미로울 것 같다는 생각을 갖게 했다.

▶ 자료들을 어떻게 발굴했습니까? 어려서부터 집에서 간직하고 있었던 것입니까?

"그건 아니고, 1964년 제가 고등학교에 다닐 때 아버님 부대의 종군기자였던 김만석(金萬錫) 선생님이 아버님의 모든 육필 기록을 보관하고 계셨다가, 자신이 1951년 9월 이후 〈전북일보〉에 게재했던 작전기사 스크랩 「진중기(陣中記)」와 함께 건네 주시더군요."

당시 김만석 씨는 군사 쿠데타가 일어나고 반공이 국시로 선전된 만큼 우쭐한 기분에서 아버지를 반공투사로 조명하는 글을 써보겠다는 차씨를 만류했다.

"아들이 성장하면 기록을 전해달라."

고 한 아버지의 말을 전하며 그는 '시간이 흘러야 당시의 역사도 정확하게 이해될 것'이라고 충고를 했다.

"그후 아버님의 옛 경찰 동료분들에게서 많은 자료와 사실들을 수집할 수 있었습니다. 당시 임실경찰서 사찰계장을 지냈던 옛부하 한 분이 신설동 로터리에서 사법서사를 지냈는데 그곳에 아버님의 친구, 부하들이 모두 모여들곤 해서 일종의 아지트를 이뤘거든요. 그런데 그분들이 그러더군요. '아버지 수기를 지금 발표할 수 없다. 그 수기 속에 나오는 공비 김모씨 같은 사람은 전향해 경찰경감으로 입신하기도 했다. 그리고 그런 사람들이 숱하게 많다. 그들에게 피해를 줄 수 없지 않느냐. 또 아버지의 공로는 전무후무한 것이지만 '이중성'이 문제가 될 것이다. 차 총경은 너무 많은 공비들을 살려주었다. 그는 빨치산을 좋아했을 정도였다'고 수기의 공개를 적극 만류했습니다."

여기서 잠깐 '빨치산 토벌대장' 차일혁 총경이 어떤 사람인가를 주의깊게 살펴보기로 하자.

1920년 전북 전주생으로 지주의 아들로 태어난 차 총경은 일제하 중국으로 건너가 중앙군관학교 황포분교 정치과를 졸업, 해방후 국군과 청년방위대에 봉직하다 유격전 도중 팔에 부상을 입고 군에서 제대한다.

이후 그는 전투경찰대에 투신해 빨치산 토벌대장으로 이름을 떨친다. 그가 지휘한 제2연대는 당시 무용이 높아 인민군 출신의 외팔이 대장 최태환 씨 등도 그와의 전투를 치르면서 비록 적이지만 차 대장의 용맹성을 높이 사기도 했다.

그는 민족사의 비극에 괴로워하면서 빨치산과 인민의 무고한 살상을 최소화하고자 노력하고 사로잡은 '공비'들을 인격적으로 대하는 모습들을 수기 속에서 간단없이 보여준다. 그런 그의 모습은 마치 조정래 씨의 소설 『태백산맥』에 등장하는 인물인 토벌대장 심재모와 흡사한 인상을 받게 된다.

▶ 어쨌든 그는 토벌대에 속한 사람입니다. 그가 아무리 빨치산에 대해 너그러웠다 하더라도 그가 속했던 경찰 조직에서 벗어날 수 없는 개인적 휴머니즘 이상이었겠어요?

"글쎄요. 어쨌든 아버님을 더 변명하자면 빨치산을 죽이는 일을 삼가고 전향시키는 데 힘을 썼습니다. 총수 이현상을 사살한 후에 아버님은 적장의 예를 갖춰 스님의 독경 속에 정중히 화장해서 몸소 섬진강에 뿌리기도 했습니다.

아무래도 아버님은 당시 만주군관학교나 일경 출신 군경과는 사상적으로나 체질적으로 차이가 너무 많았던 것 같아요. 노동 신문 부주필을 했던 김모씨나 박모씨들에게 '앞으로는 당신 같은 사람들이 필요할 때가 온다'고 설득하여 전향시켜 대접한 사실들을 봐도……."

차씨는 이후 아버지의 자료 발표를 유예하고 그 자료들로 언젠가는 소설로 써보겠다는 야심을 품기도 했는데, 그러다가 그의 조금은 드라마틱한 인생역정도 시작되었다.

대학시절 고시공부를 하면서 결핵 관절염과 감기 후유증이 심한 정도로만 생각했던 게 폐결핵이었다.

그는 독한 나이드라지트, 파스 등 폐결핵 약을 복용했으나 치유되지 않자 아버지가 돌아가신 공주에서 자살을 기도하기도 했다. 생에 대한 무력감에 빠졌던 것이다.

"공주 마곡사 입구 조그만 마을에서 요양생활을 했었는데 산다는 게 견딜 수 없을 즈음, 마곡사의 은은한 종소리에 빠져들었습니다. 몇몇 스님들이 저를 행자 비슷하게 지내도록 허락했고 그렇게 해서 불교와 인연을 맺게 됐지요."

흔히 불교에서 말하는 '용맹정진(선수행)'을 하면서 몸이 기적적으로 회복되었다.

얼마 후 다시 서울에 올라온 그는 5.16이후의 군경 유가족 혜택으로 쉽게 취직을 하게 되었다.

"그 일도 지리해서 곧 그만두었지요. 그리고는 봇짐 하나 메고 부산에 내려가 부산 역전 한 목욕탕에서 3년 남짓 '때밀이' 생활을 하기도 했습니다."

학벌을 속이고 들어간 직장이었다.

이상하게도 그 집은 주인이 해방 후 전남도당 문화부장을 하다 6·25당시 군경에 처형된 내력을 가진 집안이었다. 그런데 홀로 남은 안주인이 죽은 남편을 위해 쏟는 애정과 존경심이 대단하였다. 그는 그것을 보고 매우 놀랐다.

"당시 저로서는 상상이 안되었어요. 소위 '빨갱이'에게 존경심을 보일 수 있다는 게……. 그 주인 아주머니는 해방 전 일본 무사시 음대를 졸업한 재원이었는데 윤이상 씨와도 친했었다는 얘기를 들었습니다. 그런데 그 집 둘째아들이 부산의 모 국회의원 딸과 결혼하게 되었다가 반대에 부딪혔어요. 빨치산 경력의 아버지 때문이었지요."

그는 전부터 집안에서 잘 알고 지내던 재향경우회 사람들과 아버지가 진해경찰서장 당시 가까이 지냈던 김재규 씨(전 중앙정보부장) 등을 동원, 이들 결혼을 성사시켜 양 집안을 아연케 했다.

그도 그럴 것이 초등학교밖에 나오지 않았다고 하던 때밀이의 내력과 실력(?)이 범상한 것이 아니었기 때문이다.

좌익 빨치산 집안이 옛 빨치산 토벌대의 도움을 받은 것도 아이러니였지만, 아무튼 이를 계기로 그는 이데올로기가 무엇인지 심각하게 생각하게 되었다. 아버지의 자료들을 다시 검토해야겠다는 생각들이 머리를 들었다.

"만혼이었지요. 29세에 결혼했는데 이 무렵부터 운이 찾아들었습니다. 저희 집안에 전부터 골동품 같은 것이 많았는데 그게 돈이 좀 되었습니다. 제주도에서 단감사업도 하고……. 그렇게 해서 지난 76년 이후부터 여유를 갖게 되면서 직접 당시 전적지를 돌아다니며 자료를 확인하고 구술을 듣고, 그런 세월이 10여년이 넘게 됩니다.”

앞에 밝혔듯이 그는 자신이 소설화하려던 욕심을 이병주 씨 등에게 자료를 제공하는 것으로 대신한다. 시간이 필요하다고 한 아버지의 말을 조금은 이해할 수 있게 되었던 게다.

“이병주 씨는 당시 제2연대 부연대장이던 강계동 씨와 진주농고 동기동창으로 조선일보에 토벌대 위주로 작품을 쓰겠다는 구상을 하셔서 자료를 갖다 드렸지요. 뒤에 정순덕 씨도 만나고 최태환 씨도 만났습니다. 최씨는 그때 공주형무소에서 빨리 감형돼 나온 것이 아버님 덕인 것을 알고 무척 고마움을 표하기도 하셨습니다. 그러나 방모 씨처럼 빨치산에서 사찰유격대의 선봉으로 날뛰던 사람이 자료를 보겠다고 오는 것은 반갑지 않더군요. 그들은 조심해야 할 사람들이었거든요.”

구의, 칠보, 정읍, 운장산, 대부산, 장수, 진안, 무주, 장게, 명덕리, 화계장, 쌍계사, 용강, 벽점골, 고창, 가막골 등 그가 안 돌아본 곳은 이제 거의 없다.

“지금도 한 달에 두어 번 3박4일 정도 날을 잡아 답사하고 주민들을 만납니다. 그러면서 과거 아버지를 영웅시하고 반공논리에서 우쭐해 팔려고 했던 모습이 부끄러워졌습니다. 사실 빨치산이야말로 순수한 민중의 집단이었거든요. 객관적으로 죄과를 논해도 무고한 주민에게 이쪽 토벌대가 저지른 살상과 만행이 압도적으로 컸죠.”

가장 큰 피해자는 ‘폭우 뒤에도 땅을 벗어나지 못하는 그 땅의 임자들인 마을 주민’이었다고 그는 덧붙인다.

돌아다니며 그가 조사한 바에 의하면 밤에 공비들의 짐받이로 끌려갔다 풀려난 주민들조차 군경들에 의해 공비로 몰려 처단됐으며, 그들의 아낙과 딸들은 토벌대에 끌려가 강간당하는 사례들을 무수하게 증언했다는 것. 곧 작전 지역의 주민들이 두려워한 것은 빨치산이 아니고 토벌대였다는 것이다.

그는 기존의 빨치산 자료는 과장과 허위가 많다고 지적하면서 이현상의 죽음에 대해서도 '공식적으로 밝혀진 것과 사실은 전혀 다르며 이를 증빙할 상세한 자료를 가지고 있다'고 말하기도 한다.

지난 86년 조계종 포교사 자격을 취득한 그는 후암정사 법당 천정에 지리산에서 이름없이 사라져 간 무명 영가와 이현상, 이상윤 등의 명복을 비는 연등을 걸어두고 있었다. 7월 백중에 이들의 제를 지낸다는 것이다.

어떤 운명의 곡절이 이들 '영가'를 서울의 한 조그만 포교원에서 머물게 하는가 생각하면 기이한 느낌이다.

"몇 년 전 KBS에서 방영한 김충길 PD의 〈지리산〉이 작품상을 받고 한 것을 보면 아쉬운 대로 우리의 세상살이 폭도 커진 것 같습니다. 제 아버님의 수기들도 이젠 지리산 등지에서 숨져간 수많은 사람들의 삶과 애환을 진실되게 이해하고 속죄하는 데 조금이라도 도움이 되길 빕니다."

빨치산 이현상은 간접 자살하였다

위재광 (월간 퀸 기자)

"자네 아버지도 나를 잘 장례지내 주더니만, 자네 또한 나를 위해 이렇게 등(燈)을 켜주고 기도해 주니 고맙기 그지없네. 정말 고마워."

차길진 씨는 어느 날 홀연히 꿈속에 나타난 빨치산 사령관 이현상의 모습을 보고 깜짝 놀랐다.

드디어 만나게 되었구나…….

죽은 영혼이 나타나 이야기하는 것인지라 여늬 사람들 같으면 황당한 느낌을 갖게 될 터였지만, 차길진 씨는 아주 침착하게 이현상의 영을 영접했다. 사진에서 본 모습 그대로였고 음성 또한 생생하게 다가왔다.

차씨는 이현상의 영혼을 만난 후로도 이같은 체험을 몇번 더 거듭했다. 처음에는 이현상 쪽에서 먼저 접근해 왔지만 나중에는 차씨 스스로 이현상을 불러내곤 했다. 그 만남을 통해 차길진 씨는 이현상의 죽음에 관한 미스테리를 확실하게 전해들을 수 있었다고 한다.

일설에 의하면 이현상이 '자살했다', '토벌대 총에 맞아 죽었다'는
등 얘기가 많지만, 이현상이 차씨에게 밝힌 진실은 '막다른 상황에서
토벌대의 쏟아지는 총탄을 향해 뛰어들어 간접 자살했다'는 것.

죽은 사람의 영혼과 대화를 한다는 것.

과연 그것은 가능한 일일까.

무당이 간혹 사자(死者)의 음성을 이끌어내는 경우가 있지만, 차씨
의 경우 그것과는 전혀 달랐다.

그는 무당처럼 신이 내린 사람이 아닌, 이 땅에 존재하는 평범한
남자일 뿐이다. 다만 그에게는 일생동안 자신의 주변을 맴도는 끈질
긴 그림자 하나를 가졌다는 점이 특이할 뿐. 그 그림자는 바로 아버
지 차일혁 씨의 한(恨)이었다.

차길진 씨가 빨치산 토벌대장이었던 아버지 차일혁 총경의 행적을
더듬어 1990년 초 『빨치산 토벌대장 차일혁의 수기』를 펴냈을 때 나
는 그를 한번 만나보고 싶다는 생각을 갖게 되었다.

아버지가 거처 간 족적을 따라 10여년간 지리산을 답사하며 수많
은 사람들의 증언을 토대로(증언자 중 상당수는 토벌과정에서 억울
하게 희생된 유족이거나 전향한 공비의 가족이었으므로, 그는 증언
을 듣는 과정에서 갖은 고초를 겪기도 했다) 수기를 쓴 차 총경의 아
들은 도대체 어떤 사람일까? 궁금했기 때문이었다.

그런데 우연찮게도 그한테서 '나는 빨치산의 원혼들과 꾸준히 만
나고 있습니다'라는 충격적인 연락을 받았다.

28세의 젊은 나이로 한때 유명기업의 전무까지 지냈던 그는, 현재
서울 송파구에 위치한 '후암정사'라는 포교원에서 포교사로 활동하

고 있었다.

포교원의 한가운데에는 그의 아버지 차일혁 총경의 사진이 향로와 함께 제단 위에 놓여 있었고, 빨치산 희생자들의 천도등이 천정에 매달려 있었다.

그 중에는 '빨치산 총사령관 이현상 영가' 라고 적힌 등도 섞여 있어, 포교원에 들어서는 순간부터 기자는 그가 얼마나 아버지와 빨치산들의 연결고리에 강하게 매어 있는지 확연히 느낄 수 있었다.

"아버지의 죽음은 지금까지도 나를 무겁게 짓누르고 있습니다. 그것이 나에게는 엄청난 병이었지요. 그래서 '아버지의 영혼을 가볍게 풀어드려야겠구나' 생각했습니다. 수년 동안 천도제(죽은 영혼을 극락 세계로 가게 하는 의식)를 지낸 결과 이제는 맺혔던 한이 대부분 풀어졌습니다."

차씨는 언제나 그의 뒤에서 목덜미를 잡아당기는 듯했던 아버지 차 총경의 영혼을 이제는 해방시켰다고 말했지만, 그는 요즘도 가끔씩 부친을 위해 불공을 올린다고 했다.

처음 천도제를 시작했을 무렵에는 어찌된 일인지 아무리 지성껏 치성을 해도 효과가 없었다고 했다. 알고 보니 아버지의 뒤에는 수많은 빨치산의 원혼들이 사슬처럼 얽혀 있어 차일혁 한 사람만을 구원해서는 해결이 되지 않는다는 것을 깨달을 수 있었다고.

그래서 그는 자기 인생의 절정기를 숱한 귀신들의 한을 어루만지고 위로하는 데 소비하게 됐다고 말했다.

차길진 씨의 머리 위에 드리워진 아버지 차일혁의 어두운 그림자. 그것은 토벌대장으로서 공비들을 토벌해야만 했던 한 인간의 비극적인 역사요, 같은 민족으로 싸울 수밖에 없었던 양대 이데올로기의 희생자로서 한(恨)이었다.

아버지의 특수했던 신분 때문에 그는 어쩔 수 없이 역사의 예외성을 피부로 느끼면서 살아오지 않으면 안되었다.

"나는 아버지의 임종을 지켜 보았지요. 1958년 8월 9일 낮이었습니다. 당시 공주경찰서장이셨던 아버지와 나는 공주의 금강에서 물놀이를 하고 있었어요. 수영을 한다고 들어가시더니 한참이 지나도 나오지 않더군요."

평생 군인과 경찰 생활로 운동에도 능해, 절대 수영 미숙으로 물에 빠져 죽을 사람이 아니었다는 차일혁 총경. 그러나 그는 그렇게 물속에 들어가서 영영 나오지 못했다.

그러나 그는 아버지의 죽음을 예견했었다고 한다.

차 총경이 죽기 전, 차씨는 꿈만 꾸면 아버지가 돌아가시는 영상이 떠올라 괴로워하며 누나에게 하소연한 일이 있었다고 했다.

초등학교 5학년 때였다.

그의 누나는 아무에게도 꿈 얘기를 하지 말라고 당부했으나 불행히도 얼마 후 그 꿈이 현실로 나타나고 말았다.

익사로 판단을 내리고 그날 온종일 수색작업을 폈으나 아버지의 시신은 떠오르지 않았다. 잠수부들이 반포기 상태에서 철수하려고 할 때 어린 길진 씨가 나서며 물어보았다.

"혹시 이 근처에 탱크가 가라앉은 곳이 없나요?"

그의 꿈속에서 죽은 아버지의 모습과 낡은 탱크가 함께 어른거리는 것을 떠올렸기 때문이었다.

그제서야 잠수부들은 탱크의 위치를 찾아냈는데, 그 탱크는 6.25

때 도강(渡江)하다 빠진 인민군의 탱크였다.

그러니까 아버지의 시신은 처음 빠졌던 곳으로부터 한참 떨어진 곰나루 부근에서 건져졌다.

사람들은 어린 그에게

"도대체 어떻게 알았느냐?"

고 물으며 놀라워했다.

이 사건은 차씨의 일생에 가장 충격을 줬던 사건임과 동시에 영의 존재에 대한 막연한 두려움을 갖게 한 최초의 계기가 됐다.

차일혁 총경이 죽은 뒤, 길진 씨의 어머니는 남편의 유품, 즉 차총경이 빨치산 토벌대장이었다는 증거가 될 만한 것은 모조리 없애버렸다. 아버지의 손에 희생된 빨치산과 그 가족들의 보복(?)을 두려워한 탓이었다.

몇 차례의 이사를 다닌 후 서울에서 고등학교를 다니게 된 길진 씨는 어느 날 이삿짐 속에서 굴러나온 아버지의 철모를 발견하고는 아버지의 죽음과 행적에 대한 의문을 새롭게 떠올렸다고 한다.

그때부터 차씨는 아버지와 관련이 있었던 사람들을 수소문해 만나기 시작했다. 당시 종군기자였던 김만석 씨, 차총경이 임실경찰서장을 할 당시 사찰계장이었던 한범석씨, 수색대원이었던 부하 이기봉 씨 등등. 그들을 통해 토벌대가 어떤 일을 했는가에 대한 윤곽을 잡을 수 있었다.

고교 졸업 후 그는 사관학교와 경찰학교에 시험을 쳐서 합격했으나 진학하지 못했다. 아버지처럼 군인이나 경찰이 되고 싶었던 것인데, 갑작스런 발병으로 그만둘 수밖에 없었던 것. 거기다 낮에는 병자처럼 힘을 못쓰고 밤이면 돌아다니는 야행성 습관이 겹쳐 생활은 거의 혼란에 가까웠다.

결국 야행성을 극복하지 못해 건국대 야간부 행정학과를 수석으로 입학했으나 병세의 악화로 도중하차하고 만다.

"자살하려고도 생각했지요. 그래서 아버지가 돌아가신 금강에까지 가서 물에 뛰어들려고도 했어요. 그러나 죽지 못하고 여기저기 떠돌다가 아버지가 돌아가신 금강 근처의 공주 마곡사에 들어가 병을 고쳤습니다."

절망의 끝에서 그래도 무엇인가 할 일이 있을 것이라고 판단, 자살을 포기한 것은 잘한 일이었다. 한쪽 폐가 다 썩다시피 악화된 건강이 차츰 회복되어 간 것이다.

몸이 나아지자 서울 도로공사에서 잠시 직장생활을 하기도 했던 그는 다시 각지를 옮겨다니며 스스로 고생길을 자초하며 젊은 시절을 보낸다.

처음 내려간 부산에서는 역전 근처의 한 목욕탕에 취직해 수개월간 때밀이 생활을 하기도 했고, 나중에는 지방 기업체 중 꽤 큰 기업으로 소문난 부산 모 직물회사의 상무, 전무를 거치는 등 굴곡 많은 인생을 살기도 했다.

1975년 차길진 씨는 뒤늦게 치안 분야의 국가 유공자로 선발되었다. 박정희 대통령은 빨치산 토벌을 기리는 차 총경의 공덕비를 세울 수 있도록 아들인 길진 씨에게 금일봉을 주었다.

그러나 차씨는 그 돈을 조금씩 쪼개 전국의 9개 사찰에 보냈다고 한다. 아버지의 공덕비를 세우는 것보다 지리산에서 희생된 모든 사람들의 무주고혼(無主孤魂)들을 달래는 일이 무엇보다 먼저 해야 할 일이라고 여겨졌기 때문이다.

'빨치산에 희생된 토벌군도, 토벌군에 희생된 빨치산도 모두 역사의 희생자가 아닌가.'

그는 그렇게 생각했다.

길진 씨는 '세우라는 공덕비를 세우지 않았다'는 이유로 나중 조사 대상에 오르게 되었지만, 돈의 행방을 추적한 결과, 여러 사찰에 기부되었다는 것이 밝혀져 화를 면하게 되었다고.

더구나 그 돈이 '대통령 각하의 만수무강을 비는 데 사용된 것'으로 보고되어 차씨로 하여금 운수사업 면허를 쉽게 딸 수 있게 한 '특혜'로 작용되기도 했다.

그렇게 해서 잠시 동안 용달차 운수업을 하다가 사업을 인척에게 맡기고 그는 건강 때문에 중단했던 아버지의 행적을 찾아 다시 지리산 일대를 헤매게 된다.

10여년이 넘는 이 작업의 결과 지리산 일대의 깊숙한 오지까지도 안간 데 없이 다니게 되어 '지리산 박사'라는 별명을 얻기도 했다. 그는 그렇게 우리 민족 통한의 골짜기를 더듬으면서 죽을 고비도 여러번 넘겼다고 했다.

"한번은 약초 캐는 사람과 함께 백무동 계곡을 오르는데 갑자기 날씨가 험악해지면서 안개가 자욱이 끼는 겁니다. 그래서 같이 가던 사람을 놓치고 길을 잃고 헤매다가 계곡에서 하룻밤을 자게 되었지요. 새벽녘 비몽사몽간에 빨치산의 영가가 나타나 '여기서 자지 말고 몇 걸음 뒤로 물러나라'고 호소하는 것을 들었습니다."

빨치산 영의 충고대로 따랐는데, 아침에 잠을 깨 보니 바로 앞이 낭떠러지였다고. 빨치산들을 위해 천도제를 지낸 데 대한 보답으로 생명을 건져준 것이 아닌가 그는 믿고 있다.

차길진 씨는 오늘도 포교원에 나와 빨치산 영가들과 영혼의 대화를 나누며 하루를 보낸다.

이현상을 비롯한 지리산 공비들과 아버지 차일혁 총경 못지 않게, 어쩌면 그 또한 역사의 비극을 온몸에 끌어안고 사는 운명의 주인공이 아닐까.

"제가 아니면 누가 이 일을 하겠습니까?"

제 5 부

불가사의한 환타스틱 페스티벌
기적인가, 불가사의인가!

미국인 영가에겐 팝송을?

안동일 (소설가)

'새벽에 일어나 향을 사르고 산창(山窓)에 비치는 달을 음미할 수 있는 사람에게라면 굳이 경을 들려줄 까닭이 어디 있으랴.'

스스로 '새벽길을 홀연히 떠나온 탁발 거사'라 칭하는 차길진 법사는 어렵고 힘든 불교가 아닌, 있는 그대로의 생활불교를 펼치겠다는 원력을 세우고 있다.

본존불이나 다른 보살을 마다하고 지장보살을 모시는 이유는 땅이 모든 것을 차별하지 않고 포용하고 있듯이 우리의 상황, 우리의 일상이 모두 인연과 무상법의 인연에 따라 지어진 가르침이기 때문이다.

"지장(地藏)은 문자 그대로 땅에 받아들인다는 뜻이다. 어디 땅이 예쁘고 향기나는 꽃나무들만 받아들이는가. 땅은 독초든, 깨진 바위든, 썩어가는 뼈다귀든 가리지 않는다. 우리들 탐진치에 물들어 있는 중생들이 이를 차별할 뿐……."

차 법사는 원효 스님과 의상 스님이 경쟁이나 하듯 무수한 절을 세웠던 까닭에 의문을 갖곤 했었다.

'굳이 교통도 불편하고 인적도 없는 곳에 절을 세운 까닭이 무엇이란 말인가.'

그러나 최근 들어 그는 선인들의 높은 뜻을 깨닫게 되었다.

어디서든 부처를 모시게 되면 그곳은 불은으로 빛나고 의상이나 원효는 떠났어도 보살의 가르침은 빛나고 있음을 말이다.

그래서 그는 자신이 건립해 법주로 있던 서울 잠실 후암정사를 그대로 남겨두고 홀연히 새벽길을 떠나와 미국에 정착한 것이다. 지장보살을 열심히 모시겠다고 한 이름도 모를 스님에게 사찰 운영을 모두 맡긴 채…….

바닷가 모래알만큼 많은 지옥 중생이 모두 성불할 때까지 자신의 성불을 멈추고 중생 속에 동고동락하겠다는 지장보살의 원력을 가득 담고 그는 미국행에 올랐다.

"뉴욕은 축복받은 땅입니다. 특히 뉴욕의 중심인 맨해턴은 부드러움과 딱딱함이 절묘하게 조화를 이룬 땅으로 구성되어 있습니다. 세계의 기(氣)가 이곳에 모여 있다고 할까요. 그래서 세계의 수도가 되고 있는지도 모릅니다. 이곳에서 바른 불교의 가르침을 펼친다면 바로 세계를 향해 바른 불교를 펼치는 일이 될 것이라고 생각했습니다."

차 법사와 필자의 인연은 참으로 묘하다.

지난 89년 여름 서울의 한 잡지사에 근무하는 친구로부터 연락이 왔다. 그해 봄 방북 취재시 평양의 박물관에서 찍어왔던 빨치산 대장 이현상의 사진이 필요하다는 것이었다.

"어디에 쓰려고 하는데?"

"어떤 사람이 빨치산에 관한 책을 내는데 필요하다고 그래서……."

"그래, 어떤 책인데?"

"차일혁 대장이라고 빨치산 토벌대장의 수기야. 그 아들이 부친이 남긴 기록을 중심으로 책 한권을 완성했는데, 꼭 이현상 씨 사진이 필요하다고 부탁하더군."

"글쎄, 빨치산 활동에 관한 글도 아니고 반대로 토벌대의 이야기인데 굳이 이현상 씨 사진이 필요할까? 또 공연히 그런 데에 사진을 내서 문제가 되는 것 아닐까?"

"그렇지는 않을 것 같아. 책을 쓴 저자는 희생된 빨치산 대원들을 위해 기도를 올리곤 하는 조계종 포교사야."

희생된 빨치산 대원을 위해서 불공을 올리는 포교사라는 말에 나는 사진을 보내기로 마음을 굳히고 다음날 속달 우편으로 사진을 보냈다.

90년 2월 필자가 서울을 방문했을 때, 차길진 씨는 붉은 핏방울을 표지 장정 주제로 한 각고의 책 『빨치산 토벌대장 차일혁의 수기』를 들고 필자를 찾아왔다.

첫눈에 대단히 기(氣)가 있는 사람이란 인상을 받았다.

아니나다를까. 그는 묻지도 않았는데 당시 같이 자리에 있던 어떤 동포분의 생년월일을 맞혀내는 것이었다.

그 사람은 당시 차 법사의 예언대로 고국에 들어가 선거를 치렀고 정치 활동을 하고 있다.

말로만 듣던 용한 점쟁이로구나 하는 생각이 먼저 들었음이 사실이다. 그러나 몇 차례 그를 만나보면서 단순히 남의 일상사나 시시콜

콜히 맞혀내는 심적 능력만 있는 사람이 아니라는 것을 알 수 있었다. 불법에 대한 이해와 그 실천이 남다른 구석이 있었고 무엇보다 주위 사람을 편하게 하는 능력이 있었다.

그는 그해 겨울 뉴욕을 방문했다.

반가운 전화를 받고도 며칠 미적대다 그가 묵고 있는 미드타운 호텔을 찾아갔다.

그는 벌써 뉴욕 바닥에서 유명한 사람이 되어 있었다. 어느 여행사에 근무하는 여직원의 어깨 위에 붙어 있던 영가를 발견해 천도해 줬다든지, 가장 친한 동료들도 모르고 있던 어느 비즈니스맨의 사업상의 일을 예견했다든지 하는 신비한 애기가 그의 주변에서 끊임없이 퍼지고 있었다.

그의 호텔방은 이런저런 상담을 원하는 수많은 사람들로 붐비고 있었다.

"교포들의 가슴에는 무수한 바람이 일고 있음을 느낄 수 있었습니다. 가장 기가 모여 있는 세계의 수도에서 살아가는 한인 동포들의 물질적인 풍요 이면에는 정신적인 황폐와 공허가 휘감고 있었습니다. 이곳이야말로 친구가 필요한 곳이구나, 뉴욕이야말로 부처님의 말씀이 필요한 곳이구나 하는 것을 절감할 수 있었습니다."

3주간의 짧은 일정을 마치고 서울로 돌아갔지만 그의 뇌리를 떠나지 않는 뉴욕 교포들의 정신적 허탈함에 대한 걱정은 그를 다시 뉴욕으로 오게 했다.

"몇 명의 도반들과 함께 뉴욕 업스테이트 캐스킬 마운틴에 올라갔습니다. 장대비가 억수로 쏟아지던 날이었습니다. 세상을 쓸어갈 듯 내리던 비가 그친 저녁 어스름 무렵에 우리들은 뉴욕땅에 친근한 부처님의 말씀을 전할 수 있는 생활 불교의 터전을 만들기로 발원했습니다. 그 결과 세워진 것이 이곳 뉴저지의 후암정사입니다."

그에게 있어서 길흉화복을 예지해 주는 영적인 충고는 사람들에게 부처님을 더욱 가깝게 만드는 도구일 뿐이란다.

어린 시절부터 남다른 영력이 있어 스스로도 놀란 바 있고, 한때는 비관한 적도 있지만, 이 또한 거역할 수 없는 커다란 인연이 그를 부처님의 법을 전하는 전법사로 만들고 있다고 깨닫고는 자연스레 구명시식을 하곤 한다.

92년 1월 22일 그는 자신이 거처하고 있는 '후암정사' 라 명명한 토굴에 지장보살을 모시는 점안식을 가졌다.

전승 공예 전수자인 박찬수씨가 6개월여에 걸쳐 심혈을 기울여 제작한 지장보살을 서울로부터 공수(空輸), 맨해턴을 굽어도는 허드슨 강변 위에 모신 것이다.

작은 목공예에 불과하지만 그 속에 담긴 큰 원력과 소망이 점차 뉴욕을 밝히게 될 것을 굳게 믿으면서……

그가 전하려는 부처님의 법은 우람한 대웅전의 법단 위에서 세상사를 하찮게 굽어보는 듯한 높은 곳에 있는 법이 아니다.

"불법은 바로 우리 주변에 있습니다. 아니 바로 나 자신 속에 있는 것이지요. 때문에 나 자신을 가꾸고 키우고 내 가정을 화목하게 돌보는 일이 가장 큰 불법의 실천입니다."

이 같은 자신의 불교관을 그는 '생활 불교' 라 일컫는다.

어느날 필자는 그의 토굴을 찾아 그가 모시는 지장보살을 만나게 되었다. 그의 토굴에는 마침 점심 공양을 하는 사람들로 발을 디딜

틈 없이 붐볐다.

"가정이 모든 종교 생활을 포함해 일상사의 주체가 되어야 합니다. 종교 생활은 우리 인생에 있어 목표가 아닙니다. 그렇다고 수단도 아니죠. 종교는 인생을 살찌우며 보다 높은 단계로 이끌어가는 생활의 과정이 되어야 합니다. 이 같은 인간적인 종교 생활 속에 뿌리내린 종교. 그리고 가정과 함께 하는 종교. 이같은 종교가 오늘날 우리에게 필요한 것입니다. 저는 머리를 깎은 스님도 아니고 법을 깨친 높은 법사도 아닙니다. 함께 고민하고 함께 해결책을 모색하는 동호인 모임의 안내인일 뿐입니다."

차길진 법사에게 있어서 이제 뉴욕 교포들은 함께 살아가는 도반이 된 것이다.

"뉴욕 교포들의 가장 큰 정신적 공허와 실체적 어려움은 '하면 된다' 하는 어찌 보면 순진하기 짝이 없는 저돌성에 있는 것 같습니다. 세상의 변화, 발전해 세분화, 정보화되는 시대에 있어 막무가내로 하면 된다 하는 것은 통하지 않습니다. 이는 우리가 겪고 있는 정치, 경제, 문화 전반에 걸친 군사 문화의 팽배에서 기인된 것이라고 생각됩니다. 이제는 좀더 냉철하고 이지적이며, 순리에 맞는 목표와 실천 방안을 찾아야 할 것 같습니다. 여러분과 함께 고민하고 싶습니다. 언제나 저의 토굴의 문은 열려 있습니다."

자신의 토굴을 사찰이라고 생각해 본 적이 없기 때문에 신도회 명부라든지 신도회 조직은 꾸리지 않고 있다.

그에게 지장보살의 가치력으로 뉴욕이, 아니 나아가 온 미국 땅이 회향하고 천도해야 된다는 커다란 원력(願力)과 함께 구체적인 바람이 있다. 그것은 바로 FM 방송을 설립하는 일이다. 굳이 불교만을 고집할 생각도 없다. 특별한 수신기가 아니라도 자동차 안에서든, 가정에서든, 직장에서 손쉽게 들을 수 있는 FM 방송을 설립해 동포들에게 친근하면서도 생활적인 프로그램을 선사하고 싶다는 것이다.

그는 무수한 인생의 굴곡을 겪은 철저한 생활인이기도 하다.

빨치산 토벌대 책임자 경찰 간부의 아들로 태어나 무수한 죽음과 가까이 있는 틈에 남다른 영적인 세계와 접할 수 있었고, 대학 재학 시절인 69년에 아예 절로 들어가 행자 생활을 하기도 했다.

목욕탕에서 때를 밀기도 했으며, 용달차 사업으로 큰 돈을 만져보기도 했다.

지금은 입적하신 전강 스님, 구산 스님 등 큰스님들의 남다른 총애를 받아 불법과 가깝게 지냈던 그는 82년 서울서 후암정사라는 사찰을 건립해 생활 불교 운동을 펼쳐왔고, 85년에는 조계종에서 포교사로 정식 기록했다.

"몸이 건강치 못한 것을 아쉬워 말라, 몸이 건강하면 교만해져 일을 그르치기 쉽다. 가난한 것을 한탄하지 말라. 부유해지면 나태해져 더 큰 것을 잃기 마련이다. 힘없음을 서러워 말라. 힘이 있으면 남을 해치게 될 뿐이다."

그는 「보왕삼매경」의 경구를 신조처럼 외우고 있다.

차 법사는 만나보면 유익한 사람이다. 그는 또 재미있는 사람이다. 그에게는 어줍지 않은 권위 의식이 없다.

그후 내가 '구명시식(救命施食)'이란 단어를 처음 들은 것은 차길진 법사를 통해서였지 않나 싶다. 차 법사 이외의 다른 스님들이나 불교 인사들로부터 그 단어를 들은 적이 없는 것 같기 때문이다.

5년 전 가을 필자의 장인께서 세상을 떠나셨다. 연세도 연로하셨고 또 얼마간의 노환 끝에 맞은 일이라 필자를 포함해서 자손들이 크게 놀라거나 명이 상할 정도로 상심하지는 않았지만, 그래도 육친을 잃었다는 사실은 가족들에게 엄청난 슬픔이었고 생전에 못한 효도가 못내 가슴을 치는 것이었다.

장지인 부산서 장례를 치렀지만 그래도 상심한 마음이 들어 불교식으로도 제를 한 번 올리고 싶었다.

이 뜻을 차 법사에게 언뜻 전했더니 대뜸 자신이 구명시식을 해주겠다고 했다.

의식 날짜는 그 다음날로 정해졌다.

'구명시식'이란 문자 그대로 풀이한다면 생명을 구하는 의식인 듯 싶었는데 당시 차 법사가 이 말을 할 때는 구명시식이 영가(靈駕)로 점잖게 표현되는 영혼, 혹은 귀신을 불러내 그들과 대화하는 의식이란 뉘앙스가 짙었다.

그럼에도 처음 들을 때부터 '구명시식'이 불교 전래의 의식 가운데 하나라고 여겨졌는지 생소하게 들리지는 않았다.

필자는 그날 집에 돌아가 불교사전을 들춰보았다. 그러나 가장 권위있는 정통의 불교사전이라 일컫는 운허 스님이 편찬한 불교사전에도 '구명시식'이란 항목이 없었다.

누군가 '구명시식'이 귀신과 떡을 나눠 먹는다는 '귀병시식(鬼瓶施食)'에서 나온 말일 것이라고 했다. 그러나 불교사전에는 '귀병시식'이란 항목도 없었다. 또 '귀명시식', '구병시식' 그 어느 것도 나와 있지 않았다.

다만 천도(薦度)라는 항목에 차 법사가 사용하는 의도와 비슷한 내용으로 나와 있을 뿐이었다.

다음날 차 법사가 행한 '구명시식'은 한마디로 말해 망자(亡者)를 위한 법회였다.

부모님의 지고한 사랑과 은혜를 읊은 '부모은중경', 사바세계와 지옥의 모든 중생을 제도하겠다는 원력을 담은 '지장경', 영가를 서방정초까지 모시는 '아미타불' 묵송이 계속 이어지면서 구명시식이 펼쳐지는 불단은 그윽한 향내음 속에 자비와 지혜의 빛이 어우러지는 숙연하면서도 포근한 보현행원이 물들고 있었다.

차 법사의 전언이 시작됐다.

"영가이시여, 내 이제 영가와 인연이 깊어 무상계의 묘법을 다시 주리니 잘 들으시고 깊은 깨달음을 간직하도록 하소서.

지난 동안 영가가 지은 모든 악업은 모두 탐진치로 말미암아 이루어진 것으로 이제 더 깊은 인연으로 정토로 가는 영가에게는 모두 부질없는 옛이야기가 되었습니다.

인연에 따라 모였던 뼈와 살은 흙으로 돌아갔고, 피와 수분은 물로 화했으며 따뜻한 온기는 불로 돌아갔고, 움직임의 힘은 바람으로 다시 변했습니다.

사대(四大)로 이루어졌던 영가의 육신은 실제로 거짓이요 허망한 것이었습니다. 그것이 다했다고 결코 애석하게 여길 일이 못되는 것입니다.

이 세상 모든 것이 무상하나니 그것은 모두 생멸하는 속성 가운데 멸로 가는 길입니다. 이제 생하고 멸함이 다해지면 적멸의 즐거움이다가오는 법입니다. 이제 오온(五蘊)의 빈 주머니 시원히 벗은 영가시여, 부디 천상에 들어 위 없는 청정계를 닦아 다시 인연 따라 만나게 되면 적멸의 기쁨도 생멸의 슬픔도 없는 처처안락 복락국을 만들기 위해 함께 보살도를 행하도록 합시다.

영가시여, 그렇다 그렇다 하는 마음에는 하늘과 땅이 열리는 이치가 있으며 아니다 아니다 하는 마음에는 만사가 다 허사인 법입니다. 오늘 영가는 어디에 있으시렵니까?

영가시여, 부디 깨우치셔서 무상계의 묘법 속에 계시도록 하시옵소서.”

홀연한 기합소리와 함께 놋사발이 울고 영가는 복덕국의 깊은 원력의 길에 들은 듯했다.

의식을 마치고 집으로 돌아오는 밤길은 살아 있는 필자와 아내의 안락 속의 다짐이 어우러지는 편안한 길이었다.

달포쯤 지난 뒤 또 한 번 차 법사가 행하는 ‘구명시식’을 참관할 수 있었다. 이번에는 여러 영가를 모시는 ‘합동 구명시식’이었다.

생전에 많은 불사를 했던 어머니께서 어쩐지 편안히 잠들어 계시지 못한 것 같아 마음 졸이게 된다는 중년의 딸, 젊은 나이에 핏덩이를 두고 유명을 달리한 누님의 얼굴이 사무친다는 착한 남동생 부부, 생전에 그렇게도 어머니의 속을 썩여 드렸던 것이 포한으로 남는다는 늦게 철든 딸, 한참 일할 나이에 세상을 떠난 형님의 근력이 아쉽다는 남동생, 사는 게 뭔지 이국땅에 살다 보니 아버님의 임종을 지켜보지 못했다고 철철 우는 장남, 이들이 이날의 제주였다. 모두들 그 때문에 오늘의 자신들 일이 안 풀리고 있다는 듯 온세상의 고뇌와 고통을 한몸에 지닌 듯한 괴로운 얼굴들이었다.

먼저와 비슷한 독송의 의식이 있었다. '…… 영가신위'라고 적힌 지방들 위에는 종이 말(馬) 몇 마리가 붙어 있었다.

많은 사람이 모였기에 독송의 소리는 더욱 높았고 향내음은 더욱 짙었다.

영가들에게 전하는 부처님의 말씀도 끝나 이제는 됐는가 싶어 일어서려는데 옆자리의 어떤 이가 이제부터 시작이란다.

영가들이 말을 타고 달려온다는 것이다.

"뭐가 좋다고 미국에 왔어?"

차 법사가 어머니의 천도를 빌었던 불교 집안 딸을 향해 물었다. 중년의 딸은 영문을 모르는 듯 대답이 없었다.

"어머니가 나한테 시켜서 묻는 것이니까 대답해."

차 법사가 다시 말을 이었다.

"그냥 어찌어찌 하다 보니까…"

여인이 목소리를 죽여 가며 대답했다.

"다리 아픈 여동생 이름이 무엇무엇이야? 어떻게 됐냐고 물으시는데?"

여인의 오열이 터졌다.

"어머니 장례를 천주교식으로 했나? 미사포 쓰시고 오셨는데."

다시 차 법사가 불효녀라고 자학했던 검은 옷의 여인에게 물었다.

"네."

"어머니 영세명이 안나이신가?"

"네."

"저 지방 다시 써야겠는데, 당신도 안나로 계시는 게 편하신 것 같은데……."

"거사님, 왜 그때 말한 미국인 영가 이름 지방에 쓰시지 않았습니까? 그녀도 오늘 왔는데요."

차 법사는 머리가 훤하게 벗겨진 중년 남자에게 힐책하듯 말했다.

중년 남자가 새로 이사간 집에서 몇 년 전 사고가 있었는데 그때 억울하게 죽은 젊은 미국인 처녀의 영혼이 나타났다는 것이다.

금발에 자그마한 체구의 20대 초반의 미국인 여성이라고 그 외모까지 묘사하는 것이었다. 워낙 억울하게 젊은 나이에 죽은 그녀 주위에 기도해 주는 사람이 없었는데, 새로 이사온 한국 사람들이 그나마 매일 불공도 드리고 치성도 드리니 그 덕으로라도 천상으로 갈까 싶어 나타났다는 것이었다.

등골이 쭈뼛해진다. 세상에 이런 일이 있기는 있구나.

그러나 다음 순간 차 법사의 미국인 영가에 대한 순진무구한 천도 처방은 웃음을 참게 하느라 장내 사람들을 데굴데굴 구르게 했다.

차 법사는 자신은 영어를 잘 못하기 때문에 영가에게 하는 말을 제 주인 중년 남자에게 영어로 통역하라고 일렀기 때문이다.

"넌 여기 있을 필요가 없으니 빨리 네 갈 길로 가라."

"유 돈 해브 투 스테이 히어. 고, 고, 유어 웨이."

"우린 네 죽음하고 상관없는 사람들이라는 것 잘 알지?"

"유 노우? 위 아 낫 ,어어, 위 돈 노우 어바우트 유어 데쓰."

"네가 천상으로 가기를 진심으로 빌어 줄게."

"애니웨이, 위 리럴리 원트 유 고우 유어 해븐 피스플리 위 플레이."

　호령하듯 외치는 소리하며 떠듬떠듬 대는 영어 발음은 언제 등골이 쭈뼛해졌는지 모를 정도로 희극적인 것이었다.

　나중엔 한술 더 떠 영가를 위해 영어 노래를 불러주었다.

　제주가 아는 노래가 없다고 쭈뼛대자 좌중 한 사람을 지명한다.

　씩씩하게 일어선 40대 후반의 사내는 추억의 팝송 「자마이카 페어웰(Jamaica Farewell)」을 구성지게 불러제쳤다. 눈을 지긋이 감고서…….

　웃음을 너무 참았더니 배가 다 아플 지경이었다.

　다행히 차 법사의 돌연한 기압소리와 놋사발 두드리는 소리가 모두를 살려줬다.

　"억, 때에엥……."

　"자 이제 모두 끝났습니다. 오늘 오셨던 모든 영가들께서는 당신들이 바라던 천상이며 천당으로 가셨습니다. 뒷마당으로 나가 지방을 태웁시다."

　지방을 태우고 돌아오는 제주들의 얼굴에는 모두 생기가 철철 넘쳤다. 대보름 불놀이하듯 지방을 훨훨 태우고 와서 그런지 보름달같이 훤해진 모습들이었다.

　집으로 돌아오면서 필자는 왜 운허 큰 스님께서는 이처럼 후련한 카타르시스인 '구명시식'을 불교사전에 등재하시지 않았을까 궁금해졌다. 차 법사의 구명시식을 보셨더라면 분명히 다음과 같이 등재하셨을 텐데…….

　◉ 구명시식: 인연에 따라 모였다가 흩어진 망자의 영혼을 천도하고 싶어하는 자손, 지인(知人)들의 마음을 평온하게 하면서 자신이

처한 모든 환경을 긍정적으로 보게 해 감사하게 여기도록 하는 대중
적인 의식을 말한다. 망자와 생자의 모든 병(病)을 치유한다고 해서
구병시식(救病施食)이라고도 함.

지금도 승복할 수 없는 것들!

안도현 (역사연구가)

어스름한 저녁, 박물관 앞 정원에는 한복을 정갈히 차려입은 중년의 아녀자 몇이서 부산을 떨었다. 지금 막 도착한 여인을 반갑게 맞는 또 다른 여인. 잡일을 거드는 '무슨 거사'라고 부르는 한 중년의 남자가 멍석을 지고 박물관 지하 통로로 사라졌다. 젯상인 듯한 상을 부여잡은 아녀자 둘이 역시 따라 들어갔다. 모두들 구명시식을 준비하는 모습들이었는데, 어쩐지 좀 바보스러웠다.

며칠 전, 전갈을 받았다.

두어번 만나 종교에 대해 담소를 나눈 적이 있는 차길진 법사가 직접 전화를 걸어 목아불교박물관에서 '구명시식'을 할 예정이니 참관하라는 초청이었다. 그리고 당일 아침, 차 법사 곁에서 종교 관련 자료를 정리한다는 어느 여성의 확인 전화까지 있었다.

전에 문득

'혹 신흥 종교를 꿈꾸는 사람?'

하고 흥미가 솟구친 적이 있었다.

종교 운동사, 특히 근대 신흥종교를 전공했던 필자에게는 밑져야
본전인 초청을 뿌리치기도 그래서 쾌히 승낙해버렸다. 말하자면 연
구차를 가장한 강한 호기심의 발로였다.

철저한 답사와 자료를 근거로 해 논문을 써온 필자는 천도제니 구
명시식이니 영혼이니 하는 따위는 철저히 배격해왔다. 그것들은 유
물론자인 나의 눈에 띄지도 않았을 뿐더러, 혐오감까지 갖고 있었기
때문이다. 영혼이나 영적 체험을 경험하기 위해서라기보다는 일종의
자료를 얻으러 간다고 한다면 적당한 표현이었을 것이다.

이미 위와 같은 선입견으로 꽉 차버린 나의 머릿속은 이들이 바보
스럽게 보이는 것은 너무나 당연했다. 나를 초청한 차 법사라는 분
역시 아마 여느 영통력 있다는 법사나 도사 정도일 것이고, 어떠한
현상을 자기 도취적인 방법을 해석해 풀이하거나, 없는 현상을 조작
하겠거니 하는 의구심까지 추가가 되었다.

저녁 9시가 가까워졌다. 식은 9시부터 시작된다는 전갈이 있었다.

박물관 지하 명부전에 모인 자들은 백여 명이 훨씬 넘는 중년의 아
줌마 부대였다. 이들은 극성스럽게도 전국의 유명하다는 불사는 다
찾아다니며 간섭하고, 불사금을 모금하는 등 그 이름도 말하면 다 알
수 있는 '모임'이었다.

박물관장이자 목조각가인 목아(木芽) 박찬수 씨가 조성했다는 개
금을 한 오척 높이의 빛을 발하는 지장보살이 육환장을 잡고 인자한
모습으로 수미단 아래를 굽어보고 있다.

명부 양 끄트머리에는 지장보살로 화한 신라 김교각 스님이 중국
에 갈 때 데리고 갔다는 삽살개 두 마리가 정면을 응시하고 있다. 맹

수처럼 생겼으나 종교적인 심성을 지닌 듯 한 삽살개의 등 위로는 불꽃으로 뒤덮인 업경대가 놓여져 있다.

죽은 자는 필히 이곳에 와서 심판받는다는 명부, 또는 지장전이라고 하는데, 심판받는 기간이 49일. 전생에 지은 죄업이 스크린처럼 비춰진다고 하는 업경대는 증인이 되는 셈이다. 좌우로 염라시왕들이 준엄한 판결언도를 준비하듯 각양각색의 표태로 앉아 있다.

이 모든 상(象)들은 나무로 정교히 짜맞춘 바닥과 의자 위에 실물처럼 조각돼 있다. 조각이 아름다운 수미단 바로 밑에는 커다란 상이 있는데, 떡과 과일이 지나칠 정도로 많이 쌓여 있다.

모두들 준비가 끝났다고 생각하는 듯, 옷매무새를 정갈히 갖춘 여인들은 목에 두른 염주를 걷어돌리며 경을 외기 시작하였다. 종종걸음으로 염라시왕 앞으로 다가가 하염없이 절을 해대는 자, 뒤늦게 내려왔다는 한 팀의 서울 사람들이 찬바람을 몰고 들어왔다. 추운 날씨 탓인지 입가엔 김이 하얗게 노닐었다.

한참을 그렇게 수선스럽다가 이내 조용해졌다.

내가 학습(?)의 주요 대상을 여기고 있는 차 법사가 회색 승복을 갈아입고 동편의 또 다른 수직계단으로 내려오고 있기 때문이다. 뒤이어 상투머리에 수염이 덥수룩한 박 관장과 계란처럼 길둥글고 뽀얀 얼굴의 미인인 박 관장의 아내 안마니주가 뒤따라 내려왔다.

안마니주의 고향은 여기 여주 강천이다. 안마니주는 그 미모가 출중한 것 외에도 성깔이 있어 '대가 세다' 라는 말을 듣는다고 한다.

낮에 그를 자세히 볼 수 있었다. 갈색 눈에 별난 빛을 담고 있는 그녀는 보통 여자가 아닌 듯싶었다. 약간 갈라져 나오는 허스키한 목소리가 오히려 징명하게 들려 왔고, 한마디 한마디가 영리하게는 안

보여도 영험한 힘이 깃든 것 같아 보였다.

차 법사의 얘기로는 안마니주의 전생이 '명성황후'로 나왔다는 것이다. 나는 이 말을 그냥 웃어넘겼지만, 아닌게 아니라 안마니주의 눈매나 말소리에는 고귀하고도 완고한 고집이 새겨져 있음을 알 수가 있었다.

박 관장은 경복궁 개축에 참여했던 한 대목에 불과했다니, 외관상 풍기는 모습이나 특기와 시대상은 어느 정도 이치있는 얘기 같았다. 박 관장은 현재 전통 목조각 분야 인간문화재 108호이다.

예불이 시작되었다. 차 법사는 박 관장의 간단한 소개를 받았다. 이에 수인사만 하고 명부시왕들에 둘러싸인 바닥 위에 깐 좌부동에 자리를 틀었다. 그리고 흔한 불교 의식으로 단숨에 대중들을 제압해 나가고 있었다.

입정 시간. 좌정은 꽤 오래 계속되었다.

시간은 촛불에만 의지한 채 타들어가는 깊은 밤처럼, 그렇게 흐르고 있었다.

자정을 넘겨야 본격적으로 영가천도가 시작된다고 한 중년 남자의 음성이 고요를 깨트렸다. 그차저차하면서 시간은 자정을 넘어가고 있었다.

백여 명이 훨씬 넘는 인원들의 긴장 때문인지 열기가 확 올라왔다. 모두들 진지한 의식 끝에 오는 적적함이 이상한 듯, 다시 염불을 가느다랗게 외워댔다.

의식의 시작은 긴장을 푸는 데서부터 시작되었다. 경기민요 전수자라고 하는 오십 후반의 여자가 나오더니 북장단에 맞춰 타령을 구슬프게 엮어내기 시작하였다.

타령이 풀어지는 동안, 구명시식 순서를 정한 명부가 정리되었다.

영혼이 과연 나타날 것인가.

영가를 야단도 치고 때론 영가와 싸우기도 하고, 영가를 천도해주는 의식이 과연 시작될 것인가. 아니 과연 이런 것들이 존재할 것인가. 모두들 한숨을 고루 들이쉬기 시작했다.

타령이 끝이 났다. 적막감은 가녀린 촛불의 기세를 더했다.

휘영청한 촛불 밑에서 호명이 시작되었다. 시왕 아래서 사직사자가 죽은 자를 호명하는 것처럼 느껴지기도 했다. 호명 끝에 앞으로 나오려는 이를 향해 안 나와도 된다고 누가 손짓으로 막았다. 이렇게 서너 명이 흩고 지나갔다.

"압구정동 구명자 씨(가명)."

이렇게 호명된 이들은 비교적 자세히 보고 듣기 위해 앞으로 나가려 하고, 앞에 앉은 이들은 기꺼이 자리를 비켜주었다. 분위기는 다소 산만해졌지만, 곧 수그러들었다.

갑자기 텅빈 공간처럼 적막강산을 이루었다.

간단한 진언과 함께 벽력같은 차 법사의 소리가 좌중을 꿰뚫었기 때문이다. 사실, 난 너무 놀랐다. 놀란 가슴이 진정되자 다시 요란한 북소리가 좌중을 난타했다.

둥그둥, 둥그둥…….

"악, 악, 악, 악!"

연신 날카로운 비명 소리를 내지르는 차 법사의 등은 순식간에 땀으로 뒤범벅이 돼버렸다.

촛불이 심하게 흔들거렸다. 이게 뭘까. 정말 영가가 나타났다는 말

인가. 정말로 귀신이······? 저 등을 좀 보게. 후줄근하게 젖은 저 땀
은 무엇인가?

영가와 싸움을 잘못하면 생명을 잃을 수도 있다고 하던 차 법사의
말이 생각났다.

아니야, 저건 자기 최면으로 인해 나타나는 한 현상일 뿐이야.

나는 희미해지려고 하는 강한 선입견을 재주입시키기 위해 밖의
세상을 생각했다.

지금쯤 밖은 찬 밤공기와 함께 서리가 아직 채 녹지 않은 눈 위를
다시 덮을 것이다. 우리의 지금 이곳은 붉은 벽돌로 쌓은 거대한 성
같은 건물로, 그 서릿발을 막고 있을 뿐이다. 다시 해가 뜰 것이고,
그러면 사람들은 오늘 새벽에 있었던 두려운 상황을 다시 잊을 것이
다. 혹 그 뒤 소문은 과장되게 퍼트려질 수도 있으나 분명 신심이 약
한 자의 허허로움에서 출발하는 허상일 것이다.

이러한 갈피없는 생각이 일 무렵 차 법사는 대중을 향해 돌아앉았
다. 그리고 누군가 갖다주는 수건으로 땀으로 범벅이 된 얼굴을 닦아
내고 있었다.

이어 지친 그의 목소리가 다시 수선한 분위기를 눌렀다.

"지금 나타난 이 영가는 다름이 아니라 구명자 씨 남편 되는 영가
예요. 남편이 일찍이 횡사했는데, 그게 억울했던지 아직까지도 구천
을 헤매고 있잖아요. 천도됐어요. 집에 그 동안 좋지 않은 일들이 많
았지요?"

"······."

"바로 이 영가가 훼방을 놓은 것이지요. 난 이 추운 구천에서 헤매
고 있는데 너흰 호위호식이나 하고 있느냐고 말이예요. 앞으로 제삿

날에 젯밥 잘 차려주시고, 너무 사치하지 말고 검소하고 근면하게 사세요."

이 말에 벌써부터 질려버린 수많은 얼굴들이 약간의 희망으로, 안도감으로 꿈틀거렸다. 아니 감격스러운 광경을 보고 모두가 하나같이 환희심을 내었다. 여자의 눈에는 회한의 눈물이 비오듯했다.

"그, 그랬어요. 그동안 그랬어요. 모두가 제 잘못이어요, 흐흐흑……."

아낙의 서러워 복바치는 듯한 울음소리가 채 사라지기도 전에 다시 한 영가와의 씨름은 계속되었다. 그리고 감동을 넘어 절실함을 가져다주는 몇몇 사건들을 목도했다.

의사 부부라고 하는 사람들이 결국 '불륜관계'임이 밝혀지면서 탄복을 자아내게 했고, 시어머니에게 불효했던 어느 자부를 실신시키기까지도 했다.

시간은 계속해서 촛불처럼 타들어가고 있는데, 이제 겨우 절반밖에 하지 않았단다.

벌써 동이 터 발그스레하게 밖은 변해 있을 무렵이었다. 어디서 났는지 바람이 '휘익' 하고 불어왔다. 처음에는 지하 통로가 열렸겠거니 생각했다. 그러나 지하 문은 그대로 잠겨 있었다.

바람은 차지 않았다. 이러한 바람이 농익은 듯한 촛불을 흔들어놓았다. 촛불에 투영된 염라시왕의 그림자가 너울거리며 심판을 앞둔 사자(死者)를 농무하는 것 같았다.

차 법사도 두손을 바닥에 짚고서 뒤로 두어 자 물러났다. 앞줄에 앉아 있던 여자 몇몇도 뒤로 몸을 내빼다가 나뒹굴었다. 무슨 일인가 하고 옆의 마니주의 동생 성희 씨가 고개를 쭈욱 뻗치고 있었다. 모두가 앞을 보기 위해 일어섰기 때문이다.

"악, 악, 악!"

"……."

"넌 누구냐! 누구길래 이리도 무엄하게 지장보살님 계신 곳에서 장
난질이야! 악, 넌 누구냐?"

차 법사의 목소리는 처절했다.

지이잉요옹, 지이잉요옹…….

장채를 잡던 손이 무의식 속에서 두드리고 있었다.

다시 촛불이 팔랑거리더니, 갑자기 뒤로 발라당 넘어지는 소리가
들려왔다. 이번엔 차 법사였다. 앞에 있던 사람들은 피할 길이 없자
이내 각오하고 있다는 듯 몸을 움츠렸다. 다시 징징징징 징을 짧게
치며 외마디 소리를 질렀다.

"누구야? 감히 여기가 어딘데! 어서 썩 나와라! 자, 어서 썩 나
와!"

"……."

"난 헌병이다. 너같은 무례한 영가를 잡아다가 명부시왕님께 데리
고 가는 헌병이란 말이야!"

이번엔 옆에 서 있던 박 관장의 짙은 눈썹이 꿈틀거리고 있었다.

차 법사의 가라앉은 굵은 목소리가 이미 쉬어 있었다.

아주 짧은 침묵이 매우 길게 느껴졌다.

"목아 선생님, 이곳이 원래 강이었지요?"

순간 침묵이 깨지고 순간 침묵이 이루어지는 반복이 이어졌다.

"예, 남한강변 나루 자리였다고 합니다."

"이곳에, 이 자리에는 누가 살았었지요?"

"이곳에 전에 누가 살았다고 하지요. 오래되어 누가 살았는지는 정확히 모르겠습니다."

이 말이 끝나자마자 차 법사는 지하 명부전 구석의 커다란 콘크리트 기둥을 가리켰다.

"1925년 을축년 대홍수 때 죽은 영가가 나타나 저쪽 뒤에 숨어서 자꾸 이쪽으로 뭘 던지고 있습니다."

이 말이 끝나기가 무섭게 바닥에 돌멩이 떨어지는 소리와 굴러가는 소리가 났다.

순간 내 뒷머리가 쭈뼛해지면서 정신이 멍해져 버렸다.

'이것이 정말, 아, 정말 내가 꿈을 꾸고 있는 건 아닌지, 정말 귀신이……, 그렇다면 저 많은 사람들의 눈에도, 마찬가지였을까?'

흰 거품이 차 법사의 양 입가에 몰렸다.

"악, 이게 무슨 짓이냐? 내가 누군지 아느냐? 당장 이 앞으로 와서 무릎을 꿇어라."

"……."

일정한 시간을 두고 말은 계속 이어졌기 때문에, 영가의 대답은 들을 수가 없어도 오고가는 말들을 엮고 추리해낼 수는 있었다. 누군가와 싸움을 계속하고 있는 게 분명했다. 들을 수 없다는 한계를 이미 설정해 놓고 이를 이용한 연극은 아닐까. 이런 가운데서도 특유의 의문은 계속되었다. 그러나 그 돌멩이 구르는 소리는……

"그럼 여기에서 수십 년을 살았단 말이냐?"

"……."

"그래, 그럼 이곳이 네 집이라고 치자. 그러나 엄연히 여기는 부처님을 모시는 성소인데, 감히 너같은 조무래기 영가가 주인입네 하고 할 수는 없잖은가? 이런 무례한 작자가 또 어디에 있다는 말인가?”

“……”

“그래 뭘 원하느냐?”

“……”

“진작 그럴 것이지. 분명 네가 명부에서 심판을 받겠다고 했겠다!”

“그럼 얘기를 해보아라.”

“……”

차 법사는 한참을 귀담아듣는 태도를 취하고 있었다.

“그래, 다 이해할 수 있다. 그래, 얼마나 억울했으면 그랬을까. 쯧쯧, 그 아이들은 지금 어디 있느냐? 아, 같이 있었구나. 내 지장보살님께 특별히 말씀드려 너희들을 극락으로 보내 줄 것이다. 약속하마.”

차 법사는 어린아이를 부르는 손짓까지 계속해 보였다.

어린 영가들이 앞에서 어리광을 부리는 것 같았다.

모두가 긴장에서 일시 해방되어 감격해마지 않았다.

“목아 선생님, 이 영가는 밀양 박씨이고, 당시 홍수로 세 아이가 물에 휩쓸리자 순간적으로 물에 뛰어들었다가 익사한 영가입니다. 이 영가가 부탁을 하나 하는데, 여기가 부처님을 모신 곳인지라, 진작에 떠나려 하였지만 그 동안 목아 선생님을 기다렸다는 것입니다. 목아 선생님께서 이 영가들을 나무로 조성하여 박물관 앞에 세워놓으면 많은 이들이 보러 올 것이니, 이 불쌍한 영가상을 하나 조성하여 주십시오. 이 영가의 소원을 들어주시겠습니까?”

“예, 그렇게 하지요. 저도 다 들었습니다. 이 불쌍한 영가를 위해 ‘수자모자상’을 조성하여 드리리다.”

이렇게 시작된 영가천도는 순간의 복병을 만나 곤혹을 치르긴 하였지만 화해와 타협으로 잘 해결된 듯했다. 오히려 전화위복이랄까. 그 영가는 차 법사의 의지대로 순순히 명부(지장전)에 와서 심판을 받았다고 했다. 극락왕생길은 당연했으리라.

우연인가, 필연인가.

나는 두어 달 후에 목아 선생과 인연이 되어 박물관 학예 연구실로 가게 되었다. 목아 선생은 나무로 '수자모자상' 조성을 했고, 나는 그 영가들을 추모하는 글을 썼다.

아무튼 그 이유는 단정할 수 없지만, 수자모자상이 조성된 뒤로는 결코 적지 않은 사람들이 다녀갔다. 그 수자모자상 앞에 기도를 하면 소원이 이루어진다는 이야기까지 파다하게 퍼져나가면서 이곳 명부전은 기도처로 변해버렸다.

밀양 박씨라는 여인과 그의 어린 세 아이들!

한이 풀리면서 일어나는 상황들은 매우 나를 만족케 했다. 보이지 않는 영가보다 지켜본 우리들의 응어리진 한이 격렬하고 감동적인 장면들을 목도하면서 풀어져버린 것이다.

놀라움과 두려움보다는, 모두들 훨씬 더 많이 감동으로 물들어갔던 것이다.

그날 새벽을 알리는 장닭의 성깔있는 울음소리가 박물관 뒤편 민가에서 울렸다. 모두들 영가와의 씨름에 넋을 잃고 있다가 아침이 되는 줄도 모르고 질펀하게 앉아 있었다.

새벽이 오면 영가들은 사라진다. 부득이하게 중간에서 구명시식을 마쳐야 하는 아쉬움이 있었지만, '작품이 훌륭했다' 라는 차 법사의 말로 미처 못한 사람들은 다음을 고대했다.

그날 새벽에 있었던 일은 충격이 아닐 수 없었다.
새벽의 찬공기는 너무도 시원했다. 답답했던 가슴이 풀리면서 모두들 기쁨에 충만한 표정들을 함뿍 담고 있었다. 이것이 바로 그 '해원' 이로구나. 가정과 사회, 국가의 안위를 위한 '해원굿' 이 왜 필요한지를 이제야 알 것 같았다.
그러나 한편, 간밤의 치열했던 의식의 긍정적인 측면들을 충분히 인식하였는데도 특유의 의구심은 구석에서부터 부풀려지기 시작했다. 그것은 설마하던 나의 한쪽 뇌쇠를 여지없이 그때 그 일들이 지배해버린 것이다.
연극일까. 아니야, 그런 연극은 불가능하다.
어떤 효과를 작위적으로 불어넣은 것일까. 아니다. 어떻게 촛불이 흔들릴 정도로 바람이 불었으며, 나무바닥 위로 떨어지는 둔탁한 돌멩이 구르는 소리는 또 무엇인가.
과연, 불륜 관계에 있는 두 남녀는 무엇이고, 이곳에 과거 대홍수가 났다는 것은 무엇으로 설명할 수 있을 것인가.
아침을 먹는둥 마는둥 서울로 향했다. 간밤에 한숨도 자지 않았건만, 뇌리는 흥분의 뇌쇄적 분비물로 계속 들끓고 있었다.

차 법사. 과연 그는 지금 이 시대에 영혼과 대화할 수 있는 뛰어난 영매자인가.
박물관에서 구입한 그의 저서 『영혼의 목소리』를 들여다보기 시작했다. 그리고 그의 인생 유전은 우리의 보통 삶과는 확연히 달랐다는 것을 이 책을 보면서 알게 되었다.

증조부는 동학농민전쟁 당시 정읍 접주였다는 차치구, 조부는 일제하 600만 교인을 조직했다는 보천교 교주 차경석, 부친은 정읍 일대에서 빨치산 토벌대장을 지냈다는 차일혁 총경, 그리고 지금의 차길진 법사.

증조부가 관군에게 붙잡혀 짚가리에 씌워 불에 타 죽었다고 했다. 그렇다. 이쪽이 전공인 내가 모르면 누가 알랴. 갑오 동학농민전쟁 당시 정읍의 농민군을 이끌고 전봉준과 합세했던 무장.

조부는 종교가. 일제하 한 사회의 흐름을 조망했던 큰 인물이었지. 그의 부친은 차일혁. 차치구 할아버지를 존경했다고 한다. 그는 공주 우금치 부근 금강에서 물로 인해 죽었다.

곁에 있던 어린 길진은 그 충격으로 몹시 앓다가 어떤 영험을 얻게 되었다고 한다. 영험함은 어린 그에게 몹시도 공포스러운 세월이었다. 다른 한편, 환희심을 동시에 갖는 혼돈의 세월이었다.

산문(山門)으로 출가도 해보고, 다시 환속해서 안해본 것 없이 다 해보면서 살아온 인생유전. 어느 날 갑자기 얻은 이 무서운 업(業)을 벗어버리고자 결국은 영매자의 길을 걷게 되었다고.

아, 이럴 수가! 정말로 이런 일도 다 있구나!

나는 지금까지의 객관적인 자료와 합리적이고 과학적인 논리 토대 위에서 하는 연구방법에 회의를 느끼기 시작했다. 아니, 거부할 수 없는 이 방법론들은 논문을 쓰기 위한 수단으로—아니 논문 그 자체가 수단일 수 있다.—유지할 수 있다.

그러나 앞으로 살아가는 방편은 되지 못할 것이다. 지난 밤의 그

충격을 어떻게 이해하고 보아야 하는지에 관해서 의문이 풀리기 전
에는……. 그리고 배우는 이들에게 어떻게 얘기를 해주어야 하는지
에 관해서도…….

　수많은 종교 집단과 기괴멸렬한 지도자들을 접해 보았지만, 모두가
나의 논리적이고 객관적인 연구 기조에 큰 변화를 주지는 못했었다.
그런데 어젯밤, 바로 그 일가(一家)의 연혁에서부터 나의 경직된 선
입견은 여지없이 부서지고 있었다.

　나는 서울로 오는 동안, 신열처럼 내 몸을 오그라들게 하는 아픔을
느꼈다.

　도대체 무엇인가.

　승복할 수 없는 것들!

　그러나 그것들은 분명 내 앞에서 일어났던 것!

나를 '주인장'이라 부르시지요

안후상 (불일회보 편집장)

"엄연히 종교이고, 그 세(勢)가 수백만을 헤아리는데 어찌하여 교주(敎主)라 불리움을 사양하시나이까?"

이것은 당시 세간에 천자(天子)로 알려진 차경석(車京石)을 두고 하는, 그를 따르던 '흰옷 입은 사람들'의 간곡한 말이다. 어떤 이들은 임금께 알현하듯 조아렸고, 또 읍곡(泣哭)하는 이들도 있었다.

지금껏 묵묵히 듣고만 있던 경석은 발그스레하니 웃더니, 다음과 같은 말을 하였다.

"여러분! 여러분 앞에 서 있는 저는 하늘에서 떨어져 나온 사람도, 땅에서 솟은 사람도 아닙니다. 그저 여러분과 같은 평범하기 이를 데 없는 범부(凡夫)에 지나지 않습니다.

단지 바른 도(道)를 세상에 널리 알려 비탄에 잠긴 민중을 일깨우고 겨레의 자존심을 건지려 했을 뿐입니다. 그리고 세계 질서를 바로 세워야겠다는 일념으로 노략해 왔을 뿐입니다.

오히려 유능하고도 정의로운 여러분께서 도와주시니 뭐라 감사해야 할지 모르겠습니다.

따라서 여러분의 희생을 바탕으로 그 세가 불어나기 시작했고, 그래서 앞에서 우리의 이 모임을 이끌어갈 수 있는 지도자가 필요하리라는 여러분의 심정을 모르는 바 아닙니다.

그렇습니다.

앞서 이끌어 주는 자는 분명히 필요합니다.

그러나 저는 이끌어 주는 자일 뿐, 희생을 각오해야 하는 희생자일 뿐, 차별적 삶을 보장받는 군림자나 특혜자가 아니라는 것 또한 우리의 모임이 지향하는 바이니, 그것은 여러분께서 더 잘 아시리라 생각합니다. 따라서 항간에 나도는 '천자'니 '교주'니 하는 것들은 제가, 아니 우리 모두가 원하는 바가 아니기에 이번 일은 없었던 것으로 하겠습니다.

자 이젠 내 앞에 엎드린 자 일어나시고, 읍하는 이 있으면 그만 거두어주시오.

앞으로는, 아니 영원히 구별없는 사회, 모두들 서로 경대(敬大)하는 공동체를 만들어 나갑시다.

굳이 저를 부르기를 원한다면 내 집에 여러분이 초대됐으니 나를 그저 '주인장'으로 불러주심이 어떨는지요."

경석의 말은 조용하면서도 사뭇 거침이 없이 좌중을 파고들었다. 어느 누구 하나 숨소리조차 크게 내쉴 수가 없었다.

세간에서는 경석이 중심이 되어 전국에 걸쳐 일고 있는 보천교운동(普天敎運動)을 '천자옹립운동'이니, 그 집회를 '만세운동' 내지는 '국호선포식'이니 하는 소리 소문을 냄으로써 관심과 협조를 아끼지 않았다.

그러나 일각에서는 대 일본국의 천황(天皇)에 버금가는 천자를 옹립시키려는 일종의 독립운동으로 파악, 악의적인 유언비어를 유포하였다. 따라서 일본 헌병대에 의해 경석은 전국에 걸쳐 체포령이 내려졌고, 이 모임에 가담했다는 교인 수만 명이 체포, 구금되어 혹독한 고문을 당하였다.

이런 삼엄한 감시 속에서도 경석은 과감히 집회를 가졌다. 이번 집회도 따지고 보면 고천제(告天祭)라는 종교적 행위를 빙자한 시국 집회였음은 더 말할 나위가 없었다.

"내가 여러분을 초대하였으니 여러분은 나를 '주인장'이로 부르지만, 여러분과 나는 이 겨레의 주인입니다. 지금은 사정이 달라 주인되어야 할 자 주인되어 있지 못하고, 주인 아닌 객이 주인 행세를 하니 무릇 그 책임은 전적으로 객에게만 있다고 볼 수 없으니, 바로 우리 모두가 그 책임을 통감해야 합니다."

경석의 외모와 자세 또한 평범하기 짝이 없었으며, 말 또한 다정한 범부의 말에 지나지 않았다. 그런데도 '흰옷 입은 사람들'은 한 손에 담뱃대를 쥐고 입으로는 태을주(太乙呪)를 외며, 꾸역꾸역 모여들었다. 이렇게 해서 모여든 자들이 수백만을 헤아렸다 하니, 그 세를 능히 짐작하고도 남음이 있다.

"우리가 다시 겨레의 주인이 되려거든 첫째도 둘째도 살아 있어야 합니다. 다음은 우리 정신을 꿋꿋하게 지켜 나가는 것입니다. 이럴 때 비로소 우리는 힘을 갖게 될 것이요, 힘을 갖게 될 때 비로소 그들에게 주인 아님을 여실히 깨우쳐 줄 수 있습니다.

이때 조심하지 않으면 안될 것은 그들의 책략입니다. 그들은 이때 여러 간책(奸策)을 쓸 것입니다.

이러한 그들의 책략에 말려들지 않으려거든 우리 스스로가 정신적 도량(度量)을 키워나가야 합니다. 예컨대 겨레를 시련에 빠뜨린 원수 같은 그들까지도 용서할 수 있어야 합니다. 이렇게 하기 위해서는 끊임없는 자기 수련과 수양이 필요합니다."

그로부터 '흰옷 입은 사람들'은 더욱더 우리 것을 아끼고 사랑했으며 태을주를 열심히 외워 힘을 모았다.

그리하여 그 세가 수백만을 헤아렸을 때, 조선 총독이 정읍에 내려와 경석과 협상할 정도였다니 과연 경석의 예견과 지략은 정통하였다고밖에 볼 수가 없었다.

이때가 1916년, 우리 겨레가 더 이상 주인 되어 있기를 거부당한 채 한을 삭이며 살아가야 하는 암울한 일제 식민지 시기였다.

그로부터 70여 년이 지난, 1993년 잠실의 후암정사.

앉아 있는 사람들 사이로 분주히 오가며 손을 잡아주거나 다정다감하게 얘기해주는 사람이 있었다.

"조계종 법사이고, '후암정사'라는 조그만 포교당을 열고 있습니다. 뉴욕에 역시 후암정사라는 포교당이 있고요."

"아, 그래요. 그러나 제가 알고 싶어하는 것은 그분이 어떤 분이냐는 것이죠. 말하자면 빨치산 토벌대장 차일혁 총경의 아들이랄지, 영혼과 얘기하는 법력(法力)의 소유자 등등. 아무튼 예삿분은 아닌 듯한데……."

"그래요. 예삿분은 아닌 것 같아요. 하지만 안 선생님께서 생각하는 그런 면이 있는 것 같아 말씀드리는 거예요."

"예……. 그런데 날 만나자고 하는 이유는 대체 어떤 것입니까?"

"글쎄요, 지금 제가 말하는 것보다 법사님께 직접 듣는 게 훨씬 좋을 듯합니다."

나의 보천교 관련 자료를 빌려갔던 분과의 전화 통화 내용이다. 직접 만나보면 모든 궁금증이 풀릴 것이라는 수수께끼 같은 말을 던져 놓았을 뿐이었다.

그로부터 나흘 뒤인 음력 삼월 초하룻날, 궁금해 견딜 수가 없어서 나는 후암정사를 찾은 것이다. 아니, 정확히 말한다면 차길진 법사를 뵈러 간 것이다.

법당 안에 분주히 오가다 나를 발견하고는 빠른 걸음으로 다가와 맑은 웃음으로 맞이해 주는 차 법사의 모습에서, 풀썩거리며 먼지가 이는 메마른 땅이 단비로 일시에 해갈(解渴)되듯 궁금증이 마침내 풀어지고 말았다.

그것은 이유없이 친근감이 도는 데서, 언젠가 수없이 대(對)한 기억들 때문이었다.

아, 바로 그 집안 사람이었구나!

보천교 논문을 작성할 때 그려본 차경석과 지금도 정읍에서 옛 영화만을 쫓는 후손들, 그리고 바로 앞에서 해맑게 웃음을 선사해주고 있는 차길진 법사.

이러한 사실들이 가져다주는 미묘함에 놀라지 않을 수 없었다.

성(姓)이 같고, 풍채가 비슷해서만은 아니었다.

한마디로 말한다면, 현세의 끈질긴 인연의 '맥(脈)'이 이렇게 흘렀을 줄이야, 하는 데서 그랬던 것이다.

차경석은 암울했던 식민지하의 조선 민중 수백만을 결집시켜, 한 때나마 '중앙 돌파' 형식을 취하는 민족운동을 전개하기도 했다.

일제하 만주 동북 지방의 사회주의자 무정(武政) 세력 아래서 항일 무장 투쟁을 선도적으로 벌였고, 아이러니컬하게도 해방 뒤에는 지리산의 무장 투쟁 세력, 곧 빨치산을 토벌했던 차일혁 역시, 공주 우금치에서 물(水)에 의해 화를 입었다.

이때, 어린 차길진은 영묘한 힘을 얻어 부친의 사체를 찾게 되었다. 사체는 묘하게도 인민군 탱크에 걸려 있었다니, 역사를 실증적으로만 공부해 왔던 나로서는 엄청난 충격으로 받아들여질 수밖에 없었다.

더욱이 공교롭게도 차경석과 차길진은 종교적 삶을 살아가면서 당시 부친들과 관련해 죽어 간 수많은 원혼을 달래기 위해 종교적 의식을 해왔다는 점이다.

동학혁명 당시 죽어 간 수많은 원혼을 해원시켜 온 게 보천교요 차경석이라면, 차일혁과 관련돼 죽은 빨치산, 군인, 경찰, 민간인의 영혼을 지금까지도 천도(天道)해주는 이 역시 차길진이다. 따라서 그 맥은 4대(四大)에 걸쳐 극명하게 나타나고 있음을 알 수 있었다.

4대 가운데 마지막인 차 법사는 그 맥을 다르게 이해하고 해석하고 있었다. 그것은 작은 종교실천운동에서 잘 나타나듯, 밝고 부드러운 것이었다.

전생(前生)에 보천교운동을 주도하다 일제에 의해 보천교가 해체되자, 원불교(圓佛敎)로써 그 흐름을 이은 소태산의 큰 제자 하나가 1957년에 세상을 잠시 떠나 있다가 6년 뒤에 다시 나오게 되니, 그가 바로 나라는 것이다. 그렇다면 차 법사와 나는 전생에서부터 긴한 인연이 닿았다는 생각이 머리끝까지 미칠 때, 따스한 체온을 전해주는 차 법사의 손길이 다가왔다. 그리고 편안하고도 귀에 결코 낯설지 않은 목소리로 다음과 같이 말했다.

"나의 이 종교 사업은 근본적으로 말하자면 보천교와 일치한 것이나, 그것과는 또 달리, 작게 그리고 겸손하게 추진할 것입니다. 또한 그것은 자연을 사랑하고 사람을 경대해 가는 '동호인 모임'에 지나지 않을 것입니다. 그러나 이것 역시 궁극적으로 민족의 운을 열리게 하고, 세계의 질서를 바로 세우는 데 일조하지 않겠습니까? 더욱이 자연을 사랑하는 모임은, 혼탁해지고 파괴되어 가는 우리의 터전을 보전하는 데 더할 나위 없이 큰 역할을 하겠지요."

이 말이 채 끝나기도 전에 또 다른 한 분이 차 법사의 따스한 손길과 맑은 미소를 원했는지, 그는 어느새 가버렸다.

그리고 믿기 어려울 정도로 차 법사의 따스한 손길과 맑은 미소는 수심에 찬 그 사람의 안면에 화색을 불어넣어주는 데는 그리 많은 시간이 필요치 않았다.

영혼·종교·그리고 자연.

그렇다. 영혼은 종교라는 틀 안에서만이 구가(謳歌)되고, 찾아지는 것이 아니다. 차 법사처럼 해맑은 웃음과 따스한 손길로 서로가 서로를 어루만져 줄 때, 비로소 인간에 대한 사랑과 자연의 생기를 함께 교감할 수도, 만나 볼 수도 있을 것이다.

그때서야 비로소 우리들의 영혼은 우리들의 삶 속에 빛을 내며 안착해 있지 않을까?

그래서 우리는 차 법사의 작은 종교의 생활화, 실천화를 더욱 중시

하고 있는지도 모른다.
　어려웠던 시대, 우리네 부담없는 주인장처럼…….

영혼들을 위한 환타스틱 페스티벌

박혜숙 (출판기획자)

내가 차길진 법사님을 안 것은 1993년 5월쯤이었다.

10여년 출판사와 잡지사에 근무하다가 출판 에이전시 일을 막 시작하던 때였다.

출판 에이전시는 간단히 말하여 작가의 작품을 출판사에 연결하는 일이었다.

물론 지명도 있는 작가들은 기존의 거래하는 출판사가 있고, 큰 출판사들에는 유능한 편집장들이 자신들이 보유하고 있는 작가들을 잘 관리하고 있지만 그렇지 않은 신생 출판사나 작은 출판사들은 자체적으로 작가와 작품을 개발해야 한다.

그래서 그런 출판사들은 참신한 작품과 작가 개발에 목이 말라하고 있다. 지명도 있는 작가와 작품들은 여간해서 그들에게 차례가 가지 않기 때문이다.

사무실 개업한 지 한달쯤 후 나는 내가 예전에 근무하던 잡지에 글을 연재해주던 MBC 「홈런 출발」과 「제4공화국」의 작가인 김광휘

씨의 사무실에 인사차 들른 일이 있었다. 그 분께서 차 법사님을 소개시켜 주신 것이었다.

처음 차 법사님을 뵈었을 때의 인상은 그냥 친근한 이웃집 아저씨 같은 모습이었고, 실제의 연세보다 10년은 더 젊어 보이는 하얀 피부와 웃음이 인상적이었다.

그때 마침 법사님이 필요로 하는 자료(옛 영화 「애정산맥」의 줄거리)를 내가 갖고 있었던 것을 인연으로, 자연스레 이야기를 하게 되었다.

그러자 본인의 첫 소설을 선뜻 연결해 보라며 주시는 것이었다. 물론 법사님은 이미 아버님의 수기를 작품화한 『빨치산 토벌대장 차일혁의 수기』라는 글로 세간에 널리 알려져 있는 작가였고 그외에도 이미 2권의 책을 내신 분이었기 때문에, 큰 출판사도 많이 알고 출판계에 아는 분들도 많으셨을 것이다.

그러나 법사님은 인연을 소중히 여기시는 분이기에 지금 막 새로운 일을 시작한 필자에게 기회를 주신 것 같다.

그 책을 진행하면서 나는 법사님의 책을 통하여 그가 어떤 사람이라는 것을 차츰 알게 되었다. 그러니까 나는 작가로서의 모습을 먼저 뵈온 것이었다.

그리고 지금까지 법사님이 책을 낼 때마다 조금이나마 조력해오다 10여 권의 책을 진행하게 되었다.

천주교신자인 나는 차 법사님을 글과 만남으로 알게 되면서 차 법사님을 역사적인 눈으로 이해하게 되었다.

차 법사님의 집안은 그야말로 한 편의 드라마였다. 동학 접주였던 증조부, 일제 강점하에서의 민족종교인 보천교의 교주였던 조부, 팔로군 출신이면서 지리산 빨치산 토벌대장이었던 아버지, 그 역사의 비바람을 한몸에 끌어안고 오늘의 모습으로 거듭난 법사님 개인의 약력에 이르기까지, 그것은 글로 옮기기만 하면 그대로 한줄 한줄의 소설이요, 드라마였다.

그리고 선조들이 그렇게 파란 많은 일생을 살았던 것 그 자체는 우리나라 역사를 말하고 있었다.

역사의 최전방에 서서 그 풍랑을 고스란히 맞아야 했던 선조들의 업과 한의 매듭을 풀어 나가는 것, 그것이 바로 법사님에게 주어진 임무였다. 그리하여 법사님이 구명시식을 하게 된 것은 아버지의 천도제를 지내주기 시작하면서였다고 한다.

어려서부터 불심이 깊었던 아버님은 남한 빨치산 총수였던 이현상을 사살한 후 천도제를 지내주기도 한 분이었다.

물론 서로 총부리를 겨룬 적과의 싸움에서는 내가 살아야 했기에 그들을 죽였지만, 아버님은 생포되거나 자수해오는 빨치산들은 어떻게 해서든 살려 보냈다.

그리고 빨리 사회에 적응하도록 힘써 도와주었다.

그러나 적이 되어 서로 살기 위한 전쟁에서 살아남기 위하여 죽인 많은 생명들은 어찌하겠는가.

천도제를 많이 해 드려도 늘 편치 못하던 아버지의 얼굴, 그 뒤에는 아버님에 의해 죽어간 무수히 많은 빨치산들의 한이 맺혀 있었던 것이다.

내가 보기에 그래서 구명시식이란 의식은 법사님의 의무요, 숙명인 것 같다. 그리고 참으로 좋은 일을 하시는 것임을 느낀다.

햇수로 6년째 법사님과 인연을 맺으면서 나에게도 구명시식에 참관할 수 있는 기회가 왔다.

내심 두려운 마음과 호기심으로 나는 무척 기대가 되었다.

그전의 나는 구명시식을 그저 책에서 얻은 지식으로만 이해하고 있었고, 주위에서 구명시식에 참석했던 사람들이 직접 하는 이야기를 통해서만 알고 있었다.

어떤 50대 간호사는 젊어서 실수로 환자를 2명 죽게 하였다.

그녀는 내심 그 일이 마음에 걸려 편치 못했다. 그런데 차 법사님을 통해 구명시식을 하게 되었다.

그 구명시식에서 그녀는 나타난 영가에게 몇십년 묵은 회환과 참회의 눈물을 흘렸다. 그래서 몇십년 묵은 한을 풀 수 있었다.

어떤 버스 기사분이 있었다.

그는 태어날 때 할아버지의 지극한 정성으로 태어난 귀한 손자였다. 할아버지는 글도 많이 읽으셔서 꽤 유식한 학자셨다.

얼마 전 돌아가신 누님을 위해 잘 다니는 절에서 천도제를 크게 지낸 적이 있었다. 그후 약사여래의 가피를 받아 남을 기(氣)로 치료할 수 있는 능력을 받은 것이었다. 그래서 주위의 모든 이들은 중풍이나 디스크 환자를 고쳐 '주물럭'이라는 별명으로 불리웠다.

그리고 왜 이런 능력을 받았는지, 그리고 그 능력을 어떻게 써야 하는지, 그리고 그 능력의 실체는 무엇인지 알고 싶었다.

우연한 기회에 차 법사님에 대한 이야기를 듣고 면담을 하러 왔었다. 그러자 차 법사님은 대뜸 그에게

"지금부터 내가 하는 말에 대꾸도 하지 말고, 이유를 묻지도 말라."

하시면서 왼쪽팔을 주무르라고 하시는 것이었다.

그 사람에 대해 아무것도 이야기도 듣지 않은 법사님의 눈에 그의 영혼에 대해 그 무엇이 보이기 때문이었던 것 같다.

그리고 그의 능력을 좋은 곳에 쓰라는 당부의 말씀이 있었다. 그는 그후 고아원이나 양로원에 가서 몸이 아픈 이들에게 자신의 좋은 능력을 봉사활동으로 보람되게 쓸 예정이라고 한다.

부산에서 온 남자가 있었다.

근래 들어 가까운 이들이 몇 년 사이에 모두 죽음을 맞이했다고 한다. 아버님, 큰형님, 누님…….

그리고 자신이 다니던 직장에서도 억울하게 쫓겨나곤 하였다.

처음에 들어갈 때는 직원이 한둘밖에 없었으나 그가 들어간 후에는 열명 가까이 불어나 활기찬 분위기가 되었다.

그래서 한참 재미있게 일해 나가는데 꼭 자신의 실수도 아닌 다른 이들의 잘못으로 직장에서 나가게 되는 것이었다.

그러기를 두 번이었다.

그런데 그에게는 군대 가기 전 사귀던 아가씨가 있었다고 한다.

서로 좋아했으나 군대 가면서 헤어지게 되었다. 아가씨는 기다리겠노라고 하였으나 그는 미래에 대한 확신도 없는데 무작정 기다리라고 하기가 무리다 싶어 헤어진 것이었다.

아가씨는 그후 그 사람을 잊기 위해 다른 남자를 사귀었는데 그와 오토바이를 타고 가다가 그만 자동차와 충돌하여 그 자리에서 즉사하고 말았다 한다.

그후 그녀가 죽었다는 이야기를 듣고 마음이 그렇게 아플 수가 없었으나, 따로 산소를 찾아가보지는 않았다.

그러다가 어느 날 꿈을 꾸었는데 그야말로 지옥풍경이었다.

그녀가 그 모습 맨 뒤에 처참한 모습으로 서 있는 것이었다. 그녀의 꿈에서 깨어나 보니 솜이불이 흠뻑 젖어 있었다.

그후 그는 잠자리에 들기가 너무너무 두려웠다. 또 다시 그 처참한 모습을 볼까봐 몇 개월을 집에도 못 들어가고 방황하였다. 그러다가 그는 그녀의 영혼을 불러내기로 결심하였다.

그래서 초와 냉수, 향을 준비하고 초혼(招魂)을 하였다.

그러자 정말 이 세상에서 경험하지 못할, 겨울에 찬물을 등에 좍좍 뿌리는 것 같은 섬뜩한 한기가 느껴지는 것이었다.

그래서 그는 큰 소리로 그 영가에게 자신을 괴롭히지 말고 그만 돌아가라고 하였다. 그러자 다시 몸으로 온기가 느껴지며 몸이 따뜻해졌다. 그런데 그후에도 그녀의 영혼은 그의 주위를 돌며 그에게 해꼬지를 하는 것이었다.

그녀는 그후 다시 나타나지 않았다. 자신의 운명을 그냥 받아들이기로 한 것이었는지…….

이처럼 바로 옆에서 구명시식을 경험한 이들의 이야기를 들으며 많은 관심이 있었던 현장에 참석할 수 있었던 것이다.

내가 보기에 구명시식은 한마디로 종합예술이었다.

혼을 부르기 위한 춤과 노래, 시와 종교의식이 어우러진 한마당의 예술행위인 것 같다.

징소리와 독경소리, 영가를 달래기 위한 만가(輓歌)와 영혼을 부르는 춤, 찬불가가 어우러진 구명시식, 그것은 장엄한 제의(祭儀)였다.

이 구명시식에는 많은 예술인들이 참석한다.

뉴욕대 교수이며 현재 교환교수로 한국에 나와 있는, 전작품이 미국 유일의 국립 링컨 센터 무용도서관에 영구히 소장된 세계적인 선무가 이선옥 교수의 동(動)과 정(靜)이 존재하는 선무(禪舞)가 어우러진다.

동양적인 선율과 비트가 강한 음악에 맞춰 섬세하면서도 역동적인 동작으로 추는 맨발의 춤이 인상적이다.

한편 구명시식 중간중간 옛노래를 불러주는 원희옥 씨는 '눈물의 여왕'이라 불리웠던 옛 영화배우 전옥씨의 수양딸로 아역배우 출신이다. 흘러간 가요를 좋아하는 영가들에게 고운 목소리로 노래를 불러주고 있다.

또한 경기민요 전수자인 김명숙 씨는 창(唱)으로 영가를 달래준다. 한스러운 영가가 나왔을 때는 「아리랑(변형)」과 같은 슬픈 노래를 불러주고, 밝은 영가가 나타났을 때는 「성주풀이」「흥타령」「태평가」 등 흥겨운 노래를 불러준다.

자정이 지나면서 등장한 차 법사님의 모습은 평소의 모습이 아니었다. 강한 목소리에 실린 독경은 엄숙한 기운마저 느끼면서 정말 예삿분이 아닌 양 느껴졌다.

그날 구명시식은 아내를 10년 전에 잃은 남편의 애끓는 통곡소리로 시작되었다.

서른도 못되어 수술중 목숨을 잃은 젊은 아내가 못내 서러워 구명시식에 이른 것이었다.

구명시식 결과 아내는 마취 도중 숨이 끊어진 것으로 밝혀졌다. 남편의 통곡소리는 끊어지지 않고 계속되었다

차 법사님은 처연한 분위기를 견딜 수 없는 듯 슬픈 표정으로 창을
하는 김명숙 씨에게 구슬픈 가락을 하나 청하였다.
「아리랑」이었다.

　　　태산준령 고개 험한 고개 가시덤불 헤치고서
　　　시냇물 굽이 돌아 이 먼 길을 왜 가는가
　　　아리랑 아라리요 아리랑 아라리요
　　　아리랑 고개를 넘어간다

　　　정든 산천 정든 사람 떠나고 싶어 떠나는가
　　　내 고향 앞산에 두고 내 설움은 뒷산에 묻고
　　　아리랑 아라리요 아리랑 아라리요
　　　아리랑 고개로 넘어간다

　　　다시 오마 다시 오마 기약해도 언제나 다시 오랴
　　　내 고향은 달그림자 내 한숨은 별그림자
　　　아리랑 아라리요 아리랑 아라리요
　　　아리랑 고개로 넘어간다

　창소리에 남편의 통곡소리가 젖어들고 있었다. 차 법사님은 아내
를 잘 천도시켰으니 편안히 마음 가지라고 이야기해 주었다.
　다음은 어떤 회사 대표인 분의 부모님께 올리는 구명시식이었다.
영가는 살아생전 모습대로 나타난다고 하더니 성질 급한 아버님이
벌써 나타난 것이었다.

　그런데 뜻하지 않게 그 회사에 이사로 있던 친구의 영혼이 나타난 것이었다. 그 친구는 자신의 가족을 잘 돌봐달라고 부탁을 하였다고 한다.

　알아본 결과 몇년 전 친구는 자동차 사고로 생명을 잃었는데 그 유가족을 그 동안 잘 돌봐주다가 1년 전쯤 연락이 끊어졌다고 한다.

　그런 자신의 가족이 못내 애처로웠는지 친구 영가는 초대되지도 않은 자리에 나타나 자신의 가족의 안위를 부탁하는 것이 아닌가.

　그 분이 거듭 가족을 잘 돌보겠다고 하자 그 영가는 그제서야 물러나는 것이었다.

　그후에는 아버님이 박물관 관장이었다는 딸이 드리는 구명시식이었다. 그 딸은 평소의 성격과 모습대로 나타나신 아버님 영가와 시종일관 웃으며 대화하는 것이었다.

　아버님이 옛날 노래를 좋아하셨다고 옛 노래를 들려달라고 하셨다고 한다. 그러자 원희옥 씨가 나와서 그 고운 목소리로 〈찔레꽃〉을 불러드렸다. 영가도 살아생전 자기가 즐겼던 것을 즐긴다는 것이다.

　이렇듯 울기도 하고 웃음도 머금게도 하는 구명시식은 참으로 따뜻한 분위기였다. 인간적으로 정을 느끼는 훈훈함으로 아내를 잃은 분도 어느새 흐뭇하고 편안한 얼굴이 되어 있었고 모두들 눈물이 어린 모습이었지만 웃음을 머금고 있었다.

　구명시식은 간절하고 단순한 마음만 간직하고 임해야 한다. 지금 이 시간, 지금 이 시간에 만난 사람, 지금 해야 할 일, 나 자신을 위해서 하는 나의 구명시식이라 생각하고 임해야 한다.

　지장경에 의하면 악을 많이 행한 사람이 임종할 때, 가족이나 친지들이 그를 위해 선행을 쌓으면 그의 악업으론 반드시 나쁜 곳에 떨어질 것이나 임종하는 사람을 위해 성스런 일을 행하였으므로 그의 뭇 죄가 다 소멸된다고 한다.

그리고 그가 죽은 뒤 49일(칠칠일) 안에 다시 여러 가지 좋은 공덕을 지어주면 다시 좋은 곳에 태어나게 된다. 그러나 임종할 때 그의 친속들이 악을 지으면 그 때문에 좋은 곳에 태어나는 것이 늦어진다. 그런데 생전에 조금의 선업도 쌓지 않았다면 본래 지은 업에 따라 스스로 악도를 받아 갈 것이다.

만약 어떤 이가 착한 인연을 닦지 않고 여러 가지 죄만 잔뜩 지었더라도 명을 마친 뒤에 주위 사람들이 그를 위해 온갖 거룩한 일을 닦아 복되게 해주면 그 공덕의 1/7은 죽은 이가 얻게 되며 나머지는 산 사람의 차지가 된다고 한다.

그래서 미래와 현재의 선남선녀들은 이 말을 잘 듣고 스스로 닦아야 그 공덕을 모조리 얻게 된다는 것이다.

그러므로 구명시식은 죽은 자를 통해서 이루어지는, 산 자를 위한 의식이다.

모든 이들의 업을 소멸시켜주기 위해, 또한 다음 생에 복된 생명으로 나기 위해 차 법사님은 오늘도 심신이 지칠 정도로 심혈을 다해 구명시식에 임하신다.

생명이 다할 때까지…….

태산보다 더 큰 숲

문원영 (연극인)

　내가 처음 차길진 법사님을 알게 된 것은 연극을 시작하고 한참 어려울 때였다.

　그때 나는 연극의 '연'자도 모르는 초년생으로 〈바보각시〉라는 작품에서 벅찬 역을 맡아 소화해내는 데 힘들고, 연출가 선생님의 힘든 훈련으로 매일을 절망과 어둠으로 침몰하는 배와 같았다.

　그러던 어느 날 공연을 마치고 숙소로 갔을 때 연출 선생님이 우리 단원들에게 소개를 해 주신 분이 지금의 차길진 법사님이셨다.

　첫눈에 뵙기에 그 분은 순한 양같은 분이셨다.

　편해 보이는 몸집에 항상 웃으시는 얼굴이 꼭 옆집 아저씨 같다고나 할까. 하지만 잊을 수 없었던 건 그 눈빛이었다.

　너무나도 너그러운 미소와는 달리 무섭기까지 한 눈빛이었다.

　차 법사님은 나를 처음 보시고

　"다른 사람과 달리 눈에 신기가 있다."

　하시며 내 어깨를 주물러 주셨는데 그 힘이 얼마나 강한지 눌러 보지 못한 사람에겐 말할 수 없을 정도였다.

우스운 얘기지만 차 법사님의 지압을 받고 난 후 며칠 동안의 공연을 힘들이지 않고 할 수 있었다.

그땐 그것이 기분 탓이라고 생각했지만 이제 생각해보면 분명 기(氣)를 받았던 것 같다.

하지만 그런 기분도 잠시, 바쁜 공연 스케줄 때문에 차 법사님을 뵐 수가 없었다. 간간히 답답한 일이 있거나 힘들 땐 혼자서 차 법사님을 떠올렸지만 연속되는 공연으로 그렇게 몇 년이 흘렀다.

그러다가 힘든 시련이 다시 닥쳐왔을 때쯤이었다.

차길진 법사님이 다시 우리 극단에 들르셨다. 그때 한 작품에 굿장면이 있었는데 그 장면만 되면 공연장에서 귀신을 보는 사람이 많아 그 일로 법사님이 액땜을 해주시기 위함이었다.

그 와중에 구명시식에 몇 명의 우리 단원이 참관해 주었음 하는 부탁을 하셨고 그때 후암정사에 왔던 것이 구명시식과 법사님과 나의 본격적인 시작이었다.

별다른 생각없이 참석한 구명시식은 내겐 큰 충격이었고, 영혼에 대한 호기심과 사후 세상에 대한 궁금증 때문에 흥미로웠다.

어릴 때부터 영혼을 느끼고 봤던 적이 있어 영혼 세계를 부인하지 않는 나로서는 구명시식은 귀신들을 위한 화려한 축제같았다.

그러나 이런 나의 생각이 잘못됐다는 걸 인식하는 덴 그리 오랜 시간이 걸리지는 않았다.

구명시식을 하는 사람들은 조상님들을 천도하기 위해 온다고 말한다. 그것이 거짓은 아니다. 하지만 구명시식을 하다 보면 복을 받고 일이 잘 풀리고 건강해지는 것은 죽은 영가가 아니라 산 사람이라는 것이다.

구명시식을 하러 오시는 분들이 기도를 할 때 조상님이나 원한 맺힌 영가님들에게 '한을 푸시고 극락왕생하시고 좋은 곳으로 태어나시어서 남아 있는 자손들이 복을 받고 건강하게 해달라'고 하는 최종적인 소원을 다 바란다는 것이다.

법사님은 이런 사람의 근본을 너무나도 잘 아신다.

그리고 그것이 바로 법사님이 구명시식을 하시는 이유인 것 같다.

영혼의 세계와 접해서 영가들과 대화하시고 영가의 마음과 원한을 풀어주심으로 산 사람에게 이익을 주고 소원을 이루도록 영가들에게 부탁하심으로 제단을 쌓고 기도하는 사람들이 이익되게 하시니 말이다.

그러므로 결국 구명시식은 나쁜 뜻이 아닌 좋은 의미의 산 사람을 위한 것이 된다.

짧은 기간이지만 내가 본 구명시식은 죽음의 진리를 알게 해주며, 죽음에 대해 어떻게 준비해야 하는가를 알게 해준다.

그리고 종교나 신분에 대한 편견을 초월해 사람들의 근본 삶을 보여주며, 얼마나 많은 사람들이 스스로의 잘못을 모른 채 어떤 사람 어떤 조건을 원망하며 남의 작은 잘못을 힐책하고 사는지를, 또 그것으로 스스로가 얼마나 삶의 짐을 지게 되는가를 말해준다.

구명시식을 하다보면 어떤 집안이 풀리지 않는 것은 무조건 그 집안의 조상님 탓만이 아니다. 즉 자기가 잘못해준 사람이 앙심을 품거나 원망하는 마음으로 죽어 영가가 되어, 그 영가가 그 집안을 해꼬지하는 것도 적지 않게 볼 수 있다.

이런 여러 가지 것들을 볼 때, 선조의 영가들의 업도 중요하지만 지금까지 잘못 산 것도 내가 감당해야 할 업이란 게 분명해진다.

죽은 사람에게도 잘해야 하지만 살아 있는 사람에게 잘하는 것도 그 못지않게 중요하다.

절이나 교회에 가서 보이지 않는 분을 위해 울며 불며 기도하고 통곡하고 헌신하면서, 주위 사람이나 식구들에게 그리고 조상님께 잘못한다면 그것이 무슨 소용이 있는지 생각해 보게 된다.

사람이 매 순간을 열심히 산다면, 그리고 자기 주위 사람들의 마음을 상하게 하지 않고 무언가를 특별하게 과식하려 들지 않는다면 그것이 바로 사는 길이 아닐까 싶다.

구명시식을 보면 그 과정이 굉장히 어렵고도 화려한 종합예술과도 같다. 그곳엔 많은 영가 관객들과 소수의 살아 있는 관객들이 있고 그 극을 이끄는 차 법사님을 비롯하여 춤과 노래, 시와 명상, 염불과 참선이 있다.

참석한 사람들이 자기 집 구명시식을 할 때마다 무대로 나와서 진실한 마음으로 간절한 대사들을 한다. 거기엔 눈물과 용서가, 이해와 화합이 있고 천도와 축복이 있다.

차 법사님의 구명시식은 종교를 초월하여 인간의 근본과 사람을 중요시여기시는 것 같다.

지금 우리에게 제일 중요한 것은 무엇인가?

그것은 바로 지금 이 순간이 아닌가?

우리의 전생은 지금을 제외한 이전의 모든 시간이라는 법사님의 말씀을 기억한다면 잘살고 싶지 않아도 잘 살 수밖에 없을 것 같다.

구명시식을 참석하면서 느낀 것을 어떻게 글로 다 쓰겠는가.

하지만 우리에게 삶과 죽음에 대해, 영혼 세계에 대해 너무나도 뚜

럿하고 정확한 큰 메시지를 차 법사님은 알려주신다.

그리고 구명시식은 너무나도 위험한 예식인 것이다. 만약 참관한 사람들의 마음이 흩어져서 법사님의 기를 흐트러트리거나 영혼을 노하게 하는 것은 그것을 집전하시는 법사님의 목숨과도 직결하게 된다는 것이다.

내가 본 차길진 법사님은 어떤 분일까?

사람은 크게 두 부류가 있는 것 같다.

가까이 가면 갈수록,

'떠나야 한다. 본받을 게 없다. 울창한 숲인 줄 알았더니 메마른 송장나무 몇 그루뿐이구나.'

라고 하며 만난 날부터 떠남을 생각하게 하는 사람이 있다.

한편 가까이 가면 갈수록 높고, 깊고, 맑으며 그냥 소나무 한 그루인 줄 알았는데 태산보다 큰 숲인 사람이 있다.

그렇다. 차길진 법사님은 내게 있어서 두 번째의 색깔을 지닌 분이다. 처음 뵈었을 때 그냥 평범한 사람으로 보였고 구명시식을 하시는 분이라는 소릴 들었을 땐 '보통 사람보다 좀 특별한 분이구나' 하고 생각하였다.

그러나 구명시식에 참석하면서, 그리고 차길진 법사님을 조금씩 알게 되면서 시간이 지나면 지날수록 크고 높은 분임을 깨닫는다.

법사님은 구명시식을 너무나도 사랑하신다. 목숨을 걸고 남의 원을 들어주고 풀어주고. 그것도 너무나 소중히 작업하신다.

법사님은 본인의 업 때문에 하신다고 하지만, 사명감과 사람을 사랑하는 순수함이 없다면 그 어려운 구명시식을 할 수 있을 것 같지 않다.

또 한가지 내가 법사님께 적잖이 놀란 것은 평소 때의 순수함과 참을성이다.

어떨 땐 어린아이같이 순수하시고, 나 같으면 백 번 화를 낼 만한 일에도 웃음으로 넘기신다. 그런 법사님을 뵈면 정말 대단하신 것 같다. '어쩜 저럴 수가'라는 생각이 자주 든다.

그래서 나는 법사님과의 어떤 오해나 밝히고 싶은 일들이 있어도 잘 말씀드리지 않는다. 작은 나의 일로 법사님을 불편하게 해드리고 싶지 않고 법사님은 다 아실 거라 믿기 때문이다.

이런 생각들을 하다 보면

'법사님 옆엔 정말 좋은 사람만 있어야겠구나. 잘못하다간 법사님이 다칠 수도 있겠구나' 하는 걱정까지 하게 된다.

자기의 이익이나 기회를 노리거나 교만한 사람은 법사님을 도와드릴 수 없을 것 같다.

그래서 나는 항상 기도한다. 깨끗한 영혼을 닮게 해달라고…….

법사님의 순수함과 사명감과 구명시식을 사랑하시는 마음, 그리고 사람을 아끼고 위해 주시는 마음이 있는 한 구명시식은 계속될 것 같다. 하지만 애석하게도 '저 힘든 구명시식을 이어받을 사람이 과연 있을까?' 란 생각을 할 땐 안타까운 마음이 든다.

이렇게 중요한 구명시식이 법사님 대(代)에서 끝난다면 얼마나 많은 영혼과 수없이 고통받는 인연이 있는 사람들이 안타까워할 것인가?

지금 내가 바라는 것은 법사님의 건강이다. 육적으로 영적으로 건강하셔서 오래도록 구명시식을—법사님은 힘드시겠지만—하셨음 좋겠다. 수많은 영가와 산 사람들을 위해…….

대입합격 100일 작전

홍계신 (수필가)

필승 100일 작전. 대학입시가 앞으로 꼭 100일 남았을 때, 입시에 임하는 학생이나 학부모 그리고 집안 식구 모두가 '비상 사태'에 접어들게 된다.

어떻게 하든지 '합격하고 싶고' 또 어떻게 하든지 '합격시키고 싶은' 심정으로 하루하루가 온통 '염원'으로 점철되는 나날이 된다.

외로운 투쟁을 벌이는 자녀나 이를 뒷바라지하면서 전전긍긍해야 하는 부모들 모두가 '어서 빨리 잊고 싶은 계절'이 아닐 수 없다.

혹독(?)하기가 여느 나라에 비해 유별나다는 대입 풍조가 망국지병(亡國之病)이라는 혹평도 받지만 한편으로는 생(生)의 한 관문으로서 그 정도의 '시험'은 나름대로 가치가 있다는 긍정적인 견해도 없지 않다.

어쨌든 당하는 이들에겐 퍽 달갑지 않은, 그러면서도 무난히 치러야 하는 일생일대의 대사(大事)인 것만은 사실이다. 그래서 '믿는'이든 아니든 '무엇인가'에 매달리고 또 붙들고 싶은 '간곡한 계절'

이 되기 마련이다.

우리는 흔히 어려운 일을 당했을 때 최선을 다해야 한다는 각오로 '지성이면 감천'이라는 격언을 떠올린다.

정성(최선)을 다하면 하늘도 감격해서 뜻을 이루게 된다는 지극히 '한국적 정서'에서 연유된 말이면서도 그보다 더 당연한 사필귀정 (事必歸正)이 아닌 경우도 있음을 알게 된다.

우리가 어떤 일을 도모하고 결실을 거두기 위해서는 하늘마저도 감동케 하는 정성(노력)이 있어야 한다는 것을 예로부터 배워 알고 있다.

그동안 자녀들은 대학 입시를 위해 꾸준히 노력해 왔다.

이제 마지막 결전의 날을 목전에 두고 있다. 그 정도의 노력을 쏟아 온 자녀들에게서 더 이상의 '실력'을 바라는 것은 부모들의 욕심에 불과하다.

그보다, 앞으로의 100일은 부모들의 노력 여하에 따라 자녀들의 성패가 달려 있다는 것이 신통력이 뛰어난 영매로 널리 알려진 차길진 법사의 이색적인 주장이다.

차 법사는 부모들의 노력 중에서도 특히 어머니의 정성이 자녀의 합.불합격을 결정짓는 요체가 된다고 지적하고 있다.

이는 '어머니'와 '자녀'의 관계가 '탯줄'이라는 물리적인 '끈'으로 연결돼 있을 때부터 특별한 관계를 유지하게 되며, 이 관계는 태가 분리되어 각자의 개체로 나뉘면서 영선(靈線)으로 그대로 이어지게 된다는 것이다.

따라서 어머니와 자녀는 영원히 분리할 수 없는 독특한 관계에 놓이게 된다. 그리하여 자녀가 학업에 전력을 다할 때 어머니는 정성

(기도)으로써 뒷받침해줘야 소기의 성과를 거둘 수 있다는 것이 그의 주장이다.

'필승의 100일 작전'의 요체는 크게 나누어 두 가지로 구분된다. 우선 어머니의 정성으로 분류되는 '어머니의 할 일'과 당사자인 '자녀가 할 일'로 나뉜다.

먼저 '어머니의 정성'의 요체는 기도에 있다.

기도는 모든 것에 축복을 보내는 것이 공적인 것을 긍정적인 것으로 바꿀 수 있는 힘이 되며, 모든 것에 연민의 정을 주는 것이다.

어머니의 일직심(一直心), 일심심(一深心), 일자비심(一慈悲心)의 기도, 즉 어머니의 거짓없는 청정한 마음과 깊은 믿음, 연민의 정으로 드리는 기도는 곧바로 보이지 않는 영선을 통해 자녀에게 전달되는 것이다.

기도는 하나의 물질이며 따라서 에너지를 가지고 있다. 이 에너지가 수험생에게 그대로 전해진다는 것이다. 그것은 마치 난초에 물과 햇볕과 영양을 주는 것과 같다는 논리이다.

이런 이야기가 있다.

일제 말기, 외아들을 징용에 보내야 했던 어머니가 점쟁이를 찾아가 아들을 위해 부적을 만들어 달라고 했다. 그러나 점쟁이는 다만 아들이 있는 방향을 향해 날마다 새벽 3시에 아들의 이름을 큰소리로 세 번씩 부르라고 일렀다는 것.

징용 현장에 끌려간 아들은 과중한 작업 할당량을 채우려 밤에도 채탄작업을 해야 했다.

그런데 아들 만복의 귀에 '만복아, 만복아!' 하는 어머니의 간절한 목소리가 들리는 게 아닌가! 아들은 환청(幻聽)이겠거니 아니면 몸이 허해져서 생기는 이명(耳鳴)쯤으로 여겼다.

그러나 계속 부르는 어머니의 음성에 혹시 나를 찾아오신 게 아닌가 하는 생각에 사로잡혀 얼떨결에 갱 밖으로 뛰쳐 나갔다.

그 순간 갱이 무너져 내렸다.

이것이 바로 만복 어머니의 일직심, 일심심, 일자비심 기도의 본보기이다.

기도의 힘은 이렇듯 불가사의하지만 그 기도가 3심(直.深.慈悲)을 벗어나 곁길로 가면 도리어 화(禍)가 된다. 올바른 방법으로 기도할 때 어머니의 정성은 결실을 맺게 되는 것이다.

목숨이 경각에 달린 환자에게는 정확한 혈맥을 찾아 침을 놓아야만 회생하는 법이다. 이와 같이 하루 24시간, 1천4백40분 중 어느 한 시각을 선택하는 것은 정확한 혈맥을 찾는 일처럼 기도의 효험을 좌우한다.

자정(子正)은 천지가 개벽하고 만물이 변화하는 시각이다. 천지가 개벽하는 자정이야말로 입학의 관문을 뚫는 정곡의 기도시간이다. 그러므로 어머니는 자녀가 공부하는 방을 향해 은밀하게 기도하는 것이 중요하다. 5분이든 10분이든 '3심'으로 정성껏 기도해야 한다.

기도를 드리는 1백일 동안은 특히 약속의 이행을 철저히 해야 한다. 비록 어떤 약속이 자신에게 불리한 것이라 할지라도 지켜야 한다. 약속을 할 때 그것은 어떤 특정한 개인과 하는 것이 아니라 자신과 그 마음에 있는 부처에게 하는 약속이기 때문이다.

약속을 어긴다는 것은 자신과 부처를 속이는 것이며 그런 사람은 이미 기도를 드릴 자격을 잃게 된다.

1백일 동안 약속을 하되 신중히 할 것이며 맺어진 약속은 반드시 지켜 '정성'을 깨지 않아야 한다.

정성으로 하되 지나침이 없는 배려 깊은 기도로써 수험생에게 부담을 주지 않는 기도를 원명적조한 기도라 하겠다.

매사에 이성적이던 어머니도 요즘 들어 자식에게만은 그 이성이 맥을 못춘다. 무조건적이며 본능적인 모성이 자녀를 위해 물불을 가리지 않는 때가 이때이다. 그래서 명산대천의 유명사찰을 찾아가 백일기도를 올린다든가 치성을 드리는 등 온갖 정성을 다하게 된다.

그러나 이같은 일들은 도리어 수험생에게 부담만을 주게 되고 자칫 화를 자초하게 된다.

자녀가 눈치채지 않는 가운데 일정한 시간에 깊이 있는 기도로써 염력(念力)을 보내는 방법이 최선이라는 것이다.

영혼천도라 함은 구천에 떠도는 넋을 지극한 정성으로 위로하여 극락왕생하게 하는 것이다.

불가(佛家)에는 면죄받지 못하는 5가지의 무서운 죄가 있다.

첫째는 아버지를 죽인 죄, 둘째는 어머니를 죽인 죄, 셋째는 태아(胎兒)를 죽인 죄, 넷째는 부처의 몸에 피를 낸 죄, 다섯째는 승단의 화합을 깨는 죄가 그것이다.

이 가운데 죄가 될 것 같지 않은 것이 바로 태아를 임의로 낙태시켜 죽게 한 것임을 알아야 한다.

우리나라는 한해에 평균 1백50만 명의 태아 생명이 가족계획이나 우생학적 차원 또는 건강상의 이유에 의해 무참히 사라진다.

기혼여성의 80%가 임신중절 수술을 경험했다는 조사보고는 매우 충격적이다.

80%의 범주에 속한 어머니는 수험생의 엄연한 형제인 태아의 넋을 위로하고 참회해야 마땅하다는 것이다. 면죄받지 못하는 위의 세 번째 죄를 깊이 뉘우치고 구천에 떠도는 태아의 넋을 천도하는 데 힘써야 한다.

형제간의 태아와 수험생 사이의 보이지 않는 정리(情理)를 바르게 해주는 일은 곧 어머니의 책무인 까닭에서이다.

옛어른들은 과거에 응시하기 위해 길을 떠나기 전 목욕재계하고 먼저 사당에 들러 아뢰었다. 조상으로부터 비롯된 자신의 존재와 그 분들의 음덕을 기억하기 위해서였다.

어머니는 자식에게 쏟는 사랑을 부모(친부모, 시부모)에게 회향하여 효를 돈독히 해야 한다.

물의 흐름 같은 부모님의 사랑을 되새기고 부모님께 정성을 쏟아야 한다. 이상이 어머니가 해야 할 일들이다.

수험생이 할 일로는 시간의 활용과 대화를 지적하고 있다.

필승의 입시작전을 위한 시간의 안배는 매우 중요하다. 작전의 막바지 단계에 있어 암기과목은 승패의 열쇠나 다름없다. 한정된 시간에 최대의 효과를 얻기 위한 암기과목의 공부는 새벽 3시40분부터 하는 것이 이상적이라는 지적이다.

인간은 영체(靈體)를 소유하고 있으며 새벽 3시40분부터 4시 사이에 몸에 있던 잡령들이 떠난다고 한다.

이 시간은 하루 중 가장 머리가 맑아 총기가 집중되는 시간이다. 따라서 뇌의 기억력이 최고조에 이르는 이 시간에 암기과목을 파고

들면 타고난 효과를 얻을 수 있다.

수험생은 24시간 공부만 하고 가족들은 함구무언으로 지내는 것이 입시생을 둔 가정의 일반적인 모습이다.

그러므로 수험생이 가족, 친지, 친구 또는 특별히 좋아하는 사람과 대화를 하는 것은 금물인 것처럼 인식되고 있다.

그러나 인간은 나면서부터 의사소통 기능을 지니고 있다. 인간만이 지닌 고유의 특징이라고나 할까.

대화하는 일은 우리가 호흡하고 먹고 자는 일과 같이 지극히 자연스러운 행위가 아닐 수 없다.

흐르는 물을 억지로 막으면 홍수로 난리가 나듯, 대화를 막는 것은 사람의 사고능력을 차단하는 것이나 다름없다. 사고(思考)가 막힌 사람은 물을 공급받지 못하는 식물과 같다.

대화는 생각을 나눔과 동시에 에너지를 교환하는 것이다. 사람은 대화를 통해 의사소통은 물론 무엇보다 중요한 새로운 에너지를 공급받게 되는 것이다.

현자(賢者)들과의 이야기 속에서 깨달음을 얻듯 대화를 통해 힘을 얻는다는 것이다. 그러므로 대화하는 시간까지 아껴가며 공부에 몰두하는 것은 결코 좋은 방법이 아니다.

차 한 잔을 앞에 놓고 어머니와 함께 혹은 다정한 벗과 함께 대화의 시간을 갖는 것은 수십 개의 시험문제를 푸는 것보다 유익하다는 것을 알아야 한다.

극단적인 예로 오랜 세월 독방살이를 한 죄수는 출감해도 원만한 사회생활을 영위하기가 쉽지 않다는 것을 알게 되며, 음지에서 자란 식물의 꽃은 어딘가 음랭한 빛을 띠고 있고 또 열매 역시 시원찮다는 것을 알게 된다.

오로지 공부에만 몰두하여 합격했다 해도 몸이나 마음에 그늘이 지는 예를 흔히 보게 된다.

이상의 요령은 그 중심이 정성, 특히 어머니의 기도에 있다.

'어머니의 기도'라고 해서 가족 가운데 어머니만 정성을 쏟으면 된다는 편협된 생각은 곤란하다. 가족 모두가 자식 또는 형제자매를 위해 기도해주는 마음가짐이 있을 때 바람직한 결과를 거둘 수 있음은 당연한 일이다.

차 법사가 말하는 이 입시 100일 작전은 불교를 믿는 사람들만을 대상으로 한 것은 아니다. 종교의 유무나 종파를 막론하고 기도(정성)는 한 인간의 삶을 바꾸어 놓는 위대한 힘을 가지고 있다는 것이다. 남 몰래 드리는 '깊이 있는 기도'야말로 '하늘'을 움직이게 하는 놀라운 위력을 갖는다는 주장이다.

마지막 100일을 남긴 자녀의 대사(大事)를 위해 어머니가 간절히 쏟아붓는 정성에 어찌 하늘인들 감복하지 않겠는가!

기적인가, 불가사의인가!

장정은

후암정사에서 약 2년 동안 구명시식에 동참한 사람으로서 직접 구명시식을 해본 당사자로서 나는 구명시식에 대해 이렇게 표현할 수밖에 없다.

"기적인가, 불가사의인가!"

약 2년 전 아내의 병고에 대한 시달림 때문에 한 집안에 살고 있던 절친한 불자의 소개로 법사님과 인연을 맺고 구명시식을 하게 된 후, 법사님의 허락을 받고 2년 동안 구명시식이 있는 날에는 줄곧 후암정사를 찾아 동참을 해왔다.

구명시식을 하던 날, 의식을 집전하시던 법사님께서는

"내 아버지와 당신 아버지 두 분은 서로 잘 아시는 사이군."

하며 '아버지는 남로당원이었던 이주화, 김삼룡을 체포하신 당시 유명한 장 수사관'으로 '아버지로 인해 억울하게 돌아가신 어떤 분이 있다'는 등의 돌아가신 분들만이 알 수 있는 이야기를 들려 주셨다.

그것이 내게는 너무나 충격적이었다.

정말 돌아가신 분의 영혼이 아니면 알 수 없는 일이기에…….

의식이 끝난 후, 법사님은

"당신 아버지와 내 아버지가 서로 잘 아시는 사이이니 앞으로는 나와 형제처럼 지냈으면 하네."

라는 말씀을 해주셨다.

그날 이후 법사님께서는 형님처럼, 아버지처럼, 스승처럼 나를 보살펴 주시고 깨우쳐 주신다.

이십 년 가까이 국방과학연구소에서, 약 삼 년 간은 비철금속 제조 분야에 종사해왔던 나는 종교를 믿지 않던 사람이었다.

사춘기 때부터 종교에 대한 모순점을 의아해했던 나는 교회, 성당, 사찰, 심지어 사람들이 이야기하는 사이비 미신 등 관심을 안 가져 본 것이 없다.

종교인들은 영혼에 대한 믿음은 주지 못하면서 사후세계의 영혼에 대한 신의 상벌을 강조하며 믿으라고 강요하다시피 한다.

하지만 구명시식은 영혼이 존재함을 자연스럽게 믿도록 해준다. 사람이 죽어서 천당, 극락, 지옥에 가는 것이 중요한 게 아니라 사람이 살아가면서 내 영혼의 고귀함을 깨닫고, 자신의 인생을 어떻게 살아가야 하는가를 알게 해주는 의식이 바로 구명시식인 것이다.

법사님은 구명시식을 통해 이승과 저승을 오가며 산 자와 죽은 자의 고통을 간파하고 서로간의 악연을 상생의 인연으로 맺어주신다.

내가 지켜본 구명시식의 영혼세계에서는 인간세계에서의 종교가 얼마나 어리석은 일인가를 알려주기도 한다. 비록 믿는 종교는 없지만 자기 자신을 위해, 가족을 위해, 조상을 위해 기도하며, 열심히 맡은 바 자신의 일에 충실한 사람들은 스스로의 삶에 큰 축복을 받고 있다는 사실을 여러 번 보아 왔다.

옛부터 우리 조상들은 하느님(천신), 즉 산신을 숭배하여 왔다.

서낭당, 솟대, 장승, 백설기 등의 표현은 마을의 삶을 영위하게 하여 주고, 외부의 재앙으로부터 보호해주는 산신에 대한 작은 표현이었다.

대지(大地)는 사랑이고 생명의 어머니이며, 이를 하늘과 연결시켜주는 산은 인간에게 삶의 터전을 마련해주는 신앙의 대상이었던 것이다.

어머님이 장독대에 정한수 올려놓고 달님, 별님, 하늘을 향하여 내 자식, 부모형제, 남편을 위해 정성껏 기도하는 모습이 바로 산신신앙인 것이다.

'종교는 애인일 뿐 어머니가 되어서는 안된다' 는 법사님의 법문이 새삼 떠오른다.

종교를 어머니처럼 믿고, 자신의 삶을 그 종교에 바쳐 살아가겠노라고 얽매인 사람을 볼 때마다 무척 답답함을 느낀다.

구명시식은 정말 그런 사람들에게 필요한 것이 아닐는지…….

왜 태어났는지 모르고, 어떻게 살아야 할지 모르며 왜 죽는지, 죽으면 어디로 가서 어떻게 되는지 모르는 우리 인간은 그저 그렇게 뜬

구름처럼 왔다가 그냥 사라져버리는 인생을 살아가고 있는 것일까?

아니면 종교인들의 말처럼 살아가면서 착한 일 많이 하고, 헌금이나 시주를 많이 하고, 덕을 쌓으면 천상에 태어나 영생을 누리거나, 환생을 하곤 하는가.

구명시식은 그 해답을 제시하는 화두일 것이다.

2년 동안 구명시식 동참을 통해 느낀 것은 내 영혼의 실체를 느끼고 사랑해야 한다는 것이다. 지금 내가 만나고 있는 사람, 지금 하고 있는 일, 이 시간이 가장 중요하다는 것, 종교에 관계없이 내 조상을 잘 모셔야 한다는 것, 내 가정을 사랑해야 하는 것을 절실히 느낀다.

기도하는 마음이 진실될 때 하늘도 감동하고 기도 성취가 이루어진다는 것, 인간은 인간으로 윤회하며 영생불멸이라는 것, 보다 중요한 것은 그러한 사실을 알게 된 이후 내 자신의 삶이 무척 풍요로와졌다는 것이다.

구명시식은 상당히 위험한 의식임에도 불구하고 오늘도 조심스럽게 혼신의 힘을 다해서 한 폭의 그림을 그리는 화가처럼 법사님은 구명시식을 집전하신다.

산사람이 산이 좋아 산에 오르는 것처럼……．

제 6 부

영혼을 부르는 사나이를 찾아서

송우 (정치평론가, 수필가)

1. 저녁밥상

"송군!"

"네."

"이게 무엇을 의미하지?"

"갑자기 무슨 말씀이십니까?"

"내가 어제 저녁에 시월유신 기념 파티에 갔다 왔는데, 그곳에서 어떤 사람이, '박대통령은 10월 26일 저녁을 먹으로 집에 오지 않는다'는 말을 한 점쟁이가 있다 해서 화제에 오른 일이 있어."

"그게 무슨 큰 의미가 있겠습니까? 박대통령은 육영수 여사가 돌아가신 후에 밖에서 '야간행사'가 폭주하고 있다는 말이 세상에 파다한데, 아마도 그날 저녁에도 어디서 야간행사를 한다는 뜻이 아닐

까요?"

"아니야, 그렇지 않을 수도 있지. 무슨 천리(天理) 같은 것이 숨어 있는 말인지도 몰라. 참석자들 중에는 그 말을 듣고 전전긍긍(戰戰兢兢)하는 사람이 있고, 박 대통령의 얼굴에는 어쩐지 시커멓게 사색(死色)이 되어 있는 것같이 보였어."

시월 유신은 1972년 10월 18일에 일어났다. 그러니까 그날 파티는 1979년 10월 18일에 있었다.

사색.

죽음의 그림자가 얼굴에 서려 있다는 말이다.

그것도 정확하게 10월 26일 저녁이면 사색이 된 사람이 집에 저녁을 먹으러 오지 않는다는 말을 한 사람이 있으니, 그 말의 진의(眞意)는 박정희가 그날 저녁에 죽는다는 사실을 예언한 것이었다.

동서고금을 통하여 이와 같이 '세상 사람들이 믿거나 말거나' 하는 소리를 하는 사람이 있고, 그러한 말들이 적중할 때면 '그 사람 참 용하다' 는 말을 한다.

나는 이러한 예언적 인사에 별로 관심이 없는 사람인지라, 그 후에 그 말을 했다는 사람을 어디서 무엇을 하는지 추적하지 않았다.

어쩌면 인간(人間) 만사(萬事)는 길흉(吉凶)이라는 단순한 두 가지로 나눌 수 있는지 모른다. 좋은 일과 나쁜 일이 쌍곡선을 그리며 세월을 보내는 것이 인생(人生)이다.

박정희가 죽는 흉사를 정확히 맞춘 사람이 있는 것처럼 이 세상에는 다른 사람들의 길흉을 사전에 예견하는 사람이 있다는 말은 항상 있어 왔고, 그런 사람의 말에 신경을 쓰는 사람도 많다.

한 번은 신체가 건장한 다선(多選) 국회의원 한 사람이 어떤 용하다는 사람을 찾아갔다. 그 사람은 찾아온 사람에게 반말과 욕을 잘하는 사람으로 유명했다.

"너 고3애와 놀고 있지?"

만나자마자 금배지를 몇번씩이나 단 국회의원에게 한 말이다. 그 자리에는 다른 동료 국회의원도 있었다. 얼굴이 벌건해지지 않을 수 없는 말이었다.

그는 진짜로 자기 딸보다 나이가 적은 고등학교 3학년 재학중인 여학생을 간음(姦淫)하고 있었다.

그걸 어찌 알았을까. 청천벽력(靑天霹靂) 같은 말이었다.

그의 말은 거기에 끝나지 않았다.

"너 고추 이것만하지?"

그가 오른손 둘째손가락을 펼쳐 보이며 그런 말을 했다.

이또한 사실이었다. 그는 신체는 건장했으나 물건은 아주 형편없는 사람이었다.

벌건해졌던 얼굴이 사색이 되었다. 당사자는 그 순간 점쟁이를 괜히 찾아왔다가 망신을 당하고 있다는 생각을 했을지 모른다.

"너 그러다가 죽어!"

그는 국회의원 당락을 점치러 갔다가 사형선고를 받고 나왔다.

그는 '죽는다'는 말을 '나쁜 짓을 하면 안된다'는 평범한 말로 해석했으나, 결국 그 말을 들은 후에 그는 얼마 가지 않아 국회의원도 하지 못하고 죽고 말았다.

내가 이 말을 들었을 때는 세상에 별 희한한 사람이 다 있다는 정도로 생각했다.

한국의 현대 정치사에 군사 쿠데타라는 전대미문(前代未聞)의 군화(軍靴) 발자국을 찍고 18년이라는 장구한 세월을 권좌에 앉아 있던 박정희가 여인을 희롱하는 술좌석의 상좌에 앉았다가 죽고, 육군 소장 전두환이 우뚝하여 다시 권좌는 군인들이 차지했다.

이건 역사의 아이러니였다. 군인 정치인들이 가면 민간 정치인들이 권좌에 올라가는 것이 역사의 순리(順理)였으나, 다시 군인이 권좌에 앉았다니, 이게 웬말이란 말인가.

이러한 역사의 아이러니는 두 부류의 사람들의 잘못된 생각에서 비롯되었다. 첫째는 박정희 군사 독재 장기 집권의 해악(害惡)을 누구보다 더 잘 알았던 당시 양김(兩金)으로 일컬어지던 김영삼과 김대중이 서로 화합하여 역사의 전철(前轍)을 밟지 않기 위한 단합을 하지 못한 때문이었고, 둘째는 그러한 양김의 틈새를 가로채어 권력을 찬탈하는 전두환, 노태우 군부 세력이 있었기 때문이다.

전두환, 노태우가 누구였던가?

총칼로 무장한 군대를 동원할 수 있는 입장에 있던 사람들이다.

양김은 누구였던가?

민중의 이목을 집중시킨 스타였다.

스타와 군인이 대결하면 어떤 결과가 나오는지는 빤하다. 스타는 물리적인 힘을 동원한 군인들 앞에서 한동안 죄인 아닌 죄인으로 수모와 학대와 멸시를 당해야 했다.

새로운 군왕(軍王)으로 등장한 전두환은 국가보위상임위원회를 창설하여 위원장이 되고, 국민의 대표로 구성된 국회는 강제 해산되고 국가보위입법 위원회라는 해괴한 과도 의정(議政)이 이루어졌다.

이어서 전두환은 대통령이 되었다.

　이와 같은 과정에서 기라성 같던 많은 사람들이 정계와 관계(官界), 그리고 군벌(軍閥)에서 떨어져 나가고, 새로운 사람들로 그 자리가 채워지기 시작했다. 5·16 박정희 쿠데타에 이은 5·17 전두환 찬탈이 역사의 전면에 나설 때다.

　"이걸 어쩌지?"

　"무슨 말씀이십니까?"

　"이 친구들이 같이 일을 하자는데……."

　"교수님! 가시면 안됩니다. 교수님은 13년 후에 그보다 더 큰 국가 최고위직에 가실 분입니다."

　전두환 정권에서 써먹으려는 대학 교수 앞에서 '축하의 말'을 하지 않고 도저히 믿을 수 없는 엉뚱한 말을 하고 있는 '정신 나간(?) 말을 하는 사람'이 있었다.

　보통 사람 같으면 가지 말라고 하면 족하였을 것을, 그 사람은 가면 전두환과 함께 죽고 가지 않으면 13년 후에 국가 최고위직에 간다는 구체적인 예언까지 하고 있었다.

　그 말 역시 적중하였다고 한다.

　그러자 부작용이 생겼다. 시중에는 어떤 사람이 13년 후에 고위공직자직에 간다는 말을 했고, 그 말이 맞아 떨어졌다는 루머(?)가 돌았다.

　정보(情報)는 촉각(觸覺)이다. 촉각을 곤두세운 팀이 그를 만났다.

　"당신이 진짜 그런 말을 했느냐?"

　그는 대답하지 않았다. 아니, 대답할 필요가 없었다.

　후에 그는 국가 최고위직에 간 사람이 정확히 몇월 몇일에 그만둔

다는 예언도 하였고, 이 예언 역시 날짜 하나 틀리지 않고 맞아떨어
져 주위 사람들을 더욱 놀라게 했다.

　그리고 그는 그때에 자신을 붙들고 사실을 확인하려던 사람의 얼
굴을 보고

　'저 사람, 좋지 않은 일이 생기겠는데…….'

　하는 생각이 들었다.

　아니나다를까, 며칠 후였다. 그 풍문(風聞)의 진위(眞僞)를 확인하
려던 사람은 상의(上衣)를 잃어버려 지갑에 든 돈과 함께 신분증까
지 잃어버리는 사건이 생겨났다.

　이러한 인연으로 두 사람은 가까워졌다.

　어느 술자리였다. 많은 역술인과 철학자들이 모였다. 자연히 때가
때인지라 4·11 총선에 관한 말이 토픽이 되었고, 각 당의 국회의원
당선자 수를 예상해 보자는 호기(好奇)가 발동했다.

　각당의 당선자라고 하지만 여당의 당선자 수만 예상하면, 나머지
당의 당선자 수는 자동적으로 계산이 되기 때문에 여당인 신한국당
당선 예상 의석 수를 예견하는 것이 핵심이었다.

　어떤 사람은 180여석을 말했다. 좌중에 앉았던 사람 중에 가장 많
은 의석 수를 말한 사람이다. 어떤 사람은 90석도 되지 못한다고 했
다. 이 사람은 좌중에서 가장 적은 수를 예상한 사람이었다.

　그런데 어떤 사람이 이런 말을 했다.

　"신한국당은 140석에서 한 석이 모자란 의석을 확보한다. 북한이
신한국당을 돕는 사태가 벌어진다. 국민회의에서 전국구 후보로 등
록한 김대중 국민회의 총재와 신한국당의 박찬종, 그리고 민주당의

이기택 총재는 배지를 달지 못한다."

개표 결과를 보면 신한국당 당선자는 이 사람의 말처럼 정확히 139석이었다. 국회의원이 아니라 대통령에 세 번이나 도전하여 만년(萬年) 차점(次點)을 기록한 김대중과 '거리의 대통령 후보'로 유명한 박찬종, 그리고 부산 해운대의 거성(巨星)이며, 한국 정치의 지도적 입장에 있던 이기택은 국회의원 배지까지 차지 못하는 이변(異變)이 일어났다. 뿐만 아니라 총선 기간 중에 판문점 비무장지대에서 난데없이 북한군들이 시위를 벌여, 안보 정세에 촉각을 곤두세우게 하는 일도 있었다.

나는 세상을 흘리는 소리에 귀를 갸웃거리는 사람이 아니다. 설령 맞았다고 해서 '어쩌다 맞힌 것이겠지' 하는 정도이고, 그 사람이 용하여 맞혔다고는 생각하지 않는다.

박정희가 저녁을 먹으러 오건 말건, 어떤 국회의원이 고3을 먹었건, 고추가 적건 크건 간에 관심이 없다.

그런 내게도 이변이 일어났다. 4·11 총선에서 정확한 득표 예상을 했다는 것 정도는 나의 안중(眼中)에도 없었다. 다만 13년 후에 고위공직자가 될 것이라는 예언을 하였고, 그 예언이 적중했다는 말에 '그가 누구일까' 하는 좀 신비스러운 생각이 들었다.

2. 희한한 사람

영혼이 있다는 사람도 있고, 없다는 사람도 있다.

그러고 보면 '영혼(靈魂)'이란 대체로 종교적이거나 사유적(思惟的)인 개념이다. 종교적인 의미와 사유적인 설명을 빼고 아직까지 영혼의 실체성(實體性)을 구체적으로 규명해주는 보편타당한 자료나 방법은 없다.

솔직히 말하면 이 글을 쓰고 있는 나 자신도 영혼이 있는지 없는지 확신(確信)을 가지고 있지 않다. 어떻게 생각하면 영혼이라는 것이 있을 것도 같고, 어떻게 생각하면 영혼이라는 것이 없을 것도 같은 상태이다.

그러나 이 세상에는 영혼이 있다고 확신하는 사람이 너무나 많고,

거기에 한술 더 떠 세간(世間)에는 '죽은 자의 영혼을 불러 산 자와 대화를 시키고, 죽은 자와 산 자의 한을 풀어주는 사람'이 있다는 소문이 있다.

그렇다면 영혼이란 무엇이고, 그 사람이 누구이며, 그는 무엇을 어떻게 하는 사람일까.

죽은 사람과 산 사람을 상대로 영혼을 불러 대화를 시키는 신비로운 사람의 신비의 세계를 탐험하자면 필연적으로 영혼이란 무엇인가를 알아야 한다. 그리고 인간은 무엇이고, 현세(現世)와 내세(來世), 이승과 저승은 무엇인가에 대한 상식이 있어야 한다.

그렇지 않다면 '영혼을 부르는 사람'의 실체를 감지할 수 없다. '영혼'이 무엇인지, '사람'이 무엇인지 모르는 사람이 '영혼을 부르는 사람'을 알 턱이 없다.

인간은 산 사람과 죽은 사람으로 나뉜다.

산 사람과 죽은 사람이 무엇이냐에 대해서는 설명할 필요가 없다. 육체에 생명이 붙어 있으면 산 사람이고, 육체는 있으나 생명이 끝나 시신(屍身)으로 변하면 죽은 사람이다. 생명이 끝난 육체는 썩어 없어지면 그만이다. 이 세상에 살다가 죽어간 사람의 생체(生體)는 아무런 흔적도 남지 않는다.

인간의 신비에 대한 탐험은 여기에서부터 시작된다.

흔적도 없이 죽어 없어진 사람의 그 다음은 어떻게 되는가.

"되긴 뭘 어떻게 돼? 죽으면 그거로 끝이지."

이렇게 말하는 사람은 현세와 내세, 그리고 이승과 저승, 다른 말로 표현한다면 이 세상과 저 세상을 인정하지 않는 사람이며, 인간을 육체와 영혼으로 구분하지 않고 오직 현세와 육체만 인정하는 사람이다.

나는 이런 사람들의 말을 부정하거나 반박할 철학적 논리나 사유의 바탕을 가지고 있지 않다. 나는 그런 사람들의 말을 그대로 인정한다.

한편으로 인간은 육체와 영혼으로 구성되어 있다고 믿는 사람들은 인간이 죽으면 육체는 썩어 없어지나 영혼은 육체가 시신이 되는 순간에 육신에서 분리되어, 즉 이승, 이 세상을 떠나 내세, 즉 저승, 저 세상으로 간다고 믿는다.

나는 이들의 말에도 긍정하거나 부정할 생각이 없다.

나에게는 영혼이 있는 것 같기도 하고 없는 것 같기도 한 '어른거리는 것'일 뿐이다.

무속이나 종교적 신앙이 없는 사람들도 대개 어른거리는 영혼 정도를 안다. 그래서 나는 현세나 내세, 또는 이승과 저승, 육체와 영혼에 대하여 학구적(學究的)으로 말하기 전에 우리가 흔히 쓰고 있는 평범한 말들 속에서 현세와 내세, 이승과 저승, 육체와 영혼의 뜻이 함축(含蓄)되어 있는 말이 없는가를 찾아보았다.

"저런 얼빠진 사람이 있나!"

" 저 사람, 넋이 나갔나봐."

우리는 흔히 이런 말을 들으며 산다. 현세와 내세, 이승과 저승, 육체와 영혼을 인정하지 않는 사람도 이런 말에는 거부감이 없다.

그렇다면 이 '거부감 없는 말' 속에 등장하는 '넋'이란 무엇이고 '얼'이란 무엇인가.

얼이란 정신을 뜻하고, 정신이란 마음과 생각을 의미한다.

넋이란 마음과 생각을 움직이게 하는 '그 무엇인가'를 뜻하고, 예로부터 인간의 육신은 죽어서 없어져도 넋이야 있건 말건 얼은 따로이 영원히 계속 존대한다고 믿어 왔다. 따라서 '얼빠진 사람'이란 아무 마음이거나 생각이 없는 정신이 빠진 사람이며, '넋 나간 사람'이란 마음과 생각, 즉 정신을 움직이게 하는 '그 무엇인가' 조차 빠져나간 사람을 뜻한다.

우리가 평범하게 쓰는 말 중에 이렇게 깊은 뜻이 담겨 있다는 것은 놀라운 사실이다.

위의 말을 중심으로 인간은 무엇으로 구성되어 있는가에 대하여 좀 더 깊이 생각해 볼 필요가 있다. 이 말속에는 인간은 '육신과 마음과 생각, 그리고 넋'이라는 네 가지 요소로 구성되어 있음을 알게 된다.

이 네 가지 중에서 육신은 가시적(可視的)이다. 누구나 자신의 육신이나 다른 사람의 육신을 볼 수 있다. 다만 육체라고 하더라도 내부적으로 병든 모습은 자기 자신이 볼 수는 없으나 느낄 수는 있고, 다른 사람은 볼 수도 느낄 수도 없다. 마음과 생각은 비록 눈으로 볼 수는 없으나 느낄 수는 있다. 다만 자기의 마음과 생각은 자기 자신만 볼 수 있는 것이지 다른 사람이 감지(感知)하기는 어렵다.

넋은 보통 사람의 사고(思考)로는 볼 수도 없고, 느낄 수도 없다. 자기 자신의 얼도 보거나 느낄 수 없을 뿐만 아니라 남의 얼도 보거나 감지할 수 없다.

영혼이란 얼과 넋을 합한 말이다. 다시 말하여 영혼이란 마음과 생각, 그리고 넋을 합한 뜻이고, 그렇다면 영혼에도 살아 있는 사람과 같이 마음과 생각과 넋이 있고, 다만 육신이 없을 뿐이라고 정의할 수 있다.

신비의 세계는 여기에서 출발한다.

'영혼을 부르는 사람'의 이야기도 여기에서 출발한다. 영혼을 부르는 능력을 가진 초인적(超人的)인 사람의 이야기는 우리들이 흔히 쓰는 평범한 말 속에 담겨 있는 의미에서 그 신비와 초인(超人)의 정체(正體)를 풀어낼 실마리를 찾을 수 있다.

이 글의 주인공인 '영혼을 부르는 사람'은 보통 사람들은 있는지 없는지조차 모르는 '영혼'의 존재와 실체를 확연(確然)하게 인식할 뿐만 아니라 영혼과 대화까지 하는 사람이며, 그 대화의 내용을 살아 있는 사람에게 전달하여 '죽은 자'와 '산 자'의 대화까지 시켜 주는 사람이다.

보통 사람이 갖추지 못한 남의 '마음과 생각'을 읽어내는 능력을 가지고 있다. 심지어 남의 호주머니 속의 지갑에 들어 있는 돈의 액수까지 알아내 당사자를 놀라게 한다.

남들이 볼 수 없는 다른 사람의 신체 내부에 숨어 있는 병든 곳을 감지하고 그 치유 방법을 제시하기도 한다. 그의 제시는 현대 의학으로 치유하지 못한 병까지 치유하는 불가사의(不可思議)한 처방도 있다.

다른 사람들이 알 수 없는 어떤 사람이나 사회 현상에 대한 미래를 예지(豫知)하는 능력이 있다. 이 세상에는 많은 예언가들과 선각자(先覺者)가 많으나, 그의 예견은 현재까지는 적중률이 높아 세상 사람들을 놀라게 한다.

그러나 따지고 보면 이러한 일은 그리 신비로운 일이 아니다. 남의 마음을 읽어내는 독심술(讀心術)이 있어 왔고, 의사가 고치지 못한 병을 고쳐 낸 종교인, 무속인도 수두룩하며, 사주팔자나 관상(觀相) 수상(手相)을 보며 남의 운명을 점치고 미리 말해주는 사람이 이 세상에 얼마나 많단 말인가.

'영혼을 부르는 사람'의 진정한 신비는 죽은 자의 영혼을 불러내어 산 자와 대화를 시키고, 그 대화를 통하여 죽은 자와 산 자 사이에 얽히고 설켜 있는 한(恨)을 풀어헤치고, 죽은 자는 죽은 자대로, 산 자는 산 자대로 마음의 평화와 행복을 얻어내는 능력에 있다.

이러한 능력은 불가(佛家)에서 행해지는 소위 '구병시식(求餠施食)'이라는 불교 의식(儀式)을 원용(遠用)한 구명시식(救命施食)을 통하여 가능하다.

구명시식이란 사전어(辭典語)가 아니다. '영혼을 부르는 사람'이 독창적인 자기 행위를 설명하기 위하여 만들어낸 새로운 단어이다. 불당(佛堂)에서 불자(佛者)를 상대로 구병시식을 행하는 일은 가끔 있으나, 대중을 상대로 법당(法堂)에서 구명시식을 하는 사람은 현재로서는 '영혼을 부르는 사람' 그 사람밖에는 아직은 없다.

그런 능력을 가진 사람이 실재(實在)한다니, 어찌 보면 희한한 사람이 아닐 수 없다. 그렇다면 그 희한한 '영혼을 부르는 사람'을 통한 구명시식에서 어떤 일들이 일어났던가. 신문과 방송, 그리고 TV와 책을 통하여 그 동안 밝혀졌던 내용들 중에 몇 가지를 살펴보자.

3. 역사의 투시

내가 친구를 통하여 '영혼을 부르는 사람'을 처음 만난 때는 1996년 늦여름 팔당대교 아래에 있는 한국견지낚시클럽의 수상(水上) 클럽하우스에서였다.

만감(萬感)이 서리는지, 천지개벽(天地開闢) 이래 한강과 우리나라의 수중에서 고혼(孤魂)이 된 영혼들을 불러 모아 공개 구명시식을 해야겠다는 의사를 피력하였다.

"그렇게 하시오. 날짜는 언제로 할까요?"

"이곳이 팔당이니, 음력 8월 8일 저녁 8시에 합시다."

전국적인 대규모 행사라서 행사 전에 벌써 그 사실이 신문에 보도되었다. 그럴 때에 '영혼을 부르는 사람'이 이런 말을 했다.

“구명시식을 연기해야 하겠습니다.”

“왜 그렇습니까?”

“동해안에 무슨 일이 일어날 것 같습니다.”

그리고 그는 조선일보 독자 투고란에 자신의 글을 기고했다.

아니나 다를까, 얼마 후에 ‘동해안 잠수함 침투사건’이 나서 강릉과 오대산 일대를 뒤흔들었다.

‘영혼을 부르는 사람’은 구명시식만 하는 단순한 사람이 아니다. 중앙일보 논픽션에 빨치산 토벌기를 써서 당선한 넌픽션 작가이고, 제일경제신문에 「애정산맥」이라는 소설을 발표한 문학가이며, 토요신문에 ‘창군비화’를 연재한 재야 사학자이고, 이승만 대통령의 정치 고문으로 한국정치 이면(裏面)에 큰 족적을 남긴 하우스만을 찾아가 인터뷰하여 공개하는 르포라이터이며, 월간 직장인에 ‘석세스 프로모터(Sucess Promoter)’라는 칼럼을 쓴 칼럼니스트(Colum-nist)이며,『한 마리 까치 되어』『죽었다 살아난 사람들』『영혼의 목소리』『영혼에는 비자가 없다』등의 숱한 저작물을 남긴 저술가(著述家)이다.

그런 그가 그때쯤『영혼의 X 파일』이라는 새로 나온 두 권의 책을 가지고 왔다.

단숨에 읽어보았다. 그런데 그곳에 이상한 말이 쓰여 있었다.

“서해안을 주시하라, 서해안에서 금년 가을에 큰 일이 일어난다!”

솔직히 말해서 마땅치 않았다. 나도 다양한 글을 쓰며 사는 사람이지만, 예언적 언사(言辭)나 글을 활자로 남기면, 그것이 맞아 떨어지지 않을 때에 글 쓴 사람에게 몰아닥치는 비난의 화살을 피할 수가

없다. 그런 위험천만한 글은 기록으로 남기지 않는 것이 좋다는 것이
나의 생각이다.

　"걱정하지 마십시오. 그 시기가 좀 연기되었을 뿐입니다. 나의 예
언은 곧 맞아떨어집니다."

　1996년의 해가 저물자, 나의 '영혼을 부르는 사람'에 대한 걱정
어린 힐난(?)에 그는 태연히 대답하고 있었다. 그리고 나서 1997년
새해가 되었다.

　정초에는 아무 소리가 없더니 중순부터 이상한 소리가 나고, 2월
에 들어서는 정말 서해안 당진(唐津)에 자리잡은 한보철강(韓寶鐵
鋼)이라는 회사가 사상(史上) 최대(最大) 5조억원 상당의 부도를 내
어 정부와 국회는 물론이고, 대통령의 집안까지 들썩거리는 정치적
대지진이 서해안에서 폭발했다.

　이 일도 따지고 보면 '영혼을 부르는 사람'이 처음 예견한 것이 정
확히 맞아떨어진 사건이다. 한보 수사 보도에 따르면 한보는 이미
1996년 가을부터 심하게 곪아터지기 시작했고, 사건으로 터진 것은
그때로부터 약간 연기되었을 뿐이라고 한다.

　그리고 보면 1996년 가을부터 '서해안을 주시하라'는 그의 경고는
1997년 신춘(新春) 정국(政局)을 뒤흔들고 있는 한보사태(韓寶事
態)를 말하는 것이었고, 그의 예견은 적중했음이 또 다시 증명된 셈
이다.

　'영혼을 부르는 사람'이 서해안의 대란(大亂)인 한보사태를 예언
한 것은 비단 책에 쓴 글만이 아니다.

　그는 5.16 당시 박정희 장군의 쿠데타를 반대한 한 장성과도 교류
가 두텁다.

언젠가 이 장성과의 모임 중에 대화하는 과정에서 서해안에서 대란이 일어날 날짜를 슬며시 이야기한 일이 있다.

그 후 이 장군 일행의 모임에 갔다.

"이 분은 한보사태의 날짜까지 맞힌 사람입니다."

모든 사람이 일어나 기립(起立) 박수(拍手)로 그를 환영했다.

그는 그런 예언을 한 것을 까마득하게 잊고 있었으므로, 그때서야 그 자신도 그의 예언이 날짜까지 맞힌 것을 실감할 수 있었다.

4. 신비의 세계

한때 필리핀에 유명한 사람이 있었다.

그는 신의 도움으로 현대 의학이 풀지 못하는 온갖 병을 고쳐내는 신통력(神通力)이 있는 사람으로 전세계에 알려져 있었다. 특히 의사들이 포기한 간암(肝癌) 환자를 살려내는 사람으로 유명해져, 우리나라 사람들도 많이 다녀온 것으로 알려졌다. 보통 사람들이 생각하면 여간 신비로운 세계가 아닐 수 없다.

그런 신비로운 세계의 진위(眞僞)를 탐험하려는 민완(敏腕)기자들이 있었다. 최첨단 전자 영상 장비를 동원하여 필리핀에 가서 그 사람을 만났다. 처음에는 촬영을 완강히 거부하던 그가 오케이 싸인을 했다.

열심히 촬영하고 귀국하여 촬영해 온 영상 자료들의 분석에 들어 갔다. 결과는 사술(詐術)이었고, 고도(高度)의 사기극으로 판결이 났다. 이 테이프는 모 TV 인기 고발 프로그램에 공개되어 세인(世人)을 놀라게 했다.

모 TV는 그 후에도 그런 프로그램을 많이 제작하여 방영하였다. 국내에서는 사주팔자(四柱八字)를 잘 본다는 사람을 동원하여, 대통령이 된 김영삼과 생년월일시(生年月日時)가 똑같은 사람을 찾아내어 비교하는 방영도 하였고, 박정희 대통령은 육영수 여사의 묘를 잘못 써서 흉사(凶事)를 당했다는 풍수지리(風水地理)의 대가(大家)를 동원하여 이의 진위를 가려보려는 시도도 했다.

그런 팀이 '영혼을 부르는 사람'의 소문을 놓칠 리가 없었다.

기자들이 그를 만났다. 그는 자신을 시험하려는 사람들을 보고 몹시 화가 나서 인터뷰와 촬영을 거부하고, 그 대신 '당신들에게 무엇인가 증명해 주겠다'는 말을 남겼다.

그 말이 떨어지고 얼마 가지 않아 그 TV의 송신소(送信所)에 원인을 알 수 없는 고장이 나서 방영이 중단되는 사태가 일어났고, 그 후에 그 TV에서는 다시 그를 찾는 일이 없었다.

그러므로 내가 '영혼을 부르는 사람'을 탐험한다는 것은 대단히 어렵고 위험스런 일이다. 섣불리 '영혼을 부르는 사람'을 탐험하다가 '영혼을 부르는 사람'을 조사하려던 사람이 당한 환(患)과 모 TV팀이 당한 것과 같은 저주(?)가 있다면 나라고 용빼는 재주가 없다.

그때 나는 문득 나의 머리에 내가 이 세상에 태어나 도저히 이해할 수 없고, 그래서 그 누구에게도 말하지 않았던 내가 실제로 경험한 두 가지 사실이 떠올랐다.

고등학교 때의 일이다. 원래 법정(法政)으로 진학하여 판검사(判檢師)나 국회의원(國會議員)이 되는 것이 나의 꿈이었다. 집안에서 그런 것은 안된다고 했다. 그래서 택한 진로가 엉뚱하게도 신학교에 진학하여 유명한 부흥사(復興師)가 되어 아프리카 같은 곳에 가서 대중을 상대로 하는 선교사가 되겠다는 것이었다.

그때 나는 영어로 된 신약(新約) 성경(聖經)의 독파(讀破)와 설교집, 그리고 기독교 교리 전문지를 탐독하고 있었다.

그러던 어느 해 여름이었다.

청천(靑天) 하늘에 갑자기 먹구름이 뒤덮이고 천둥 번개와 함께 장대비가 내렸다. 그리고 얼마 후 하늘은 '언제 비가 왔느냐' 는 식으로 맑게 개고 하얀 뭉게구름이 가득하게 피어올랐다.

그때였다. 구름 사이로 예수가 너울너울 춤을 추며 나를 향하여 내려오고 있었다. 너무나 감격하여 방에 들어가 카메라를 가지고 나와서 그 광경을 촬영했다. 그리고 필름을 현상하고 인화(印畫)해 보았더니, 이게 어찌된 일인가!

예수의 모습이 사진으로 나왔었다.

나는 그 사진을 오랫동안 보관하고 있었으나 그 사실은 누구에게도 말하지 않았다. 정신 나간 사람이라는 소리를 들을 것이 틀림없고, 나로서도 어떻게 해서 그런 사진이 나왔는지 논리적으로 풀어낼 방법이 없었기 때문이다.

1980년 12.12 사태 이후 국회가 해산되었다. 직장을 잃은 나는 한동안 집에서 낮잠이나 자고 술이나 먹고 글이나 쓰며 소일(消日)하면서 고향에 가서 국회의원에 입후보해 볼까 하는 생각을 가지고 있었다.

그때였다. 창문을 열고 앞산을 내다보니, 그 산의 숲 속에서 어머님의 영상(映像)이 어른거리고 있었다.

나로서는 도저히 이해할 수 없는 일이었다. 어머님의 모습이 산 속에서 어른거릴 이유가 없었기 때문이었다.

그리고 10여년이 흐른 어느 날이었다. 내가 이 사실을 어머님에게 말씀드리었다.

"그때 내가 네게 말하지 않았으나, 내가 시골에서 네 번이나 올라와 너의 앞길이 펴도록 너의 앞산에 와서 산신령(山神靈)에게 제사를 지냈다."

나는 이 두 사실을 '영혼을 부르는 사람'에게 말한 일이 있다.

"그게 사실이요. 어머님의 모습이 보였던 것은 생령(生靈)이 왔던 것이고, 예수의 사진이 찍힌 것과 같은 유사한 예는 세계 도처에서 벌어지고 있습니다."

이리하여 나는 슬슬 '영혼을 부르는 사람'을 탐험할 생각을 했다.

그는 작가이고, 사학가이며, 고스트 버스터(Ghost Buster)이다. 나는 평론가이며, 칼럼니스트(Columnist)이고, 고스트 라이터(Ghost Writer)이다.

우선 그의 책을 읽기 시작했다. 구명시식에 얽힌 일화와 구명시식을 주관하는 고스트 버스터의 고백이 거기에 있었다. 무엇에 홀린 사람처럼 여섯 권의 그의 저서를 읽는 동안 비판적인 사고 방식이 습성화된 나의 머리가 멍해졌다.

솔직히 말하여 나로서는 믿을 수도 없고 이해할 수도 없는 현상들에 대한 기록이 태반이었다. 그 책에 나오는 영가(靈駕) 영매(靈媒)

빙의(憑依) 등의 어휘는 더욱 생소했다.

그래서 다음 번에는 빨간 볼펜으로 줄을 치고 때로는 물음표(?)를 찍으며 다시 읽고, 시간을 내어 '영혼을 부르는 사람'을 다시 만나 '저주를 받아도 좋다'는 배짱과 염려가 뒤섞인 채 나의 궁금증과 의구감(疑懼感)을 솔직히 피력하였다.

중요하나 대화의 내용은 다음과 같은 것들이었다.

▶ 내가 당신 책을 두 번씩이나 읽었다. 필리핀 사례와 비교하여 당신의 행동을 어떻게 설명할 수 있느냐?

듣기에는 조금은 거북하고, 기분이 나쁠 것이었겠지만 본래 나는 그런 사람이다. 무례(無禮)한 나의 질문에 그는 섬짓 놀라는 듯하다가 다음 순간 그의 눈에는 노기(怒氣)와 비슷한 스기가 나왔다.

스기란 깊은 밤에 깊은 산 속에서 호랑이를 만났을 때에 호랑이 눈에서 나오는 눈빛과 같은 것이다. 그 모습을 보고 나는 '아이코! 말 잘못하여 저주를 받는구나' 하는 생각을 하였으나, 잠시 후에 그는 평온을 되찾았는지 겸허한 자세로 부드럽게 입을 열었다.

"필리핀은 거짓이고, 나는 진실(眞實)이오."

평소에 말이 빠르고 음성이 높던 그가 느리고 또한 조용하게 말을 했다.

나의 질문은 거기에서 끝나지 않았다.

▶ 나는 최면술(催眠術)에 상당한 흥미가 있고, 실제로 저급 수준이기는 하지만 최면술사와 같은 행동을 여러 사람에게 보여준 일이 있다. 내가 당신의 책을 보니 당신은 당신을 찾아온 사람들에게 최면

술을 걸어 어떤 사안을 풀어내는 것으로 이해되기도 한다. 당신 생각은 어떤가?

두 번째 나의 질문에 '영혼을 부르는 사람'은 기가 막힌 모양이었다. 한동안 입을 열지 않았다. 나같은 사람의 질문에 대답할 필요조차 느끼지 않는 모양이었다.

인간만사(人間萬事)는 기(氣)의 싸움이다. 묻는 자의 말에 대답을 하지 않는 것은 대답할 사람의 기가 세기 때문이다. 나는 말없이 둘 사이에 기 싸움을 하고 있다고 생각했다.

드디어 그가 입을 열었다. 그것은 내가 그보다 기가 세기 때문이 아니라 나의 질문이 가당치 않고 그런 내가 가련하다는 기색으로 대답한 것이다.

"최면술은 인간의 능력이고, 나의 힘은 영혼들의 힘이오."

영혼들의 힘?

나로서는 이해가 가지 않는 말이다. 그러나 더 깊은 설명을 요구할 수 없었다. 그것은 앞으로 내가 탐구하고 탐험해야 할 테마이다.

그 다음에 나는 정말 그가 대답하기 어려운 질문을 던졌다. 두 번째나 그를 물고 늘어져도 저주를 받지 않았으니, 세 번째 질문을 던지지 않을 수 없었다.

▶ 혹시 어떤 방식이든지 사전에 정보를 입수하고, 그에 대한 인간적인 판단으로 찾아오는 사람에게 말하는 것이 아닌가?

이번에는 '영혼을 부르는 사람' 특유(特有)의 핀잔스런 즉답(即答)이 나왔다.

"천만의 말씀이다. 사전에 정보를 입수하고 그런 일을 하자면 수십 수백 수천 수만의 정보원을 두어도 불가능할 것이고, 그렇다면 누가 그런 나를 인정하고 수소문하여 찾아오겠는가? 나는 내가 부른 영혼들이 나에게 말하는 대로 상대에게 전해줄 뿐이다.”

여기에서 나는 ‘영혼을 부르는 사람’에 대하여 가지고 있는 또 하나의 의문에 대하여 말했다. 영혼을 불러오고, 영혼의 입을 열게 하고, 영혼의 말을 들어 현실 세계로 전달하는 ‘방법과 능력’은 어떻게 해서 갖추게 된 것일까.

거기에 대한 답도 그는 간단했다.

“내게는 능력도 없었고, 방법도 없었다. 태초에 내가 영혼들을 불렀던 것이 아니라 영혼들이 나를 찾아왔었다. 어려서부터 그런 일들이 많았다. ‘믿거나 말거나’ 한 사실들이지만, 그 사실들을 더욱 자세히 알려면 나의 자서전적 에세이들을 다시 읽어보라.”

어쩔 수 없었다. 책을 다시 꺼내 대목대목 읽어보았으나 신비로운 이야기일 뿐이었다.

그래서 나는 발걸음을 다른 곳으로 옮겼다.

5. 탐험의 시작

　일본인들이 한국을 지배하러 와서 가장 처음 한 일이 두 가지이다. 하나는 명당(明堂)을 깎아서 자기들이 살 집을 지은 것이고, 다른 하나는 풍수지리설로 보아 조선 반도에 있는 중요한 명상(名山)의 맥(脈)을 끊어 놓거나 명당의 상투 머리에 철퇴(鐵槌)를 박아 명산의 정기(精氣)를 박살(撲殺)내는 일이었다. 그래야 조선을 지배하러 온 그들은 잘 살 수 있고, 반만년 역사와 전통을 자랑하는 조선인들은 다시는 자기(志氣)를 펴지 못한다는 생각이었다.

　철퇴를 박아 놓은 산은 아직도 많아, 주민들이나 산과 나라를 사랑하는 사람들이 가끔 일본의 만행인 철퇴 뽑기 행사가 벌어진다.

　일본인들이 한국을 지배하기 위하여 지어 놓은 집의 대표적인 곳

은 경복궁 앞에 있던 '중앙청' 건물이었고, 자기들이 살기 위한 주택
은 한양(漢陽) 땅의 명당 중 명당인 남산(南山) 기슭의 왼쪽 날개인
후암동(厚岩洞) 일대와 오른쪽 날개인 장충동(獎忠洞) 일대, 그리고
낙산(洛山) 일대인 동숭동(東崇洞) 지역에 지었다. 지금도 이 지역
에는 일본인들이 살던 왜가옥(倭家屋)의 잔재(殘在)가 남아 있다.

대학을 마치고 불교(佛敎)에 심취하여 들어갔던 마곡사(麻谷寺)와
송광사(松廣寺) 등에서 수양을 한 그에게는 따르는 불자(佛者)들이
있었고, 특히 그의 영혼을 부르는 능력과 미래를 예견하는 예지력(豫
知力)을 인정하는 사람들이 있었다. 서울에서 서로 종교적으로 교류
하는 모임을 만들었다.
　지금 잠실 송파와 충남의 유성, 미국의 뉴저지 등에 그런 모임의
장소인 '대한 조계종 불교 포교원(布敎院) 후암정사(厚岩精寺)' 가
있지만, 그 이름의 유래는 그가 최초로 그런 모임의 장소를 후암동에
만들었기 때문이다.
　최초 후암정사를 차린 집은 일제시대에 경찰 고위 간부가 살던 집
이며, 한때는 유명한 영화배우 김지미(金芝美)가 살던 집이고, 그때
쯤은 그의 영통력(靈通力)을 인정하는 불자의 집이었다.

내가 '영혼을 부르는 사람'을 탐험하러 찾아간 후암정사는 서울 잠
실 송파에 있는 후암정사(02-415-0108)였다. 전화번호는 불교에서
흔히 말하는 백팔번뇌(百八煩惱)의 108번이라 쉽게 외울 수 있었다.
　잠실 올림픽 스타디움에서 백제 고분로를 따라 한참을 달리다가
우회전해서 백제 고분의 담장을 타고 좁은 길을 서서히 빠져 나갈 때

에 눈앞에 '후암정사' 라는 사인 보드가 보였다.

가락시장이 있는 가락로에서 가락 아파트 쪽으로 좁은 길을 통하여 들어올 수도 있는 곳이었다.

"똑똑똑."

허름한 건물의 2층에 있는 후암정사의 문을 열고 안으로 들어갔다. 불빛은 밝지 않고 부드러웠다. 천장에는 수많은 연등이 걸려 있고, 상단에는 부처님의 불상(佛像)이 모셔져 있으며, 오른쪽 제단에 작은 보살상이 있고, 특이한 것은 부처님 왼쪽에 어느 인사의 빛바랜 흑백사진이 놓여 있는 것이었다.

나는 불교행사에 참석해 본 일이 없고, 특히 도심(都心) 속에 있는 불교 포교원에서 진행되는 구명시식이라는 의식에 한 번도 참석해 본 일이 없으므로 모든 것이 생소하고 을씨년스러웠다.

내가 보고 아는 것은 불상과 연등뿐이었다.

"왼쪽 상은 무엇입니까?"

"지장보살입니다."

"불상 옆 사진은 누구의 사진입니까?"

"차일혁 대장의 사진입니다."

"차일혁 대장의 사진을 왜 불상 옆에 모셨습니까?"

"……."

불청객(不請客)이 나타나 불경(不敬)스러운 질문을 계속하자 '영혼을 부르는 사람' 의 구명시식을 돕는 스태프들은 어이가 없다는 표정이었다.

나는 '영혼을 부르는 사람' 을 갑자기 안 사람이다. 나는 그 동안 그의 개인적인 행사에 두 번 참석한 일이 있었다. 한 번은 그의 부친인 고 차일혁 대장의 회수의식(囍壽儀式)이었고, 다른 하나는 그의 어머니인 진복희(陳福姬) 여사의 회수연(囍壽宴)이었다.

차 대장의 영혼을 위로하는 회수의식은 잠실 송파 후암정사에서 열렸고, 진 여사의 회수연은 신라호텔에서 있었다.

두 모임에 참석하면서 나는 평소에 존경하던 조선일보의 류근일(柳根一) 논설위원과 몇 명의 전현직 고위 인사와 국회의원들을 만날 수 있었고, 특히 신라호텔의 모임에서는 류근일 선생뿐만 아니라, 한국 언론계의 살아 있는 대부(代父)인 박권상(朴權相) 선생, 그리고 국회의원이고 자민련(自民聯)의 대변인 안택수 의원, MBC TV 신호균 PD를 비롯하여 정계(政界)와 매스컴 종사자들을 만났다. 또한 김덕 전 안전기획부 부장과 김선홍 기아자동차 사장 등 재계(財界) 기업인들과 전현직 고위 인사들의 축화 화분을 보고 놀라지 않을 수 없었다.

그 두 모임에서 내가 가장 인상받은 하객(賀客)은 두 분이었다. 한 분은 여사의 악단(樂團)에서 열다섯 소녀로 1950년대 세인(世人)의 심금(心琴)을 울려주었던 어린 가수 원희옥 여사가 벌써 60이 가까운 나이로 누에가 명주실을 뽑아내듯 '흘러간 노래'를 빼어난 미성(美聲)으로 부르고 있었고, 다른 한 분은 뉴욕 대학에서 무용(舞踊)을 가르치다가 잠시 귀국한 무용 전공 박사 학위 소유자인 이선옥 여사가 '세계(世界) 인간(人間) 문화재(文化財)' 감의 '살풀이' 춤과 '사랑이여!'라는 춤을 추고 있었다.

나는 지금도 어떻게 해서 그 분들의 그렇게도 아름다운 춤과 노래가 가능한지 경탄(敬歎)하고 있다. 두 분의 춤과 노래는 차 대장의 회수의식과 진 여사의 회수연에 참석했던 모든 사람들의 눈과 귀를 놀라게 했다.

내가 송파 후암정사에 갔던 날, 원희옥 여사가 거기에 있었다. 그리고, 차 대장의 희수의식 때에 30분 이상 교수가 살풀이 춤을 추는 동안 무거운 징을 곧추 들고 있어 참석자들을 놀라게 한 20대의 소복(素服) 입은 처녀가 거기에 있었다.

나는 그 자리에서 소복 입은 처녀가 한이 서린 노래를 연습하기도 하고, 원 여사 앞에 와서 무릎을 꿇고 다소곳이 앉아 흘러간 노래를 어떻게 불러야 하는가 배우는 모습을 볼 수 있었다.

원 여사가 법당의 분위기를 깨지 않게 작은 소리로 곱게 노래를 부르면 처녀가 따라 불렀다. 원로 가수와 어린 처녀가 어울려 노래를 가르치고 배우는 모습이 너무나 아름다웠다.

그러나 전에는 희수연 행사이었기 때문에 고전무용과 현대무용, 그리고 흘러간 노래와 한많은 노래가 밝은 법당에서 퍼포먼스되어도 이상하지 않았으나, 오늘은 영혼을 불러 구명시식 의식을 집행한다는 성(聖)스러운 날이 아닌가.

그런 날의 그런 법당에서 흘러간 유행가를 가르치고 배운다는 것은 그 뜻을 모르는 나로서는 조금은 이변(異變)이라고 생각하였다.

옆에 있는 '영혼을 부르는 사람'을 돕는 사람에게 물었다.

"구명시식은 몇 시에 시작됩니까?"

"밤 열두시에 시작됩니다."

"예? 그때까지 무엇을 합니까?"

"일곱시 반부터 참선(參禪)과 독경(讀經)을 두 시간 하고, 이어서 두 시간 동안 영혼과 구명시식을 올리는 사람들을 위로하는 의식이 있습니다."

"그러면 밤 열두시에 시작하는 구명시식은 몇시에 끝납니까?"

"새벽 세시에 끝납니다."

"……."

나는 이 소리를 듣고 어안이벙벙하였다. 한편 소스라쳐 놀랐다.

솔직히 말하면 나는 책을 보거나 글을 쓰거나 술을 먹으면서는 새벽 세시를 넘긴 일이 많지만, 이런 생소한 종교의식을 탐험하러 와서 새벽 세시까지 인질(人質)의 신세를 자원(自願)할 줄은 꿈에도 상상하지 않았다. 금방 잘못 왔다는 생각이 들었으나, 이제는 빠져나갈 도리가 없었다.

일곱시 반이 되었다. 구명시식을 하려는 사람들과 '영혼을 부르는 사람'을 돕는 사람들, 그리고 참석자들의 '영혼을 모셔 오는' 절차가 있었다. 이 절차 역시 나로서는 이해가 되지 않는 것은 물론이고, 실감(實感)이 나지도 않았으나, '로마에 가면 로마법을 따라야 한다'는 말과 같이, 구명시식장에 왔으니, 그 의식 절차를 따르지 않을 수 없었다. 생전 처음 경험하는 일이었다.

다른 때 같으면 저녁 일곱시 반이면 친구들과 소주잔을 기울일 시간인데, 내가 왜 이러는지 나 자신도 이해가 되지 않았다.

이어서 참선과 독경이 시작되었다. 참선은 좀 익숙하지만, 독경은 생전 처음 해보는 것이라, 나로서는 진짜 '소 귀에 경 읽기나' 마찬가지였다. 의식을 주관하는 사람이 '타아악!' 하고 대나무 갈라 만든 막대기를 손바닥에 치면, 한 사람이 경을 읽고, 또 '타악!' 소리가 나면 그 옆의 사람이 뒷부분을 읽는 식으로 '타악! 타악!' 소리가 연속되었다.

'아이쿠! 저 타악 소리가 제발 내 차례까지 오지 않았으면!'

나는 간절히 그렇게 되기를 바랬다. 내가 무슨 팔자로 '영혼을 부르는 사람'을 탐험한다고 이곳에 와서 생전 읽지도 않던 불경(佛經)을 만인(萬人) 앞에 소리내어 읽는단 말인가.

나의 간절한 소원은 풀렸다. 내 앞줄에 있는 사람들까지 경을 읽고 경읽기는 끝이 났다.

그리고 10분간 휴식이 있었다. 나는 담배와 밥이 생각났다. 한 시간에 두 대쯤은 피우는 셈이다. 그런 내가 두 시간 동안 담배를 피우지 않았으니, 휴식 시간이 되자마자 제일 먼저 한 일은 아래층으로 내려가, 문을 열고 밖에 나가 담배를 피우는 일이었다.

그리고 그때쯤은 이미 밤 아홉시 반이 넘었을 때였다. 배가 고팠다. 특히 나는 이른 점심과 늦은 저녁, 하루에 두 번밖에 밥을 먹지 않는 사람이라 배가 몹시 고팠다. 그렇다고 어디 가서 밥을 사먹고 올 수도 없고, 구명시식 도중 불교식으로 말한다면 공양(供養)시간이 있어서 밥을 주는 줄 알고, 나는 그냥 쫄쫄 소리가 나는 배를 안고 2층 법당으로 올라가, 다시 2차 행사에 참석했다.

6. 음악과 명상

제2부 행사를 참관하려고 법당으로 올라갔다. 자리 모습이 변하여 있었다.

제1부 행사 때는 자리가 옆으로 정돈되어 있었는데, 제2부 행사는 사각형 모양으로 자리가 정리되고, 가운데는 커다란 공간으로 비어 있었다. 왜 그렇게 방석을 옮겨 자리를 정리해 놓았는지 알 수가 없었으나, 여튼 분위기가 일신되어 좋았다.

빙 둘러앉은 상태에서 참선(參禪)이 시작되었다. 참선은 불자들이 수행(修行)하는 중요한 의식의 하나이다. 서양식으로 말하거나 현대 생활로 따진다면 명상(冥想)이라는 말과 어울린다.

종소리가 났다.

보통의 종소리가 아니었다. 심산유곡(深山幽谷) 깊은 곳의 절단에 모셔 놓은 여운(餘韻)이 긴 범종(梵鐘)의 소리였다. 끊일 듯 말 듯 이어지고, 인간의 온 가슴을 심하게 진동시키며 울려퍼지는 범종의 소리는 항상 모든 사람들의 마음을 고요하게 만들어 주는 '소리의 탁효(卓效)'가 있다.

긴 여운의 범종 소리에 이어 한동안 목탁(木鐸) 소리가 법당 안에 울려퍼졌다. 그 속에 청아(清雅)하고 낭랑한 목소리로 읊는 선시(禪詩)를 읽는 소리가 들려왔다. 인간 만사가 무상하다는 「무상초(無常草)」라는 선시였다.

다음은 찬불가(讚佛歌)가 울려퍼졌다.

찬불가란 기독교에 찬송가(讚頌歌)가 있는 것처럼 불교에서 불자들이 부처님을 찬양하며 부르는 노래이다. 처음 듣는 노래지만 목탁 소리, 범종소리, 바라 소리가 어우러지며 뇌리(腦裏)를 흔드는 가사(歌詞)와 곡조(曲調)가 마음을 가라앉혔다.

이어서 '꿈이로다, 꿈이로다'로 시작되는 전라도 육자배기가 난데없이 법당 안에 울려퍼졌다. 종교의식과는 전혀 어울리지 않는 민요(民謠) 가락에 놀라지 않을 수 없었으나, 노래를 듣는 동안 인생이란 한순간의 꿈인 것을 절감했다.

그 다음은 요란한 재즈 소리가 울려퍼졌다. 트럼펫과 색소폰, 그리고 전자 악기를 동원하여 잭 리가 직접 부른 '영혼(靈魂)의 방황(彷徨)'이라는 곡(曲)이었다.

그 순간 나는 눈이 휘둥그레졌다. 어떻게 해서 구명시식을 한다는 법당에 서양 음악, 그것도 재즈가 울려퍼지는가. 나는 그 이유를 알 수 없어 한동안 '영혼의 방황'이 아니라 '마음의 방황'을 했다.

참으로 이상한 행사였다.

구명시식의 식전(式前) 행사로 참선을 하며 명상을 하는 행사 치고는 상상을 초월하는 레퍼토리들이었다. 그 다음은 무슨 레퍼토리와 무슨 프로그램이 있을지 절로 흥미를 유발(誘發)했다.

음악을 통한 참선과 명상이 끝나고 나서야, 사람들이 사방으로 빙 둘러앉은 가운데를 비워 놓은 이유를 알게 되었다. 고운 목소리의 노여가수(老女歌手)가 가운데에 나와 흘러간 노래를 부르고, 예술의 전당에서 개인 살풀이 무용 발표회를 가지기도 했던 뉴욕 대학의 이 여사가 나와 한판의 춤을 추었다.

이 교수의 춤은 언제 보아도 한(恨)과 희열(喜悅)의 춤이다. 여사가 온 몸으로 뽑아내는 살풀이 춤을 보면, 인간의 한이 마디마디에서 풀어져 나오는 것 같고, '사랑이여'라는 춤을 보면 환희(歡喜)에 열광(熱狂)하는 인생의 모습이 작열(灼熱)한다.

그때서야 나는 '영무(靈舞)'라는 춤을 추던 사람이 생각났다. 그가 새로운 춤을 짜면서 춤의 이름을 무엇인가로 지을까 고심(苦心)하다가 '영혼을 부르는 사람'을 찾아와 작명(作名)을 부탁했다. 한판 춤을 추게 하고 나서 '영혼을 부르는 사람'은 입을 열었다.

"영무(靈舞)라고 하시오."

한마디였다. '영혼을 부르는 사람'의 말은 항상 그렇다. 길게 말하지 않는다. 사안(事案)의 정곡(正鵠)을 찌르는 촌철살인(寸鐵殺人)의 단순한 어휘를 구사한다. 그렇게 어렵게 심혈(心血)을 기울여 짜가지고 온 춤을 보고도 그랬다.

영무(靈舞)! 영혼의 춤!

그래서 그 사람은 오늘도 어디선가 인간문화재로 지정되는 날을 기다리며 영무를 추고 있고, 가끔은 '영혼을 부르는 사람' 의 행사에 참석한다.

뿐만이 아니다. '영혼을 부르는 사람' 의 행사에는 사물놀이패도 등장한다. 북과 장고와 꽹과리와 징이 울려퍼지는 사물놀이패의 '두드림' 은 비록 우리나라 민속 고유 악기의 두드림이지만, 사실은 '인간의 마음을 두드리는' 음악이다. 사물놀이의 대표적인 인사라고 할 수 있는 김덕수패의 사물놀이 경연을 본 사람들은 그 소리를 '신을 부르는 소리' 라고 한다.

살풀이 고전 민속 무용과 사랑이여 현대무용이 끝나자 나는 박수를 치고 싶었다. 그러나 법당의 분위기가 너무나 근엄(謹嚴)하여 박수를 칠 수 없었다. 아마도 이런 춤이 대형 무대에 추어진다면 관객(觀客)들은 기립박수를 칠 것이 틀림없다.

춤이 끝나자 하얀 소복을 입은 그 처녀가 장고의 한쪽을 손으로 들고 다른 한쪽은 바닥에 살살 끌며 나와 다소곳이 절을 했다.

이건 또 무슨 일이 벌어지는 것일까.

나는 완전히 귀신에 씌여 있는 것 같았다.

슬프고 슬프도다
어찌하여 슬프던고

장고를 한 번 턱! 치더니, 처녀는 '백발가(白髮歌)' 를 부르기 시작했다. 백발(白髮)은 늙음의 상징이고, 죽음이 눈앞에 왔음을 상징한다. 황색 인종이건 백색 인종이건 흑인이건 간에 사람은 늙으면 하나

같이 '하얀 머리'가 된다. 처녀의 슬픈 백발가는 계속되었다.

　　　이 세월이 견고할 줄
　　　태산같이 바랐더니
　　　백년 광음 못다 가서
　　　백발(白髮) 되니 슬프도다

　　　어화 청춘 소년들아
　　　백발 노인 웃지 마오
　　　덧없이 가는 세월
　　　넨들 아니 늙을소냐
　　　적은 듯 늙은 것이 불쌍하고 슬프도다

　　　소문없이 오는 백발
　　　귀밑에 당도하고
　　　소리없이 오는 백발
　　　털끝마다 서리로다

　　　이리저리하여 본들
　　　오는 백발 금할소냐

　　희미한 등불 아래 한밤중에 장고를 치며 슬프게 부르는 '백발가'
는 법당의 분위기를 한순간에 서글프게 만들었다. 낮에 부르는 백발
가와는 전혀 다른 맛이었다. 그녀의 노래와 장고는 거기에서 끝나지

않았다.

지장보살 땡그랑
땡그랑 땡그랑 땡그랑

어 너엄 어허 넘차
어가리 넘차 너화너

북망산천이 어데멘고
건네 안산이 북망이로다.
어허 어허 어어어 넘차
어가리 넘차 너화너

사람이 세상을
공수래 공수거허니
세상사가 모두 다
뜬구름이라
어허 어허 어어어 넘차
어가리 넘차 너화너

나도 가세 나도 가세
멀고 먼 황천길을
나도 같이 떠나가세
어허어허 어어어 넘차

어가리 넘차 너화너

만가(輓歌)였다.

만가란 '상여 나가는 소리'이다. 아마도 인간이 이 세상에 태어나서 세상을 떠나는 것만큼 슬픈 일은 없을 것이다. 서양에서는 장송곡(葬送曲)을 부르지만 우리는 옛날부터 만가를 불렀다. 요즘처럼 세상이 발달하여 영구차(靈柩車)에 시신을 모시고 쌩쌩 달리는 장례(葬禮)는 죽은 자에 대한 정(情)과 슬픔이 너무나 축소되어 마음에 들지 않는다. 처녀의 만가는 초혼가(招魂歌)로 이어졌다.

간다 간다 극락을 간다
염불 받아 이제 간다.

저 달 안밝아도
대한 천지 다 비추네
극락가는 구천행로
깜깜해서 안 보이네

오구대왕아 명경 비춰
저 하늘 좀 밝혀 다오
동지냐 내 북을 타고
할머니 길 열어다오.

세월아 가려면

296

니 혼자 가지
우리 부모 왜 데려가나

살아 생전 우리 부모
만단 시름 품고 살아
황천 가는 길이
여기보다 편할 손가

여보소
말 물어 보세
그쪽은 살기 괜찮소?

영혼아
영혼아
영혼아
영혼아

산천도 예 보던 산천
내 먹던 녹수(綠水)건만
자슥 새끼 등에 업고
넘나들던 내 집인데

채관아
백년 채관아

어디로 가고

슬프다 세상사
사람이 일생을 살다가
부모 두고 가는 자슥이 있고
자슥을 두고 가는 부모도 있고

사람이 먼저 가고 나중 가고
젊은 청춘에 가고 그렇지
사람 한 번 낳다 한 번 가기는
사람마다 다 있건마는

일생에 조까 살만허자
자슥 두고 떠나가니
얼마나 불쌍하고 야속하노
한 번 가면 영영 못오는 길로
아주 가고 영길 가네

한 번씩 가는 길은
다 있건마는
그것도 잘 살고 잘 먹고
고대 광실 높은 집에
사다가몬 덜 설라케는데

살라꼬 애씨다가 애씨다가
자슥 새끼 공부 가르쳐 놓고
이자 조까 살만허니

이승을 이별허고
저승 길로 갈라하니
눈물이 앞을 가려
어느 시절에 다시 와요

초혼가에는 약간의 경상도 사투리를 섞어 넋두리처럼 창을 불러 더욱 감동이 진했다. 어린 처녀가 장고를 두드리고 춤을 추며 불러대는 백발가와 '상여 나가는 소리', 그리고 초혼가를 듣노라니 눈물이 절로 나올 지경이었다. 실제로 그녀는 노래를 부르며 장고 위에 눈물을 뚝!뚝! 떨어뜨리고 있었다.

법당은 처녀의 노래로 완벽하게 숙연해졌다.

이렇게 구명시식을 위한 제2부 행사는 끝이 났다.

제2부 행사는 음악과 명상의 시간이라고 하지만, 완벽한 한편의 종합예술제와 같았다. 현대무용이 있고 고전무용이 있으며, 가요가 있고 민요가 있고 재즈가 있으며, 북 치는 소리가 있고 장고 치는 소리가 있으며, 육자배기가 있고 백발가가 있고 만가가 있고 초혼가가 있으며, 선시 낭송과 찬불가가 목탁 소리와 법종 소리에 어울려 울려 퍼지는 종합예술제였다.

　나는 제2부 행사를 보면서 나 자신이 '영혼을 부르는 사람'의 구명
시식을 탐험하러 온 사실을 까마득히 잊고, 이만하면 구명시식을 보
지 않아도 본전을 뽑았다는 속된 생각까지 할 정도로 음악과 명상의
시간은 참석자들의 마음을 사로잡았다.

7. 놀라운 사실

2부 절차가 끝나고 12시 전에 또 휴식시간이 있었다.

나는 다시 아래층으로 내려가 문을 열고 밖으로 나가 담배를 피웠다. 이제는 배가 고픈 줄도 몰랐다. 아무것도 먹지 않아 혹시 간단한 것이라도 사먹을 곳이 있나 두리번거려 보았으나 깊은 밤에 음식을 파는 집이 있을 리가 없었다.

그때 나에게 이상한 말을 하는 사람이 있었다. 그는 내 앞에 앉아 있던 나 말고 유일한 남자로 자신의 처와 함께 장인과 처남에 관한 구명시식을 하러 온 사람이었다.

"영혼이 온 모양인데요……."

"그게 무슨 말씀이십니까?"

"아까 '영혼을 부르는 사람'이 오래길래 가보았더니, '혹시 13년 전에 가족이나 주위에 교통사고로 죽은 여자가 없느냐'고 묻는 거예요."

"그래요?"

"그런 일이 없다고 했더니, '오늘 청하지도 않은 이름 모를 처녀 영혼이 나를 찾아왔다'며, '13년 전에 죽은 처녀가 있느냐'고 되묻는 거예요."

"그래서요?"

"그때서야 13년 전, 내가 결혼하기 전에 내 차에 여자를 태우고 가다가 교통사고로 같이 탔던 여자와 제 친구가 죽은 생각이 나서 이실직고(以實直告)했지요."

"그럼 13년 전에 당신이 교통사로 죽인 처녀가 있다는 말을 하지 않았는데도 '영혼을 부르는 사람'이 그 사실을 알고 있단 말인가요?"

"그런가봐요! 다시는 생각하기 싫은 그 사건을 그 분이 알고 있어요. 나도 다 잊은 일이고, 다시는 생각하고 싶지도 않고, 지금은 아무도 알고 있지 않은 사실인데 말이지요. 참 이상해요. 그걸 그 분이 어떻게 아시는지 모르겠어요."

이 말을 듣는 순간 나의 머리카락도 쭈뼛쭈뼛 서 오르는 것 같았다. 그렇다면 이는 놀라운 사실이 아닐 수 없다. 어떻게 해서 '영혼을 부르는 사람'은 다른 사람이 13년 전에 교통사고로 죽인 처녀를 안단 말인가.

담배를 끄고 제3부, 오늘의 하이라이트, 내가 탐험하고자 하는 구명시식의 행사가 열릴 예정인 법당으로 다시 올라갔다.

　자리는 제1부 행사 때처럼 다시 옆으로 정렬되어 있었다. 나는 맨 뒷줄에 앉아, 어디에 영혼이 왔나 두리번거려 보았으나 나의 눈에는 아무 곳에도 영혼이 보이지 않았다.

　구명시식에 앞서 두 개의 감사 편지가 낭독되었다. 전에 구명시식을 했던 사람들로 하나는 부산에서 온 것이고 다른 하나는 인천에서 온 것이었다.

　부산에서 온 사연은 이렇다. 광어 치어를 기르는 양어장을 하다가 4억원의 부도를 낸 사람이 있었다. 죄도 없이 감옥에도 갔다 왔다. 소문을 듣고 서울에 올라와 구명시식을 했다.

　"계속 양어장을 하시오!"

　구명시식의 결과였다.

　이 소리를 듣고 난감했으나, 다시 광어 치어 양어장을 시작한 결과, 현재는 다른 집은 고기가 남아서 팔리지 않는데도 자기 집은 고기가 모자라서 팔지 못한다는 감사의 편지였다.

　인천에서 온 편지의 내용은 좀 그로테스크했다. 한국전력에서 20년을 근속한 사람이 승진도 되지 않고, 보직도 좋지 않아 구명시식을 하다가 '영혼을 부르는 사람' 과 언쟁(言爭)을 한 일화(逸話)가 그 편지의 내용에 있었다.

　언쟁은 구명시식 중에 있었다. '영혼을 부르는 사람' 이 '당신은 금년에 승진을 합니다' 라고 말하면서 발단되었다.

　"그게 무슨 말이요? 우리 한국전력은 매년 초에 승진 보직이 다 됩니다. 올해는 이미 승진과 인사이동이 끝났습니다."

　"그래도 당신은 금년에 승진을 합니다."

믿을 수 없는 말만 듣고 구명시식을 끝내고 집으로 갔다. 그런데 이변이 생겨났다. 전례(前例) 없던 특진(特進)제도가 생겨, 과장(課長)으로 승진했고 지금은 인천에 와 있다며 감사의 편지를 보내왔다.

두 편지의 내용을 들으면서 '세상에 그런 일이 있을 수가 있을까' 하는 의구심이 팽배해졌다. '영혼을 부르는 사람'은 부처님 제단 앞에 조그마한 교자상을 놓고 있었다. 교자상 위에는 이름 모를 책과 대형 놋쇠 주발(周鉢)이 놓여 있었고, 그 옆에는 조금은 빼어나 보이는 커다란 징이 엎어져 있었다.

편지 낭독이 끝나자마자 '콰당당탕탕! 콰당당탕탕!' 난데없이 법당이 떠나갈 듯한 주발 소리가 들렸다.

'영혼을 부르는 사람'은 계속 주발을 때려 울리며, 알 듯 모를 듯한 경(經)과 염(念)을 외우며 주발을 때렸고, 주발 소리와 독경 소리, 그리고 염 소리가 법당 안에 가득했다. 잠시 후에 '영혼을 부르는 사람'이 좌중을 향하여 입을 열었다.

"이 징은 방자 놋쇠 유기장 인간문화재인 분이 나를 위하여 만들어 준 단 하나의 징입니다. 어이, 이 징 한 번 쳐 봐!"

'영혼을 부르는 사람'을 돕는 사람이 앞으로 나와 엎어놓았던 징을 들었다. 어떤 소리가 날지 호기심이 만발하여 조마조마했다.

그때였다.

"부왕!"

"부왕!!"

"부왕!!!"

귀청을 찢고 온 가슴을 진동하는 징소리가 법당 안에 가득하게 울려퍼졌고, 그 진동의 여운(餘韻)이 길게 이어졌다. 징소리의 여운이 끝날 때까지 숨을 죽이고 있던 나는 징소리의 여운이 어찌나 길던지 숨이 끊어지는 것 같았다.

드디어 내가 탐험하려는 구명시식이 시작되었다.

오늘 밤에 구명시식을 올리는 사람은 저마다 다른 사연을 가진 다섯 가족이었다.

호주에 유학을 보냈다가 죽은 자식의 영혼을 달래는 모녀와 '영혼을 부르는 사람'의 대화가 시작되었다. 모녀가 제단 앞에 가서 잔을 올렸다. 그때 '영혼을 부르는 사람'이 말을 시작했다.

"혹시 시신이 지하에 있지 않습니까?

"저희가 갔을 때는 이미 화장이 된 뒤라 실제로 보지는 못했으나, 경찰의 말에 의하면 건물의 지하실에서 시체가 발견되었다고 하더군요."

"혹시 죽은 아드님의 친구가 지금도 호주에 있지 않습니까?"

"예."

"이리 와 보시오."

'영혼을 부르는 사람'은 무엇인가 열심히 써서 그 모녀에게 보여 주었다. 모녀는 연속 '예''예' 대답을 하면서 고개를 끄덕이다가 울음을 터뜨렸다.

"다시 제단 앞으로 가시오. 그리고 자식에게 하고 싶은 말을 하시오."

"아가야, 엄마는 네가 어떻게 죽었는지 알고 싶고, 어미를 떠나 먼저 저 세상으로 간 너의 영혼을 달래 주려고 이곳에 왔단다. 부디 저 세상에서나마 골프를 열심히 치며, 잘 살아라. 어미는 너의 생각에 잠을 이루지 못한단다. 제발 이제는 잠을 자게 해 주려무나……."
　독경소리와 염불소리가 났다. 그리고 죽은 자와 산 자를 위한 노래가 있었다.

　다음은 어떤 곱게 생긴 나이 드신 여인이 제단에 잔을 올렸다.
　"초혼(招魂)하지도 않은 생령(生靈)이 나타났습니다. 이리 와 보시오."
　'영혼을 부르는 사람'은 그 여인에게 초청도 하지 않은 어떤 산 여인의 영혼이 왔다며, 제단 앞에 있는 여인을 자기 옆으로 오게 했다. 그리고 다시 열심히 글을 써서 그 여인에게 보여주었다. 그 여인 역시 고개만 끄덕였다.
　"다시 제단 앞으로 가시오."
　그 여인이 제단 앞으로 가자 '영혼을 부르는 사람'의 일갈(一喝)이 시작되었다.
　"이봐! 당신은 아이까지 있는 여인이, 아무리 한이 있다고 하더라도 승승장구(乘勝長驅)하는 사람의 앞을 가로막으면 돼? 다시는 그런 짓을 하지 말고, 당신은 당신 갈 길로 가고, 그 사람도 이제는 결혼을 하고 평화롭게 살도록 하시오!"

　다음은 내가 담배를 피우면서 이야기를 들었던 사람의 차례였다.
　그들 가족은 제단 앞에 오지 않게 하고 어둠의 장막 뒤에 있게 했다. 아마도 초청도 하지 않은 심상치 않은 처녀 영혼이 찾아왔기 때문인 모양이었다.

"내 말 잘 들으시오. 먼저 남자 분은 여자에게 미안하다고 하시오.
직업도 별로 좋지 않은 여인 같은데……. 이름을 부르며 미안하다고
하시오. 미스 민 뭐라는 여자요. 그리고 아주머니도 그 여자에게 미
안하다고 하시오."

"미안합니다, 미스 민. 미안합니다, 미스 민."

잠시 후 그들도 제단 앞에 와서 미리 부탁하였던 장인과 처남의 구
명시식을 다른 사람들과 비슷한 절차를 밟으며 치르었다.

이어서 또 다른 가족이 울면서 제단에 잔을 올렸다. 사연이 있는
가족같이 보였다. '영혼을 부르는 사람' 은 울고 있는 가족을 가까이
오게 하고, 다른 사람들은 전혀 알 수 없게 글로 사연을 써서 연신 그
가족에게 보여주었다.

그 사람들도 역시 고개를 끄덕이거나, '예' '예' 대답만 했다.

"가서 잔을 올리고 자리로 돌아가시오."

사연이 무엇인지 대단히 궁금했다. 다른 사람들의 경우에는 한두
마디 알 듯 모를 듯한 대화를 한두 토막이라도 들을 수 있었으나, 이
가족의 경우에는 다른 사람들은 전혀 알 수 없게 글로만 사연을 전달
하고 있었다.

다음에는 부산에서 왔다는 여인의 차례였다.

제단 앞에 나오게 하지 않고 장막 뒤에 있게 했다. 그리고 '영혼을
부르는 사람' 은 간단하게 말했다.

"부산에서 온 분이지요? 남편에게 사업을 시작하지 말고, 취직을
다시 하라고 하시오. 사업은 무슨 사업을 한단 말이요? 취직을 하시

오. 취직을!"

　다섯 가족의 개별적인 구명시식이 끝나자, 불을 끄고, 어둠 속에서 사람들이 모두 제단 앞으로 나와 부처님과 지장보살, 그리고 제단 앞에서 3배씩 절을 올리게 했다.

　나는 영문도 모르고 다른 사람들을 따라 제단 앞에 꿇어앉아 있었다. 사위(四位)가 깜깜 적막(寂寞) 바로 그것이었다.

　그때였다.

　"후당탕!후당탕!후당탕!"

　세 번의 소리가 나고, 무엇인가 머리 위로 쏟아져 내렸다.

　잠시 후에 불이 켜지고, '영혼을 부르는 사람'이 말을 했다.

　"모두들 팥을 주워 가지고 집으로 가시오."

　내가 처음 본 '영혼을 부르는 사람'의 일곱시 반에 시작하여 새벽 세시에 끝난 구명시식은 이렇게 시작하여 이렇게 끝났다. 차를 몰아 돌아오는 새벽길에는 흰 눈이 날리고 있었다.

　무어라 한마디로 표현할 수 없는 신기함과 경탄과 의문이 하나의 의문투성이로 변하여, 영혼의 세계를 탐험하려던 나의 머리를 더욱 복잡하게 했다.

　"안되겠다. 다음에 다시 '영혼을 부르는 사람'을 만나면 오늘 구명시식을 관참(觀參)하고 느낀 궁금한 사항에 대하여 물어보자."

8. 구명시식 참관 분석

    세상만사는 긍정과 부정, 또는 인정의 논리로 파악된다. '신(神)이 있다'는 사람은 신의 존재를 긍정하고, '신은 죽었다'고 외치는 철학자는 신의 존재를 부정한다.

    영혼 또한 마찬가지이다. 영혼이 있다는 사람은 영혼의 존재를 긍정하고, 영혼이 어디 있느냐는 사람은 영혼의 존재를 부정한다.

    나는 앞에서도 말한 바와 같이 신이나 영혼이 있는지 없는지 모르는 어정쩡한 상태에서 구명시식을 참관했다.

    영혼을 모셔오는 절차나 영혼을 위로하는 절차, 그리고 '영혼과의 대화'를 하는 모습이나 영혼과 헤어지는 사람들의 의식 절차 어느 것 하나 생소하지 않은 것이 없었다.

말하자면 나는 영혼이나 신에 대한 아무 판단 없이 구명시식을 참관하였던 것이고, 거기에서 나는 보통 사람으로서는 도저히 논리적으로나 현실적으로 이해할 수 없는 불가사의한 놀라운 사실들을 발견하였다. 그래서 나는 구명시식을 참관한 후에 '영혼을 부르는 사람'과의 인터뷰를 시도했다.

그날 구명시식을 올린 다섯 가족은 접수구(接受口)에서 구명시식을 올릴 사람들의 명단을 적고 있었다. 자식을 잃은 사람은 자식의 이름을, 부모를 잃은 사람은 부모의 이름을, 자식의 소원을 풀고자 하는 사람은 자식의 조상의 이름을, 장인과 처남을 위한 사람은 장인과 처남의 이름을, 그리고 남편의 진로를 묻는 사람은 남편의 조상의 이름을 적었다.

기록된 명단들은 부처님과 지장보살상 사이에 마련된 제단 뒤의 하얀 벽에 붙여 놓았다.

참가자들이 독경과 참선을 하고 음악을 들으며 명상을 하는 동안에 '영혼을 부르는 사람'은 연신 그 명단을 보고, 때로는 그 명단과 관련된 참석자를 불러 무엇인가 물어보며, 당초에 구명시식을 의뢰한 사람들이 말하지 않은 또 다른 명단을 추가하기도 했다.

▶ 왜 그랬습니까?

"명단에 없는 영혼이 찾아왔기 때문입니다. 말하자면 불청객(不請客)이지요. 이런 영혼들은 대개 구명시식을 하는 사람들과 특별한 관계가 있는 영혼들입니다."

▶ 그날 행사에서는 어떤 사람들을 추가하였습니까?

"두 영혼이었습니다. 하나는 죽은 처녀의 영혼이었습니다. 처녀의 영혼이 나를 찾아와 자신은 술집 종업원이었다며, 오늘 구명시식을 올리는 사람과 그의 친구가 강제로 자기를 차에 싣고 가다가 교통사고로 죽어 원혼이 되었다고 했습니다.

그래서 의뢰자에게 그 사실을 확인하려 제단 앞으로 불렀습니다. 처음에는 그런 사실이 없다고 해서 다시 생각해 보라고 한 후에, 그가 그 사실을 인정하여 죽은 처녀의 원혼을 달래기 위해 명단에 추가했습니다.

다른 하나는 아이를 안고 온 여인의 생령이었습니다. 죽어도 그 놈은 장가를 들게 해서는 안된다는 오뉴월 서릿발 같은 한을 품은 여인이었습니다. 이 생령 역시 의뢰자에게 말해 준 후, 그 사실을 인정하여 명단에 추가하였습니다."

그때서야 나는 '영혼을 부르는 사람' 앞에서 나이에 관계없이 절절 매는 의뢰자들의 태도를 이해할 수 있었다.

말하지도 않은 사연을 척!척! 맞춰 꼬집어 내는 그의 능력 앞에 무릎을 꿇지 않을 사람은 없었을 것이다.

의뢰자마다 남에게 밝힐 수 없는 사연을 가진 사람들이었다. 그런데 '영혼을 부르는 사람'은 그들을 다섯 가족씩 한 팀을 모아서 반공개적인 구명시식을 하고 있었다. 그들 중에는 남들이 들으면 안될 저마다 개인적인 프라이버시가 있었다.

▶ 그럼에도 불구하고, 한 사람 한사람씩 밀폐된 공간에서 하지 않고, 다섯 가족과 그 밖의 참가자들이 보고 듣는 가운데 구명시식을 하는 이유는 무엇입니까?

"구명시식을 주관하는 나도 인간입니다. 다만 영혼을 불러 영혼과 대화를 해서 영혼과 관계가 있는 사람에게 대화를 할 수 있게 해 줄 뿐입니다. 이때에 불러온 영혼을 감당하지 못할 때가 있습니다."

▶ 감당하지 못한다는 것은 무슨 의미입니까?

"구명시식 주관자의 생명이 끊어지는 것입니다. 말하자면 영혼과의 투쟁이지요. 이런 때는 다른 영혼이나 주관자를 돕는 자들의 도움을 받아야 살아날 수 있습니다. 그런 위험 천만한 사태가 몇 번 있었습니다. 그래서 구명시식은 아무리 프라이버시가 있다고 하더라도 혼자는 안됩니다."

▶ 그렇다면, 진짜로 다른 사람이 들어서는 안될 영혼의 이야기가 있다면 어떻게 처리합니까?

"보신 바와 같이 의뢰자들을 불러 영혼의 말을 글씨로 써서 전달합니다."

▶ 그날도 글씨를 많이 쓰던데, 그 구체적인 내용은 무엇이었습니까?

"구체적인 이야기는 영혼과 개인 사이의 비밀이므로 절대 말할 수 없습니다. 때로는 사회적인 문제가 발생할 여지도 있습니다."

▶ 사회적 문제가 발생할 수도 있다는 것은 또 무슨 말씀이십니까?

"그날 보신 분 중에 극명(克明)한 예가 하나 있었습니다. 아무 말도 못하고 울기만 하던 가족을 기억하십니까? 그 가족은 자기의 아버지와 어머니, 그리고 자기 아버지가 경영하던 약국의 약제사가 동시에 죽은 영구(永久) 미제 사건의 자녀들입니다. 돌아가신 부모님의 영혼을 위로하고, 같이 죽은 약제사를 좋은 곳으로 천도하기 위하여 구명시식을 한 분들입니다.

그날 밤 아버지와 어머니, 그리고 약제사의 영혼이 와서, 자기들은 자연사(自然死)한 것이 아니라 아무개한테 독살(毒殺)을 당한 것이라고 구체적으로 말하고 있었고, 자손들 역시 그 사연을 알고 싶어했습니다.

이런 때에 구명시식의 주관자가 영혼의 말을 현실적(現實的) 여과(濾過) 없이 사실 그대로를 전달하면 곧바로 사회적으로 큰 문제가 발생하고, 구명시식은 사건의 소용돌이 속으로 빠져들어 갑니다. 이런 경우에는 원혼을 달래어 천도하고, 살아 있는 자녀들의 마음을 위로하는 단계에서 구명시식을 끝내야 합니다."

▶ 구명시식 전에 독경과 참선, 그리고 음악과 명상 시간이 있고, 특히 음악에는 클래식과 라이트 뮤직에 팝송까지 있으며, 거기에다가 흘러간 노래에 한 많은 상여가(喪輿歌) 등이 있고, 때로는 영혼을 위한 노래까지 부르던데, 그 이유는 무엇입니까?

"그림과 노래를 생각해 보십시오. 그림을 보고 눈물을 흘리는 사람은 없으나 노래를 들으면 눈물을 흘리는 사람이 많지요. 노래는 감정의 전달을 도와줍니다. 영혼과 구명시식을 하는 사람들의 마음을 서로 전달할 수 있는 하나가 되기 위함입니다."

▶ 그날 구명시식 중 가장 어려운 구명시식은 누구였습니까?

"한가족, 한가족, 다 어려웠습니다. 모든 구명시식이 다 그렇습니다. 그러나 그 중에서도 교통사고로 죽은 처녀의 영혼이 부르지도 않았는데 나타나서, 그 구명시식이 가장 어려웠다고 할 수 있겠지요."

▶ 그건 또 왜 그렇습니까?

"생각해 보시오. 그 처녀의 원혼을 달래지 않으면 그 가족에게는 그 원혼의 액땜이 계속될 것이고, 만일 내가 그 처녀의 원혼이 하는 말을 잘못 전달하면 이미 결혼한 가정에 불화가 생길 것이 아닙니까? 그것도 술집 여자라던데……. 두 부부가 잘 이해해 주어서 잘 끝나 다행입니다."

▶ 그러면 깜깜한 밤중에 난데없이 팥을 집어 던진 이유는 무엇입니까?

"하하하, 그건 액귀(厄鬼)를 쫓기 위한 일종의 샤머니즘이지요."

이러한 '영혼을 부르는 사람'과의 대화로 내가 보고 듣고 가졌던 의문의 약은 풀렸으나, 결론은 이런 불가사의하고 기상천외(奇想天外)한 일에 대한 의문을 갖는다는 자체가 어리석은 짓이었다. 불가사의란 긍정을 할 수도 없고 부정을 할 수도 없으며, 그 존재 자체를 인정하지 않을 수도 없는 일이다.

'영혼을 부르는 사람'도 그랬다. 나는 '영혼을 부르는 사람'에 대해 상당한 의문을 갖고 현장을 탐험하고, 그 후에도 인터뷰까지 했으나, 이제는 그의 존재와 실체를 인정하지 않을 수 없는 단계에 들어와 있음을 솔직히 고백하지 않을 수 없다.

내 앞에서 벌어진 일들을 어떻게 인정하지 않을 수가 있단 말인가? 특히 교통사고로 여자를 죽인 어떤 남자의 고백을 듣고 나는 소름끼칠 정도로 '영혼을 부르는 사람'의 초인적(超人的) 영통력(靈通力)에 놀라지 않을 수 없었다.

'영혼을 부르는 사람'은 자신의 존재를 '달'에 비유하여 말을 했다. 자신은 태양이 아니라 달이라 했다. 태양의 빛을 반사해 주는 달과 같이 영혼의 말을 달처럼 반사하여 전해주는 사람이라는 뜻이다. '영혼을 부르는 사람'을 이해하기에 적절한 비유인 것 같았다.

이렇게 하여 징 소리 울려퍼지는 법당의 구명시식을 참관하고 가졌던 의문에 대한 보충 질문은 끝이 났다. 내가 속물(俗物)이라 그런지는 모르나 거기에 두 가지 점이 아쉬운 점이 있었다.

독경과 참선, 음악과 명상 등에 절묘(絶妙)한 절차와 내용이 많았다. 다만 그 속에 베토벤의 교향곡 제9번 제4악장 '운명'이 들어 있지 않았다. 명상 참선 중에 '광!광!광!광' 하는 '운명의 음률'이 울려퍼진다면 영혼과 대화를 하려고 찾아온 사람들의 마음을 더욱 진하게 감동시키지 않을까 하는 것이 나의 생각이다.

다음은 공양(供養)과 음복(飮福)에 관한 것이다.

참선자들은 초저녁인 일곱시 반부터 구명시식이 끝나는 새벽 세시까지 아무것도 먹지 않았다. 아예 그런 행위는 구명시식을 집전하는 법당의 분위기를 깬다는 이유로 삼가라는 주최측의 광고까지 있었다. 언뜻 생각하면 제삿날 저녁에 저녁밥을 먹지 않고 제사를 지낸 후에 음복하는 관습과 비슷했다.

그렇다고 해도 사전 공양이나 사후 음복은 있어야 할 것 같다는 생각이 들었다. 구명시식을 위한 절차는 초저녁에서부터 신새벽까지 보통 사람들이 견디기에는 너무나 긴 시간이 필요하기 때문이다.

내가 보기에는 '영혼을 부르는 사람'은 상당 부분 '인연'이라는 열쇠로 풀고 있는 사람같이 보였다.

언젠가 그는 어떤 사람에게 전화를 걸면서 이런 말을 했다.

"내일 아침에 당신 차에 말 한 마리 싣고 오시오!"

전화를 받은 사람이 깜짝 놀랐을 것은 말할 필요가 없다.

요즘 세상의 서울 천지에 말이 어디에 있어서 말을 싣고 오라는 것일까. 설령 말이 있다 하더라도 전화를 받은 사람의 자동차는 '아우디' 승용차인데, 그 승용차에 어떻게 말을 싣고 오라는 말인가.

'영혼을 부르는 사람'의 화법(話法)과 인연(因緣) 중요(重要) 사상(思想)을 파악하지 못하면 제대로 이해할 수 없는 말이다.

여기에서 '말'이란 '말[馬]'이 아니라 '말띠'인 '임오생(壬午生)'이라는 열쇠로 풀어야 한다. '말을 싣고 오라'고 한 것은 '당신과 동갑(同甲)의 인연이 있는 내가 보내는 임오생 한 사람을 싣고 오라'는 뜻이었다.

'영혼을 부르는 사람'의 그 말 한마디에 생면(生面) 부지(不知)의 두 임오생은 금방 오랜 친구처럼 가까워졌고, 아우디 승용차에 '말'을 싣고 갔던 사람은 그 후에 '아우디 여사'라는 애칭(愛稱)까지 들었다. 아마도 인연을 중요하게 생각하는 '영혼을 부르는 사람'의 화술(話術)이 아니었더라면, 아우디 여사의 아우디 차를 타고 가던 낯선 사람은 남의 차를 타기가 미안해서 무척 서먹서먹하였을 것이 분명하다.

인연은 이렇게 사람을 가깝게 만든다. 내가 만났던 장정은 씨도 자

신의 아버지와 '영혼을 부르는 사람'의 아버지와 아까웠던 사이였다
는 인연의 끈으로 오래도록 '영혼을 부르는 사람'과 같이 있는 모양
이다.

인연은 이렇게 인간 사회에서 서로를 가깝게 한다.

"좋은 인연을 만들라!"

'영혼을 부르는 사람'은 자신을 찾아오는 사람에게 이렇게 말한
다. 그리고 또 다른 말을 한다.

"악연을 풀라! 악연을 풀지 않는 한 좋은 일이 없다. 산 자의 악연
도 풀고, 죽은 자의 악연도 풀라! 그래야 '악연의 굴레'를 풀어 좋은
일이 생긴다."

나도 그의 말에 경청하는 청중이 되었다. 나도 그의 이런 말을 듣
고 내가 지금까지 살아오는 과정에서 좋은 인연이 되었던 사람들을
되돌아볼 기회를 가졌고, 혹시 악연이 있는 사람이 없는가를 살펴보
기도 했다. 좋은 인연을 맺은 사람들에게는 감사하고, 악연을 맺은
사람은 인연이라는 열쇠를 악연에서 180도 돌려 '좋은 인연'으로 돌
려 놓아야 마음을 편하게 살 수 있다는 것도 알게 되었다.

우리나라가 남북으로 갈린 것도 남북 간의 악연 때문이라고 나는
생각하게 되었다. 이 국가적 민족적 악연 역시 한 겨레 한 나라라는
'인연의 열쇠'로 풀어 원위치로 되돌려 놓아야 한다. 그래야 이 땅의
모든 남북 동포들이 이 땅에서 마음 편하게 살 수 있다.

아마도 '영혼을 부르는 사람'은 오늘도 이런 마음을 가지고 어
디선가 조국과 민족과 역사에 대한 구명시식을 하고 있을지도 모른
다…….

차길진의
영혼을 다스리는 49가지 이야기   값 8,000원

1998년 8월 25일 초판제1쇄인쇄
1998년 8월 30일 초판제1쇄발행

엮은이   차   길   진
펴낸이   박   명   호

펴낸곳   명   지   사

서울특별시동대문구장안동369-1
등록 : 1978. 6. 8.   제5-28호
전화 : 243-6686 · FAX 249-1253

ISBN 89-7125-141-7 03810   * 잘못된 책은 바꾸어 드립니다.

귀신은 있다

명지사